红土地上的星星

宋庆莲 著

U0669051

中南大学出版社·长沙·
www.csupress.com.cn

图书在版编目(CIP)数据

红土地上的星星 / 宋庆莲著. —长沙：中南大学
出版社，2021.11

　　ISBN 978-7-5487-4472-6

　　Ⅰ．①红… Ⅱ．①宋… Ⅲ．①长篇小说－中国－当代
Ⅳ．①I247.5

中国版本图书馆 CIP 数据核字(2021)第 106580 号

红土地上的星星
HONGTUDI SHANG DE XINGXING

宋庆莲　著

□责任编辑　汪采知
□封面设计　于　扬
□责任印制　唐　曦
□出版发行　中南大学出版社
　　　　　　社址：长沙市麓山南路　　　　邮编：410083
　　　　　　发行科电话：0731-88876770　　传真：0731-88710482
□印　　装　湖南省众鑫印务有限公司

□开　　本　710 mm×1000 mm 1/16　□印张 14.25　□字数 240 千字
□版　　次　2021 年 11 月第 1 版　□印次 2021 年 11 月第 1 次印刷
□书　　号　ISBN 978-7-5487-4472-6
□定　　价　29.80 元

图书出现印装问题，请与经销商调换

作者简介

　　宋庆莲，土家族，中国作家协会会员。临澧文联兼职副主席，常德市政协委员。鲁迅文学院第十八届中青年作家高级研讨班学员。

　　出版《犁女梦呓》《扶摇直上》《米粒芭拉》《风来跳支舞》《天空开来一列火车》等多部作品。《风来跳支舞》被评为2017年向全国青少年推荐百种优秀出版物、第四届向全国推荐百种优秀民族图书。《天空开来一列火车》被评为2018年中国作协少数民族重点作品扶持选题。多部儿童文学作品入选全国"农家书屋"选送书目。作品曾荣获"丁玲文学奖"、"张天翼儿童文学奖"、中国少数民族文学奖首届"土家族优秀作品奖"、"《儿童文学》金近奖"、"读友杯"银奖、"冰心儿童文学新作奖"等奖项。

　　个人曾荣获全国"乡村阅读榜样"、全国"十大读书人物"、全国"五好文明家庭"、全国"百姓学习之星"、湖南省"书香之家"、湖南省"最美家庭"等荣誉。

导 读

　　林伯渠同志故居位于临澧县修梅镇凉水井村。林伯渠故居纪念馆被授予"全国关心下一代党史国史教育基地""全国爱国主义教育示范基地"。这是一片神圣的红色土地，在这片红色土地上，有松柏环绕的林伯渠广场，广场上立着林伯渠阔步向前的铜像，有林伯渠生平陈列馆，有功勋树，有林伯渠的诗词碑刻……这是一片富饶的神奇土地，在这神奇的土地上，有稻田，有茶山，有小溪，有池塘……这片红色的土地充满生机和向往，生长星光和梦想。林伯渠同志的座右铭是"为人民服务，为世界工作"。林伯渠同志为人民服务，为世界工作的精神是人民心中的一盏指路明灯，也是红区孩子心中闪亮的梦想的灯光。

　　《红土地上的星星》为您讲述林林、林星星、汪海鑫这几个留守孩子成长的心路历程。林林的爷爷是红色土地上的一名保洁员，在爷爷的心目中，每一寸红色的土地都是圣洁而美好的，每一捧泥土都让他心生敬畏而不容玷污。汪海鑫的爷爷是红区的护林员兼河长，在汪爷爷的心目中，每一棵小草、小花都有生命的，每一只小鸟、小兔都不容伤害。林星星，是一个体弱多病的孩子，休学在家，父母为了让星星到省城更大的医院去看病，外出打工挣钱。留守在家的星星心情低落，脾气很坏，喜欢赌气。爷爷、奶奶和哥哥对星星宠爱有加，事事依着她、让着她。林林

一　九畹园春暖花开

1

爷爷扫地回来了。

他的肩上扛着一把长长的竹扫帚，脸上挂着汗珠，站在院子里仰着头，目光似乎穿进了二楼的一个窗口。

忽然，他使劲地伸长手臂，向着二楼房间的窗口挥手，一边挥手，一边高声喊着：

"星星！星星！快下来！快下来吃早饭……"

爷爷是林伯渠故居红色景区的一名保洁员。

林伯渠故居位于临澧县修梅镇凉水井村，这是一片神圣的红色土地。近几年来，林伯渠故居的景区建设围绕"故园、田园、陵园"的思路，把发展红色旅游和建设美丽乡村完美地结合起来了。林伯渠故居纪念馆还被授予"全国关心下一代党史国史教育基地""全国爱国主义教育示范基地""全国重点文物保护单位""国家4A景区""潇湘红八景之一"等多项荣誉称号。在这片富饶神奇的土地上，有林伯渠故居纪念馆，有林伯渠生平陈列馆，有松柏环绕的林伯渠广场，有广场上立着的林伯渠阔步向前的铜像，有功勋树，有林伯渠的诗词碑刻……有稻田，有茶山，有小溪，有池塘……这片红色的土地充满着生机和向往，生长着星光和梦想。

爷爷告诉孩子们，这片神奇富饶的红色土地，每一寸泥土都是圣洁而美好的，都应心生敬畏，不容玷污。

爷爷是凉水井起得最早的一个人。

他比村子里所有的公鸡都起得早，夸张地说，他应该比天上的太阳还起得早。每天起床之后，洗把脸，他就早早地到林伯渠故居打扫卫生去了。

爷爷借着路灯的光亮，在八点钟之前，把林伯渠故居的坪场、大路、台阶、广场、小道……每一个角落都打扫得干干净净。因为八点时景区的工作人员开始上班了。

爷爷的头发剪得很短，也不会留长长的胡须。不过，爷爷脸上的胡茬睡一觉就长出来了，得经常刮。爷爷说，要做好保洁员，先得把自己弄得干净光鲜，应该有个保洁员的样子。

爷爷的身材高高瘦瘦的，虽然上了一点年纪，但不驼背，身板挺拔，人很精神！说爷爷像一棵挺拔的树，一点儿也不夸张。

爷爷扛竹扫帚的样子很神气，整个人都精神抖擞，脸庞上洋溢着幸福快乐的光芒。

爷爷的竹扫帚时刻不离身，每天都会把景区打扫得干干净净。虽然景区有一个专门放洁具的小屋，可是，爷爷从来不会把竹扫帚放在那个小屋里，而是走到哪儿，长长的竹扫帚就扛到哪儿。爷爷说，这样子方便扫地，哪儿弄脏了，随时都可以打扫干净。

此刻，爷爷仰着头，对着星星房间的窗口仍一边叫一边挥着手：

"星星！星星！快下来！快下来吃早饭……"

霞光打在爷爷的脸上，跌进皱褶的纹沟里闪耀着，花白的胡茬在阳光下显得格外的亮，一闪一闪的。爷爷的胡茬永远也长不成胡子，就更别说能长成胡须了。因为爷爷每隔三两天，都会花上半个小时侍弄自己的胡茬。他在脸上抹些肥皂泡泡，然后拿着一把剃须刀对着镜子忙活起来。剃须刀像一条闪亮的小鱼，在一堆肥皂泡泡里游来游去。

"又在刮胡子呀！"奶奶说话的语速很快，她是个急性子。

"这胡子长得比日子还快，两天不刮就在脸上胡乱长。"爷爷说这话的时候，总是要停下手来，嘴角满是肥皂泡泡。

爷爷就是这样一个喜欢把自己收拾得非常干净的人，刮胡子时一丝不苟的样子就像工作时打扫一样，整个脸庞会刮得光亮光亮的。

每天爷爷起床后，奶奶也接着起床了。奶奶忙里忙外的，忙着给星星熬中药，忙着给星星熬鸡汤，忙着洗衣，忙着去菜园子里摘新鲜的蔬菜，忙着做早饭……

☆　☆　☆

星星家的房子是一栋三间两层的小楼房，去年新修建的。楼房的右侧还有两间小屋，一间放杂物，一间是厨房。楼房和小屋连成一个整体，青瓦白墙，错落有致。这是一个漂亮、干净的农家小院。

院子里东边长着两棵枝叶繁茂的桂花树，一大一小，大的那棵桂花树是爷爷的爷爷种的，而小的那棵桂花树呢？是爷爷的儿子的儿子种的，当然就是林林种的啦！院子里的篱笆边，还种着一些花花草草，有兰草、蒲公英、野菊花、紫苏，其中有几棵蒲公英是星星种的。漂亮的农家小院一年四季都花香四溢。

星星从小体弱多病，特别容易感冒，一感冒就咳嗽，咳嗽起来就呼吸困难。但她喜欢读书，带病坚持上学，一直读到小学三年级下期。有一次，星星得了重感冒，咳嗽得很厉害，一口气缓不过来，几乎要窒息了，这把家人、老师、同学都吓坏了。为了星星的人身安全，经过学校和家人商量，最终决定让星星休学养病，等身体有了好转再回学校读书。

爸爸妈妈为了给星星看病，四处奔波，看了许多家医院，花了不少钱。但小县城的医疗条件不够好，查了许久也查不出具体的病因，所以爸爸妈妈想去省城的大医院给星星看病。可现在家里的钱已经快花光了，去年建了新房子，现在家里经济不宽裕，因此，爸爸妈妈无奈决定外出打工，想多挣一些钱，带星星去省城的大医院看病。

爸爸妈妈外出打工临走的时候，特别交代林林：

"你在家要照顾好妹妹，放学回家要帮助爷爷奶奶多干点活。还有，林林，你不仅要把自己的学习搞好，还要挤出时间帮助星星补课。星星隔三岔五身体不舒服，容易耍性子，所以，你要有耐心哦！"

林林点头答应，说他会照顾好妹妹，也会帮助爷爷奶奶干活的。

星星不愿意爸爸妈妈外出打工，她希望爸爸妈妈陪伴在她的身边。于是她一直吵着不让他们走，甚至哭着闹着在地上打滚。所以，爸爸妈妈只能悄悄离开，他们走的时候，星星还在睡觉。等到星星醒来，发现爸爸妈妈不见了，伤心得大哭，好久都缓不过来。星星对于爸爸妈妈的不告而别，心里非常难过，也非常生气！

星星不是一个喜欢早起的孩子，特别是休学半年多以来，变得更加懒散了，天天睡到日头爬上了前途山的山岗，才愿意起床。可是今天例外，星星起了一个早床，站在窗前正对着镜子梳头发呢！难怪爷爷望进窗口的目光拔不出来。

星星听到爷爷的呼唤声，转过身来，把头伸到窗户外，低头看着窗外的爷爷。爷爷整张脸都在笑，连脸上的汗珠子都在笑，汗珠子笑得欢快地往下滚落。

"爷爷，我梳好头发就下来。"

星星自从爸爸妈妈外出打工后，平时对谁都是爱理不理的，可这回她愉快地答应了爷爷。爷爷开心地笑着：

"好！好！好！吃了早饭，我们还要去田野上采花呢……"

爷爷额角的一行汗珠又排着队似的跑进了爷爷的眼睛里。爷爷眨巴着眼睛的样子有点滑稽，大巴掌在额角上刮过去，再一挥手，一把汗珠子洒落到地上。

"你会喜欢上采花的！"爷爷最后又补充了一句。

"嗯。"星星答应了一声，声音轻柔得仿佛是说给她自己听的，她转过身去对着镜子接着梳头发。

爷爷拿下肩上的竹扫帚，靠着院墙倒立着放好，走进了屋里。

爷爷的竹扫帚怎么摆放，那都是很有讲究的。爷爷说，竹扫帚要倒过来朝天放，如果竹扫帚朝下放，就会弄断那些细小的竹枝，而且竹扫帚也会变形，这样就不好扫地了，所以必须倒立着放。

星星每次梳头发都会想起妈妈。

以前，妈妈在家的时候，每天清早，星星起床后第一件事情就是让妈妈给她梳头发。她和妈妈站在镜子前，把头靠在妈妈的怀里，妈妈的胸怀温暖又舒适。镜子里映着她和妈妈的笑脸，妈妈的微笑美丽又温柔，星星的微笑快乐又幸福。妈妈梳的小辫子翘翘的，很好看。妈妈说每个女孩子都爱美，所以每天都要把自己打扮得漂漂亮亮的。星星依偎在妈妈怀里，觉得自己就是世界上最幸福的女孩。

"妈妈，等我长大了，我就给您梳头发。"

"就你嘴甜！头不要乱动哦！"妈妈的手轻轻地摆正一下星星的头。母女俩快乐地笑着，说着话。

可是，现在就只有奶奶给星星梳小辫子，奶奶梳的小辫子没有妈妈的翘，但是比星星自己梳的好看多了。

爸爸妈妈离开家后，星星唯一学会自己独立做的一件事情就是自己给自己梳头发。不过，星星只会梳一个马尾巴，她不会扎翘翘的小辫子。她想学会自己扎小辫子，但星星觉得自己梳的小辫子很难看，每次到最后还得让奶奶重新给她梳一回。不过，星星不想放弃，每天起床都坚持在自己的头上练习扎辫子，她相信，总有一天她会把小辫子扎得翘翘的，和妈妈扎的一样好看！

☆　☆　☆

星星虽然从小体弱多病，但她并不消沉，遇到困难都会积极面对。可是，自从她去年下学期休学回家，加上爸爸妈妈不在身边，她就像变了一个人似的。现在的星星，情绪低落，不爱搭理人，脾气越来越坏，甚至连以前一起玩的哥哥的好朋友汪海鑫跟她打招呼，她也爱理不理。海鑫却从来都不计较星星的坏脾气，一如既往地喜欢她，宠着她，依着她。

"星星，你这样子不理人家，是很不礼貌的。"奶奶多次这样对星星说。

星星不是"嗯"一声，就是装作没听见。其实，她对爷爷奶奶和哥哥也是想理就理，不想理就不说话。这样很不礼貌，但自己家里人心疼她身体不好，都不与星星计较。但是，海鑫是朋友，不应该成为星星的撒气桶，海鑫对星星好，星星应该懂礼貌，对海鑫友好，懂得感恩。

海鑫不生星星的气，他认识的星星有许多大人都不具备的能力，她的性格里面有一种不为人知的克制力和忍耐力，这也是海鑫最佩服星星的一点。

星星读小学二年级的时候，生病了，早上妈妈陪着星星去乡村诊所林医生那里看病，林医生给星星打针，星星从来不哭不闹。林医生说开了两天的药，下午放学后还要来打一次针。想不到星星放学后，居然自己一个人直接跑到乡村诊所林医生那儿去打针，打完针，就背着书包回家了。妈妈看到星星回家了，说带她去打针，星星告诉妈妈自己是打完针回家的，妈妈简直不敢相信！后来，林医生对星星妈妈说，这么小这么乖巧的孩子，自己一个人来打针，很少见呢！很多孩子打针有大人陪着都吓得大哭大叫。

妈妈听了林医生的话，又是欣慰又是心疼。

"星星的忍耐力要是用在恰当的地方，肯定会让她更优秀的，可惜，现在只是用在对付我了。"奶奶叹了一口长长的气。说这话的时候，奶奶很无奈，语速居然放慢了很多，声音像是从喉咙里慢慢爬出来的。

"孩子还小，她不是生病了吗？你看她咳嗽的时候，脸都憋红了，就是不哭。天天吃药，是个大人也吃烦了，但她还是坚持每次都把药喝了。想想，她还是个孩子呢！"爷爷说这话的时候，眼圈又红又湿。

"这孩子也不知道什么时候才能养好身体，健健康康、快快乐乐的，跟以前一样听话懂事，唉……"奶奶摇了摇头，又长长地叹息一声。

星星觉得无所事事的日子真是很难打发，特别是星期一到星期五，同龄的小朋友都去上学了，哥哥自然也不在家，只有星星在家里待着，这段日子真是太难熬了，比一个世纪还要漫长。好在星星平时喜欢看书，白天可以复习哥哥头天给她补的课，做一做哥哥安排的作业，要不然日子真的是很难打发掉了。

以前，星星上学的时候，总是不记得星期几，人家问她："今天到星期几了？"她总答错。现在，她不用去上学，星期几与她没有多大关系了，她反倒是记得清清楚楚，星期一、星期二、星期三……星星每天都是右手扳着左手的手指头数日子。每次数到星期五，星星就特别高兴，因为周末哥哥就能陪她一整天了。

☆ ☆ ☆

昨天晚上，爷爷很郑重地告诉星星今天是一个不平凡的日子！2020 年 3 月 20 日，是林伯渠爷爷诞辰 134 周年的纪念日。

星星知道，这是人们心中非常重要的一个日子。

星星在修梅中心完小读书的时候，每年的这个日子学校都会开展纪念林伯渠爷爷的活动，不仅仅是他们学校的老师和学生，还有修梅中学、临澧一中、丁玲学校等，临澧县很多学校甚至连周边县市的学校的老师和学生都会来纪念林伯渠爷爷，接受爱国主义和党史国史的教育，关注历史、关注社会、热爱祖国、热爱家乡。

林伯渠爷爷是人们心中的英雄！林伯渠爷爷更是凉水井红区人民和星星心中的英雄！

星星知道林伯渠爷爷有句座右铭："为人民服务，为世界工作。"在这里，大家都牢记在心里，大人、小孩没有不知道的。林伯渠爷爷这种"为人民服务，为世界工作"的精神就像一盏明灯，永远照耀着这片红色的土地，永远照耀着人们的心灵，永远鼓舞和激励着红土地上的人们，鼓舞和激励着红土地上的每一个孩子。

今天，星星虽然不能和同学们一起参加纪念林伯渠爷爷诞辰 134 周年纪念活动，有些遗憾，但是，只要能和爷爷奶奶一起给林伯渠爷爷献花，也很满足、很欣慰了。

星星梳好头发，朝粉红色的衣柜走过去。这时，奶奶急急忙忙跨进星星的房间。

"星星，今天穿件漂亮的衣服。"奶奶说。

奶奶拉开衣柜门，从衣柜里拿出一件草绿色的外套，要给星星换上。星星自从休学回家，对穿什么衣服，漂亮不漂亮一点儿兴趣也没有，很多时候，她一整天都穿着睡衣。虽然星星不想说话，不过，星星自己有想法。今天的日子非同寻常，星星觉得今天应该穿校服，因为每年的这一天，她在学校都是穿着校服、戴着红领巾的。"奶奶，我今天要穿校服。"星星对奶奶说。

"穿校服？"奶奶疑惑，休学后星星从来没提出过穿校服的，一时愣住了。

星星从衣柜里拿出叠得整整齐齐的红白相间的校服，自己穿上校服，戴上红领巾。

"戴上红领巾了，真精神！"奶奶笑着说。

"嗯。"难得星星答应了一声。

"你梳的小辫歪了，要不，让奶奶给你扎小辫？"奶奶一边说，一边拿起了桌子上面的木梳子。

星星乖乖地坐在镜子前，依偎在奶奶怀里。

奶奶给星星梳了一条光洁的小辫子，在小辫子上戴了一个小发夹，小发夹像一只小小的白色蝴蝶，一闪一闪地发着亮亮的光。

"星星！星星！你和奶奶快下来！快下来吃早饭，我们还要去采花呢……"爷爷把头探出来，朝星星的窗口仰着，浑厚的声音有些急促。

"来了，来了。"奶奶答应着爷爷。

星星和奶奶走下高粱红的木质楼梯，来到厨房，厨房宽敞明亮。一下楼就闻到餐桌上的味儿了，星星瞬间就知道早餐有奶奶熬的中药，因为从药罐里飘出了浓烈的中药气味。

☆　☆　☆

爷爷已经坐在了餐桌旁，正在给星星剥鸡蛋。

"星星，来，吃个煮鸡蛋！穿上校服，戴上红领巾真精神！"爷爷一边说话，一边把剥好的鸡蛋递给星星：

"一天吃一个清水煮鸡蛋，补营养，长身体。"

星星不喜欢吃煮鸡蛋，而且天天吃，闻着气味就想吐。不过，爷爷会盯着她把整个煮鸡蛋吃完才肯罢休。

"星星，来，先喝一碗鸡汤。"奶奶给星星盛了一碗鸡汤。

星星也不喜欢喝鸡汤，同样是天天喝，闻着鸡汤的气味就想逃。可是，奶奶也会盯着她把鸡汤"咕噜，咕噜"喝完，才开始吃饭。

奶奶隔几天就杀一只老母鸡给星星熬鸡汤。奶奶很想星星的身体立马就能强壮起来，同村子里的孩子一样，开开心心、快快乐乐地上学读书。

今天，奶奶又杀了一只老母鸡，给星星炖了一锅鸡汤，还炒了几个小菜。

"星星，吃完饭，我们去九畹园采花。"爷爷说。

"爷爷，我们一定要采摘一些漂亮的鲜花！"星星说。

"好！我们一起去田野上采花，油菜花、紫云英、蒲公英……"奶奶列举着好多的花。

"奶奶，我们采的鲜花是献给林伯渠爷爷的吗？"星星打断奶奶的话问道。

"是的！"奶奶说。

"那也可以买一大束鲜花呀，我看别人敬献的鲜花是可以在花店买到的呢！"星星说。

"当然也可以买一大束鲜花，不过，我们还是去田野上采些新鲜的花朵献给林伯渠爷爷，这可是林伯渠爷爷少年时代劳动过的土地上生长出来的花朵呢！"爷爷说。

"嗯！"星星觉得爷爷说得对。

星星吃了一个煮鸡蛋，又喝了一碗鸡汤，吃了一小碗米饭，吃得饱饱的。她今天很乖很听话。之前，星星每次都是饭前喝药，一大碗中药下肚，肚子立马就饱了，吃不下饭了。后来听汪海鑫的爷爷建议饭后吃药，不在饭前吃，这样就好很多了。

奶奶从黑药罐里倒出半碗汤药，汤药腾着热气，被端到星星面前，黑黑的汤药在白色的瓷碗里晃动着，散发出的浓烈气味让星星眉头紧蹙。虽然每天都喝，但星星还是觉得反胃，她干"哇"了一声。

"星星，苦口良药，喝了药，身体就会好起来的。"奶奶说。

"星星，坚强一点，来，仰仰头，捏住鼻子，一大口就喝进去了。"爷爷对星星说。

"星星，照爷爷说的做，喝完药，我们就去采花。"奶奶说。

星星仰头，闭上眼睛。

奶奶端着碗，爷爷捏住了星星的鼻子，星星配合着张开嘴，几个人齐心协力才让那汤药从喉咙流进了胃里。

"咕噜，咕噜，咕噜……"星星喝下了半碗，苦涩的汤药差一点从嘴巴、鼻子喷出来，实在是太难喝了。

每次爷爷奶奶帮星星喝完汤药后，星星都会想起以前家里喂养的小牛犊。有一次小牛犊生病了，爷爷和奶奶也是这样给小牛犊灌药的。小牛犊是一只小母牛，它最喜欢和星星一起在草地上玩耍，喜欢星星用树枝在它的背上、肚皮上挠痒痒，喜欢一边享受星星给它挠痒痒，一边听星星和它说话。可是，村子里的土地流转，除了山林和地，星星家的稻田也承包给了种田大户，他们家喂养的一大一小两头水牛也卖掉了。现在也不知道小牛长得有多大了。

星星只要一想起小牛犊，那难闻的中药气味就慢慢消散了，心情慢慢会被带回到和小牛犊在一起的快乐时光。

2

　　这片田野名叫九畹园。

　　九畹园是林伯渠少年时期劳动、读书的地方，在他六十年的革命生涯中，九畹园也是他魂牵梦萦的地方。今天，这充满传奇色彩的九畹园已经成为"红色旅游景区""现代化农村示范基地""国家小农村重点建设项目区"。洁净平坦的水泥路，一栋栋掩映在绿树丛中的居民小楼，卧龙溪的两岸杨柳依依，规整的田园，现代化的生产，在田间忙碌的农民欢乐的笑脸……让九畹园更加妩媚和丰盈，也更加生动和传奇。

　　星星的家住在林伯渠故居的前途山下，之前也叫前头山。开门见山，只要一敞开家门，九畹园美丽的风光就像一幅画卷，在眼前尽情地展开它曼妙灵动的色彩。星星的后脚还在自己家里的门槛内，跨出门的前脚就踩在九畹园的土地上了。

　　林伯渠故居的对面，有一条清澈的小溪流，便是卧龙溪。卧龙溪的溪水长年不断，清澈见底。那弯弯曲曲的溪流，将凉水井整个儿揽入它温婉的柔波里。卧龙溪的波澜里，一年四季荡漾着九畹园变幻的倒影和色彩，还有那小桥流水人家的景致。卧龙溪的上游有一座六百多年历史的古桥，名叫古高桥。两岸垂柳依依，和风习习，让人神清气爽，浮想联翩。

　　雨后的太阳出奇地鲜亮，九畹园的上空光芒四射。不过，春天的太阳再大，照在人们的身上，也不会让人感觉燥热，只是觉得温暖又舒服。

　　放眼望去，九畹园的油菜花铺天盖地地盛开了，像一床金色的魔毯。金灿灿的油菜花开得热烈而浪漫，让人看得眼花缭乱，迷人的花香让人沉醉。

　　星星站在太阳底下，阳光像一只温暖无形的手抚摸着她，清新的空气里是那种湿润的香，有油菜花的香，有紫云英的香，有蒲公英的香……有春天万物生长的芬芳气息。星星呼吸着田野上清新的空气，她有多么喜欢这片田野，喜欢那些茂盛生长的草。她柔弱的心，被小草旺盛的生命力所征服！

　　但是星星很少来到这片田野上。每当想要欢快奔跑的时候，星星就突然情绪低落下来。因为星星不喜欢自己！不喜欢老是生病的自己！不喜欢比青草更加柔弱的自己！为什么别人家的孩子就不生病？为什么哥哥的身体那么棒？为什么？为什么？为什么……

现在，星星在田野上只是走了一小段路，就气喘吁吁的，额角上冒出了细密的汗珠。

"星星，你还好吗？要不休息一会儿。"奶奶走了过来，用衣袖轻轻沾去星星额角上的汗珠。

星星不说话，一屁股坐在路边。

"星星，快起来！地上很凉。"奶奶担心地喊道。

星星低头只顾自己难过，不搭理奶奶。

"星星，来，坐在奶奶的鞋子上。"奶奶赶快脱下脚上的胶鞋，放在星星的身边。奶奶经常会脱下鞋子给星星垫着坐。

"星星，要经常来田野上走动走动，呼吸新鲜的空气，不要把自己关在家里，闷得慌。"爷爷说。

可星星现在谁都不想搭理。

"星星，爷爷在和你说话呢！你当爷爷是空气呀！奶奶经常和你说的，不搭理别人是很不礼貌的，你把奶奶的话当耳边风了吗？"

奶奶虽然有点责备的意思，但是，她的话还是很轻很轻，轻得就像一缕微风，从星星的耳边吹过，立马就散了，没有了影踪。

星星依然沉默着，仿佛没听见，她双手托着下巴，迷茫地看着远处。

"你看你看！这孩子。"奶奶光着一只脚，她转过来看了看爷爷。

"就让她安静地坐一会儿吧，慢慢来。"爷爷说。

"豆花，来穿上我的鞋。"爷爷拍拍奶奶的肩膀，并示意奶奶穿上他脱下来的鞋子。

"地上不凉，你自己穿着。"

奶奶慢慢直起了腰，看看星星，又看看爷爷，她的目光里全是心疼，她真的心很疼啊！

爷爷挨着星星坐了下来。

奶奶也挨着星星坐了下来。

爷爷坐在星星的左边。

奶奶坐在星星的右边。

他们面向卧龙溪流水的方向，目光似乎聚在远处的某一个焦点上。此刻，全世界仿佛都安静了下来，草丛里的小虫也停下了它们的歌唱。世界真的很宁静，就像一个诗人说的，世界就像羽毛飘落水面那般宁静。

☆ ☆ ☆

星星的身边盛开着金黄的蒲公英和紫红的紫云英，还有一些不知名的小花朵，蓝色的花朵指甲盖儿大，白色的花朵米粒般小，粉色的花朵像扣子……花朵上托着晶莹的露珠，在太阳底下反射出彩虹的亮光，像土地上生长的璀璨的星星。还有那群小小的飞蛾，从苦菜叶子的背面轻慢地飞了出来，扇动着薄薄的、湿润的翅膀；一只花斑甲虫从一片叶子飞落到另一片叶子上；一条小青虫弓着背，一寸一寸地丈量着一棵小草的高度……

星星伸手轻轻触摸了一下小青虫的背，哦，凉凉的。小青虫的背一弓又一伸直，再一弓，努力向上面攀高了一寸。这时，小青虫似乎扭头看了一眼这个对它表示友好的柔弱女孩，然后继续向着小草的顶端攀爬。

星星心想："这么小的虫子，都想要向上攀登呢！"她给了小青虫一个微笑，心情一下子晴朗了起来，站起身对爷爷和奶奶说：

"爷爷，奶奶，我们去采花吧！"

三人向着九畹园的田野中央走去。九畹园的油菜花浪漫又耀眼，田边、地角、溪岸的野花似繁星闪耀，在春风中摇摆着，像一群跳着曼妙舞蹈的"星星"，那可是土地上生长的"星星"。

"星星，我们采一束三色花吧。"奶奶说。

"奶奶，什么是三色花？"星星疑惑地问道。

"就是采一束三种颜色的花朵啊。"奶奶回答道。

"为什么呢？奶奶，我们难道不可以多采一些野花吗？"

"星星，三色花最能表达我们对林伯渠爷爷的敬意和哀思，最能寄托我们对林伯渠爷爷的怀念。"

"星星，奶奶说得对！三色花最能表达我们对林伯渠爷爷的哀思和怀念。"爷爷接着说，"你们就在田野上采花，我去卧龙溪岸边咱家的果园采桃花和梨花。"

爷爷一边说，一边向自家的果园走去，他走得有些快，小跑步一样。

星星挨着奶奶，采着田埂边野生的油菜花和紫云英。

"奶奶，您看这是什么花？"星星指着一株纤弱的小草问奶奶。

奶奶凑过来仔细辨认，说："我也不知道它的名字，虽然从小就认得这花的模样，可是，就是不知道它的名字。"

"奶奶，我们给它取一个名字，以后您就知道它的名字啦！"星星笑着对奶奶说。

奶奶已经很久没有看到星星的笑脸了，星星笑起来真好看。

"奶奶，您别看我，您看这花儿。"

"星星，你笑起来的样子比花儿还好看呢！奶奶的眼睛就收不回来了。"奶奶笑着说。

"奶奶，您看花儿，看花儿！"

"好好好，看花儿。"

"奶奶，您说我们给它取个什么名字好呢？"

"星星会取名字，就由星星给它取个好听的名字吧！"

星星看着这株纤弱的草，说：

"奶奶，您看它的叶子小小的，花朵也小小的、白白的，像米粒一样，就给它取个名字叫'米粒花'！"星星说完，就仰起头来，微笑着期待地看着奶奶。

"好啊！就叫米粒花！或许它真正的名字就叫米粒花呢！"奶奶开心极了，她觉得星星变了个人似的，今天的话真多呀！

星星手捧野花，站在野花丛中，像个小花仙。奶奶掏出手机，想要给星星拍张照片。星星恰巧回过头来，看见奶奶举着手机对着她，大脑的神经就像是触了电一样，突然大声尖叫起来：

"不要给我拍照！"

奶奶惊吓得一慌神，手机就掉在了脚下的草丛里。

"你这孩子，奶奶给你照一张照片不好吗？让爸爸妈妈看看你，春天里的小仙女有多漂亮啊！"奶奶从草丛里捡起了手机。

"我就知道，你拍了照片就是要发给他们看！我偏不拍照！你把手机给我！我要统统删除！"星星一边说一边从奶奶的手里抢过手机，把奶奶刚才偷拍的照片全部删除掉了。

☆ ☆ ☆

爸爸和妈妈不顾她的挽留，坚持外出打工，星星心里一直都很生气，也一直在和爸爸妈妈赌气。

星星不接爸爸妈妈的电话，也不许爷爷奶奶给爸爸妈妈发她的照片。她心想，爸爸和妈妈要是想她、牵挂她，他们为什么不回家来看她呢？

奶奶不想星星生气，于是什么也没说，弯下腰继续采花。

奶奶采了白色的草莓花、金色的蒲公英，还有一种花是淡淡的蓝色，叫不出它的名字，花朵的形状像蝴蝶。

星星平静下来，知道刚才这样对奶奶大吼大叫是不对的。可是她就是不愿意拍照，既然爸爸妈妈都不管她了，为什么要给他们发照片呢！

"奶奶，您采的花朵真好看！哎，奶奶，这是什么花？"星星指着淡蓝色的花朵问奶奶，这回说话的声音温柔多了。

"我不知道它叫什么名字，你会取名字，给它也取一个名字吧！"奶奶很多时候都是宠着孙女的，刚刚星星对她大吼大叫，对她发脾气，她一点儿也没有放到心里去。

星星歪着头，想了想说："看花朵的样子就像蝴蝶，奶奶，我们以后就叫它蓝花蝶。"

"蓝花蝶，真好听！"

星星采了油菜花、紫云英、米粒花。

奶奶采了蒲公英、草莓花、蓝花蝶。

星星和奶奶说着话，给不知名的花草取名字。爷爷在卧龙溪岸边自家的果园里采了白色的梨花、粉色的桃花、黄色的迎春花，把它们扎成一束。回来的时候，在古高桥上又摘了几条发了新芽的柳枝。爷爷还扯了几根绿色的草茎，把花朵束成一束抱在胸前，向着她们快步而来。

爷爷给星星和奶奶每人一根草茎。星星和奶奶接过柳枝和草茎，学着爷爷用草茎把鲜花缠成一束，抱在胸前。

"星星，我们现在要快点走了。"爷爷看了看手腕上的手表，快九点钟了。爷爷接着说："纪念林伯渠爷爷的人都来了，我们赶快走吧。"

星星捧着鲜花走在最前面，爷爷和奶奶手捧鲜花跟在星星的身后。他们穿过九畹园的田野，很快就来到了林伯渠的故居前，经过功勋树、下浮堰，刚刚爬上林伯渠小道，星星又开始气喘吁吁，小脸通红了。

爷爷把手里的鲜花递给奶奶，走到星星跟前，蹲下身子。

"星星，来，爷爷背你!"爷爷由不得星星拒绝，粗大的手腕一下就把星星挽在背上，背了起来。

"星星，把花给奶奶，奶奶替你拿着。"奶奶说。

星星摇了摇头，她一只手搭在爷爷的肩上，一只手拿着花束举在爷爷的肩头。六十多岁的爷爷精神抖擞，身体强健，他背着星星快步向前途山的林伯渠铜像广场走去，小路两边的油茶树纷纷向后退去，经过一方方立起的诗词碑刻，经过治世亭、修身亭，很快就到了林伯渠广场。

林伯渠广场，四周松柏环绕，气氛庄严肃穆。林伯渠昂首阔步的铜像，蕴涵着他"彻底革命、永远向前"的人生理想。铜像的基座有三个台阶，寓意林伯渠经历过的旧民主主义革命、新民主主义革命、社会主义革命三个历史阶段。铜像后面的花池中有八块躺卧的花岗岩无字碑。此外，还有代表林伯渠同志生前战斗过的红都瑞金、圣地延安的土壤在此陪伴林伯渠同志，家乡的青山绿水将陪伴他千古永存。

"今天，是开国元勋林伯渠同志诞辰 134 周年纪念日，让我们怀着无限敬仰的心情瞻仰这位伟大的无产阶级革命家、中华人民共和国的开国元勋、开国大典的主持人——林伯渠同志! 追思和缅怀他一生为了民族的独立和解放、为了新中国成立和建设所做出的丰功伟绩。传承和弘扬林伯渠的革命精神，激励我们更好地贯彻党的十九大精神，实现中华民族伟大复兴的中国梦……"

上午，临澧县文体广新局、林伯渠故居纪念馆、林伯渠研究会、临澧县丁玲大剧院、修梅镇中学、修梅镇等单位、团体、游客，齐聚在林伯渠广场，举行了"手举马灯照万人——纪念林伯渠同志诞辰 134 周年"的活动。

林伯渠的广场上，人们面对林伯渠铜像，铜像左侧有鲜红的党旗和"手举马灯照万人——纪念林伯渠同志诞辰 134 周年"的红色条幅。右侧是"为人民服务，为世界工作"的座右铭和入党誓言。林伯渠铜像前，还有人们敬献的花篮。

爷爷对星星说:"林伯渠爷爷是优秀中国共产党人的杰出代表，更是我们临澧人民的骄傲，是凉水井的英雄好男儿。林伯渠爷爷为了心中的红色信仰，历经风雨，鞠躬尽瘁，他诞辰的日子就是我们每一位临澧人、凉水井人心中永远的节日。"

上午九点，各单位团体和中小学校在庄严肃穆的林伯渠广场举行了隆重的纪念仪式，用最真挚的情感和最朴素的情怀致敬初心，致敬坚守，致敬那些曾经燃烧的革命岁月，致敬林伯渠同志和所有为今天的幸福流血牺牲的革命先辈们！共产党员面对鲜红的党旗重温入党誓词，弘扬主旋律，不忘初心，砥砺前行。

爷爷和奶奶还有星星，他们站在队伍的最后面，和广场上的人们一起缅怀革命先烈林伯渠同志。

"林伯渠，你是长征路上飘扬的红旗。林伯渠，你是追梦路上不灭的马灯。走进宁静的凉水井，凝视这锈迹斑斑的马灯，黑夜里热融岷山千堆雪，风雨中光照草地万里泞……"

一首《马灯赞》大合唱，唱出了家乡人民对林老的深切怀念，表达了后人一定会记住并传承林伯渠同志的革命意志和对真理不懈追求的精神，不忘初心，让理想与信仰成为心中不灭的马灯！

3

活动结束后，人们排着整齐的队伍离开了林伯渠广场。星星忽然看见了人群中的哥哥和海鑫，哥哥走在队伍的前列，举着迎风飘扬的五星红旗。她还看见了她的班主任林老师和班上的同学们，同学们都穿着整洁的校服，戴着鲜艳的红领巾。

人群散尽后，广场寂静，庄严肃穆。这时，爷爷、奶奶和星星手捧鲜花走上前来，星星走在最前面。他们走到林伯渠的铜像前，面向林伯渠的铜像，一字排开，敬献鲜花。

"林老，这是您儿时耕读的九畹园生长的花儿，是您在革命征途中魂牵梦绕的土地上生长的鲜花。"

爷爷说一句，星星和奶奶跟着说一句：

"林老，这是您儿时耕读的九畹园生长的花儿，是您在革命征途中魂牵梦绕的土地上生长的鲜花。"

"今天，是您诞辰 134 周年的纪念日。"

"今天，是您诞辰 134 周年的纪念日。"

"就让我们用这带着露水和泥土气息的花儿致敬您！"

"就让我们用这带着露水和泥土气息的花儿致敬您！"

"致敬所有为今天的幸福生活而流血牺牲的革命先辈们！"

"致敬所有为今天的幸福生活而流血牺牲的革命先辈们！"

……

临走的时候，星星忽然说："林爷爷，这是九畹园生长的花儿，献给您的米粒花和蓝花蝶，是我给花儿取的名字，您一定会喜欢的吧！"

此刻，山林静穆，树枝弯腰，花儿鞠躬。

二 梦中飞鸟

1

星星是从清晨的睡梦中咳醒的。

一阵剧烈的咳嗽之后，星星的脸庞像早晨的朝阳一样红，两只玲珑的耳朵像红色的花瓣，连耳朵根子都像红辣椒一样红了。

这会儿，奶奶肯定是去了菜园子，不然的话，她要是听见星星咳嗽，就会立马奔到星星面前。

奶奶身材胖胖的，个子不高。每次只要听见星星咳嗽，奶奶一定会赶忙端着一杯温开水朝星星的房间跑来，有时急得跌跌撞撞的，杯子里的热水洒了一地也顾不上。通常奶奶会搂着星星，有时抚摸星星的胸口，有时轻轻拍着星星的后背，让星星能呼吸得顺畅一些。等星星咳嗽稍稍停了下来，就赶忙让星星喝下一口热水，热水从嘴里滑过喉咙，一直暖到胃里，这样，星星就会好受多了。

星星从床上爬了起来，过了好一会儿，咳嗽缓了下来，脸和耳朵根子还红着。她站到窗户边，用了一点力气才推开窗户，窗外的空气和霞光一股脑儿从窗口流了进来，星星的身心一阵舒爽。眼前是一片红色的天空，天边涂染朝霞的云彩像魔术一样，变幻出各种各样流动的画面。有一些云朵像奔腾的马群，有的像山林，有的像河流，像飞鸟，像骆驼，像牛羊……所有的画面都透着光，马群透着光，河流透着光，飞鸟透着光……

星星一边看着天空变幻的景色，一边回想着刚才做的一个梦，红色的脸庞露出天真的笑容。

毫无疑问，这是一个让她心情愉悦的梦。

星星梦见自己变成了一只飞鸟，一只红色的飞鸟，一只美丽的红色的飞鸟！身上的翅膀上闪烁着金色的光亮，健康而美丽，自信又快乐。她唱着清脆的歌儿，飞翔在九畹园的上空，越飞越高，越飞越高，向着那红霞满天的天际飞去……

可就在这时，那该死的咳嗽！那该死的咳嗽总是会把她从美好的梦境带回到现实。

星星一直认为有一只"咳嗽怪"住在她的梦里，每当她做美梦的时候，"咳嗽怪"就会跳出来捣乱，她就会止不住地咳嗽，一直咳到从梦中醒来。哎！那该死的"咳嗽怪"！星星在梦里一直和"咳嗽怪"战斗，她希望自己能打败"咳嗽怪"！然而，每次都是"咳嗽怪"战胜了自己，把她从美梦中拽了出来。

星星的目光从天边的云层里收了回来，落到窗外的一棵桂花树上。

初升太阳的光辉普照着一切。

窗外的桂花树静静地生长在蔚蓝的天空下，叶尖上闪烁着晶莹的露珠，每一片叶子像从梦中醒来，露珠像睁开的眼睛，好奇地观望着这个世界。几只小鸟在树上飞来飞去，它们欢快地叫着，仿佛每一只小鸟都和星星说着早安。

"早安，星星。"

"星星，早安。"

"早安，星星。"

……

星星喜欢小鸟！

"早安，小鸟。"

"小鸟，早安。"

"早安，小鸟。"

……

星星在心里和每一只小鸟问候早安。

她把头搁在窗棂上，心想："我要是真的能变成一只鸟儿该有多好啊！不生病，不咳嗽，不用吃药，不用打针，可以快乐地在树上唱歌，可以自由自在地在天空飞来飞去。"

放眼看去，窗外的土地上数不清的各种各样的小草竞相钻出泥土，花儿开得正欢，红的白的紫的还有黄的，让日出时分氤氲的大地闪耀出盎然生机。

清晨，宁静又美丽，清新又活泼，四处散发着青草和鲜花的芬芳，还伴随有潮湿的泥土和木头的香气，而这一切都在鸟儿的啁啾声里更加活泼、明亮起来。

☆　☆　☆

前些天，星星跟着爷爷去了林伯渠广场，为林伯渠爷爷扫墓，敬献他们从山野采的鲜花，纪念林伯渠爷爷的诞辰。除此之外，哪怕阳光再好，星星还是会把自己封闭起来，待在自己的小房间里看书、写作业、听鸟儿清脆的歌声。偶尔，星星也会下楼打开电视看看动画片。她不愿意多说话，很多时候，她的思想和情感都沉醉在窗外的鸟语里……

忽然，两只小鸟从窗外飞了进来。它们欢快地叫着，一只飞落在衣柜上，一只飞落在床头。星星回转身来，站在原地，欣喜地看着两只小鸟的来访，她伸出手，慢慢地向床头移步。小鸟竟然一点儿也不害怕，衣柜顶上的小鸟飞下来，落在房间的书桌上，清脆地叫了两声，仿佛是和星星说话。星星的眼前出现了幻景，衣柜长成了一棵树，床头也长成了一棵树，书桌上似乎也长出了一棵树。她不敢发出一点儿声音，生怕惊吓到小鸟，就这样，星星痴痴地、无声地看着。

过了一会，小鸟从书桌和床头飞了起来，在星星的房间里转了两圈，才从窗口飞了出去。它们飞过桂花树的树巅，向着更远的天空飞去……

☆ 　**2**　 ☆

爷爷扫地还没有回来。

奶奶摘了些新鲜的豌豆、油菜薹和韭菜，一回来，就忙着做早饭，从厨房里传出一阵"乒乒……乓乓……"的声音。

清晨，沐浴在阳光里的青瓦白楼，弥漫着中药的浓烈气味，药味从橱窗里飘出，很快被窗边的风吹散，扩散在空气里。

星星一闻到药味，一皱眉，又剧烈地咳嗽起来，思绪从幻境中被拉回到现实。

奶奶在厨房忙着，听见星星咳嗽，赶忙放下手里的锅铲，端上一杯热水，跑着上了二楼。

奶奶人还没有到，声音先飘了上来，"星星！星星……"

星星一个劲地咳嗽，喉咙又痒又疼又堵得难受，似乎额头、鼻子、耳朵、眼睛、脖子全都在咳嗽。

"星星，昨天还好好的，这又是怎么啦？奶奶昨晚起来三次，看看你睡觉的时候掀开被子没有。我看你睡得好香呢，应该没受凉呀，这是怎么了呢？"奶奶跑进星星的房间，把杯子放在床头，一边轻轻嘀咕着，一把从后面搂着星星，轻轻地抚摸着星星的胸口，等星星咳嗽缓下来，又轻轻地抚摸着星星的后背。

星星咳嗽慢慢停了下来，奶奶把热水递给了星星，星星喝了热水，呼吸顺畅了一些，刚才咳嗽憋红的脸开始慢慢地恢复了。

"奶奶，为什么我一不小心就生病？不对，是小心翼翼也要生病？"星星仰着头看着奶奶，泪水在眼眶里打转。

"那是因为星星年纪小，体质弱一些，医生说，星星长大就好了。"

"天天生病，怎么会长大？"

"谁说生病的孩子就不会长大呀！当然会长大啦！小时候生病，长大就不生病了……"奶奶和星星正说着话，就听见爷爷在楼下大声喊着，生怕谁不知道他扫地回来了。

"豆花！豆花！我回来了。"

"知道了，每次回来都这样大声嚷嚷，我和星星下来了。"

"这不是叫习惯了嘛。"

奶奶拉着星星的手走下楼来，爷爷坐在门口洗脸，爷爷一天要洗很多次脸的，起床会洗脸，每次扫地回来也要洗脸。

爷爷看见星星笑着说：

"星星，刚刚才起床吗？爷爷跟你怎么说的，早睡早起你难道忘记了？"爷爷虽然有点责备的意思，但那慈祥的声音，微笑地看着星星的眼神更多的是疼爱。

星星把手从奶奶牵着她的手中抽出，也没有回答爷爷的话，默不作声从旁边走过去，进了厨房。奶奶跟在后面，追着星星说：

"星星，爷爷和你说话呢！我对你说过多少次了，不答应别人是很不礼貌的。"

星星照样不理，虽然奶奶对她说过很多很多次，要是能把奶奶说的话穿成串的话，肯定可以长得串到天空的云朵上面去。

"哎！你也别嚷嚷啦，由她去吧。"爷爷叹了一口气，无可奈何地对奶奶说。

"也不能什么都由着她的。"奶奶说。

"她这不生着病嘛！"爷爷洗完脸，起身走进了厨房。

"星星刚刚咳嗽得厉害，我的心都快被她的咳嗽吓得跳出来了。哎，这孩子也不知道什么时候能好起来。"奶奶说。

"去医院检查也没有查出什么病，就是说体质弱了点，小病，小病，长大了，就好了。"

"可人家的孩子也没这样的啊！"

"好啦，好啦，养病也不能急在这一时，吃饭吧！吃完饭，我还要去前途山的油茶林里看看，看看油茶林里有没有人乱丢垃圾，每一个地方都要干干净净的，我这心里才踏实。"

"当然，这是你的工作。"

"豆花，你知道，林老的'为人民服务，为世界工作'这个座右铭是我心中的一盏灯，在我的心里，这是一片红色的土地，每一寸土地都是那么神圣，那么美好。松柏环绕的林伯渠广场、林伯渠生平陈列馆、功勋树坪场、林伯渠小道，还有稻田、茶山、小溪、池塘，这些地方我每天都要打扫得干干净净的。"奶奶知道只要一说起他的工作，爷爷就会打开话匣子，在他的心里，没有什么比这更重要的啦！

3

餐桌旁，星星用双手紧紧地捂住嘴巴和鼻子。

奶奶好话说了一箩筐，星星还是不愿意把手放下来。爷爷端着一碗汤药，弯着腰站在星星面前。奶奶只好用双手掰开星星的手，一只手捏住星星的鼻子，一只手托着星星的下巴，就在爷爷正要把汤药倒进星星嘴里的时候，星星用力一挣，挣脱了奶奶的怀抱，手一挥，"哐当"一声，爷爷手中的白瓷碗摔在地上，汤药洒了一地。

"星星！你真是越来越不像话了！"爷爷忍不住发火了，高高扬起了手掌，但扬起的手掌只是在空中停留了一会儿，慢慢地又放了下来。

爷爷一屁股坐在椅子上，默不作声。他是连星星的手指头都不舍得动一下的，怎么会舍得打星星呢？

"星星，不吃药怎么行？吃了药病才会好啊！"奶奶永远都是好性子，温柔地说。

"吃药！吃药！我都吃成了药罐子！病也没见好啊！"星星歇斯底里冲着奶奶喊。她喊完，一脚踢倒身边的一把椅子，一屁股坐在地上大哭起来。

星星一哭，又是一阵剧烈的咳嗽。

奶奶赶紧转身去拿热水。

星星咳嗽的时候，样子很是痛苦，今天早上都咳嗽好几回了。这时，奶奶给星星递过来一个杯子，星星以为是汤药，抗拒地一推，杯子里的水泼了奶奶一身。

星星也没顾得上看一眼，只是一边咳嗽，一边哭，一边冲着奶奶喊：

"我不喝药！我不喝药！"

"星星这不是药，这是水，你喝一口，来，听话，星星喝一口。"

"水也不喝！不喝！我死了算了，我死了算了……"星星情绪崩溃，歇斯底里地喊着。

奶奶的心不由得一颤，非常严肃地说：

"星星！不许说这样的话！以后一句也不许说！"奶奶弯下腰来搂着星星，哭成了一团。

爷爷看着星星和奶奶，此刻，他除了心疼，一点办法也没有。

"你平时不都是饭后给孩子吃药的吗？今天怎么又要在饭前给孩子吃药呢？"爷爷忽然想起这事问奶奶。

"刚才看星星咳嗽得厉害，想赶紧用药缓解一下。"奶奶看了一眼爷爷，略有些后悔。

　　他们是多么希望星星健康，希望星星快乐，希望星星和凉水井所有的孩子一样蹦蹦跳跳的，调皮又可爱。

　　"这病魔怎么就缠上我的星星了呢？这么小的孩子，怎么能经受得起啊！要是可以让我代替，我真的愿意自己代替孩子生病啊！"爷爷心里这样想着。

　　他起身从椅子上站了起来，拉起奶奶，从地上抱起了星星，把星星温柔地抱在了怀里。他再也忍不住了，泪水像断线的珠子，从眼眶里冒出来，滑落到花白色的胡茬间，又从胡茬间滚落下来，有的滴落在星星的身上，有的滴落到了地上。

　　"星星，以后再也不生病了，以后再也不吃药了，好吗？以后再也不生病了，要生病就让爷爷替你生病……"爷爷抹着眼泪说。

　　星星心里一软，心想："怎么能让爷爷替我生病！我才不要爷爷生病呢！"

　　星星从来都没有看见过爷爷哭，她愣住了。止住了哭，也不再闹腾了，就安静地依偎在爷爷的怀里。

　　奶奶抹了抹眼睛，从地上捡起水杯，转身去了厨房。

　　奶奶默默地把菜端上餐桌，一碗腊肉炖豌豆，一碗炒韭菜，还有一锅专给星星炖的老母鸡的汤。奶奶还煮了米饭，熬了小米粥。因为爷爷早饭是要吃米饭的，爷爷不习惯喝粥。爷爷说喝粥一点也不经饿，而且还尿多，总是要往厕所跑，耽搁做事。所以，爷爷从来不喝粥。小米粥是熬给星星喝的，小米粥养胃好消化，适合星星。奶奶会尽力把家里每个人的口味都照顾到，有的时候，奶奶吃完米饭，也会喝上一小碗粥。

　　星星的情绪慢慢平静了下来，爷爷抱着星星坐回到餐桌边，奶奶给星星端来了一碗热气腾腾的鸡汤，还给星星盛了一小碗小米粥。

　　餐桌上，祖孙三人默默地吃着早餐。

　　爷爷本来想和星星说说锻炼身体的事情，可是刚刚星星一阵咳嗽，他的心被闹腾得难受，看着星星好不容易平静下来，现在就什么也不打算说了。爷爷平时都是大口地吃饭，今天变得沉默起来，若有所思的样子。

　　星星不想吃药，也不想喝鸡汤，但她还是勉强自己把鸡汤喝了。

　　星星看了看爷爷奶奶，乖乖地吃完了碗里的小米粥，星星心里明白刚才让爷爷奶奶伤心了。星星也不想这样子折腾，既折磨爷爷和奶奶，自己心里也很难受。星星其实是一个心地善良的孩子。

奶奶看星星喝光了鸡汤，又吃光了小米粥，脸上露出欣慰的神色。

"星星，还要不要再吃一点，我去帮你盛，多吃一点长力气。"奶奶说话的声音很轻，奶奶总想让她多吃点，再多吃点。

星星怕拒绝又惹爷爷奶奶不高兴，一时不知道说什么，只是摇了摇头，就起身上楼了。爷爷刚才说"要生病就让爷爷替你生病"，让星星的心忽地一下柔软了起来。

奶奶对着星星的背影说：

"星星啊，要回答奶奶才礼貌哦。"奶奶还是坚持耐着性子教育星星。

星星回头看了一眼奶奶和爷爷，柔柔的目光里流露出感激。

奶奶和爷爷怜爱地看着星星的背影。

4

这日，爷爷扫地回来，穿上一条背带防水裤，提着一个竹篮子，扛起捞虾的耙子，他要去卧龙溪捞些鱼虾回来，给星星补充营养。

星星走下楼来，坐在电视机前看动画片。一缕阳光从窗口照射进来，落在星星的脚边，窗外的风吹拂着桂花树，树叶在清风中唱着"沙沙沙"的歌。落在星星脚边的那片阳光，随着窗外的清风，在星星的脚边荡漾起来。

奶奶挨着星星坐下，正坐在那片荡漾的阳光里。奶奶膝盖上搁着一个筛子，筛子里装着花生，也装着阳光，这让星星觉得很有趣。爷爷挖了一块地，奶奶在剥花生种子，她要在这块地里种上花生。奶奶说种地也是很有讲究的，去年种红薯的地，今年就要换种花生或者别的农作物，如果不换着耕种，今年还种同样的作物，就会减产的。

"奶奶，您说人死了，会不会变成一只鸟儿？"平时不爱说话的星星突然间没头没脑地冒出一句话。

奶奶吓了一跳！

"不会！不许说这样的傻话！"只听见"啪"的一声响，刚刚剥出来的花生种子撒了一地。奶奶抬起头，有些紧张地看着星星，刚才那片阳光照在奶奶的额头上，显得奶奶的皱纹更深了。接着，她看着星星的眼睛严肃地说：

"星星，你想什么呢，什么死不死的？可不能胡说。"

"奶奶，每天天快亮的时候，我都梦见自己变成了一只鸟儿。"

连日来的每个黎明，就是在天快亮的时候，无论是晴天还是雨天，星星都会做一个同样的梦，梦见自己变成一只飞鸟。

"你这孩子，绕了一大圈，原来是做梦啊！"奶奶说完，松了一口气，想到刚才自己紧张兮兮的样子，就呵呵笑了起来。

奶奶笑起来的样子很可爱。

"奶奶，我要是真的能变成梦中的那只飞鸟就好了。"

"星星，奶奶告诉你啊，那是因为你喜欢鸟儿，天天趴在窗口，听桂花树上的鸟儿唱歌，看它们在树上飞来飞去。所以，你才会做梦，梦见自己也会变成一只鸟儿。这和死不死没有关系的，以后别说死这个词，会吓着奶奶的。懂了吗？"奶奶轻柔地说。

"哦，知道了。"星星乖巧地点点头。

"星星好乖！"

"奶奶，那小鸟会生病吗？"

"小鸟生不生病奶奶不知道，但小鸟会遇上很多危险的情况，有的时候它们也会受到伤害。但凡弱小的生命长大，都要经历风雨和磨砺，这和小孩子长大是一个道理。但是只要它们渡过难关，就都会长大的。"

"奶奶，我的病会好吗？"

"当然会好的！只要星星坚持吃药，多吃饭，多吃蔬菜，多喝鸡汤、鱼汤，增加营养，还有就是加强锻炼，增强体质，病魔就会从身体里逃跑的，跑得远远的，远远的……"

奶奶蹲在地上一粒一粒捡起撒在地上的花生种子，然后端起筛子，又坐进那片阳光里。

"奶奶，我梦见自己变成了一只飞鸟，一只美丽的飞鸟！有着好看的红色羽毛的飞鸟，鸟儿的翅膀上闪烁着金色的光亮。这只鸟儿健康而美丽，自信又快乐。在梦里，我像鸟儿一样唱着清脆的歌儿，飞翔在九畹园的上空，飞翔在蓝天上。我的翅膀像是有无穷的力量，只要我用力地扇动着翅膀，就能穿过白色的云朵，飞向云霞满天的天际。可每次在这时候，我就会被咳嗽弄醒了。"星星把连日来喜欢做的一个梦像倒豆子一样，一口气说完了。

平日里，不是星星不会说话，只是星星不愿意多说话。奶奶回想起星星以前在学校参加过"热爱我们的地球"演讲活动，还获得了二等奖呢！星星学习成绩很不错，特别是作文写得好，老师经常把星星的作文作为范例在班上宣读呢！

奶奶理解星星，她的星星是一个优秀的孩子，是一个努力上进的好孩子。奶奶心疼星星，一切都是生病惹的祸，奶奶总忍不住地想："一个柔弱的小女孩，为什么要遭受病痛的折磨呢？"

奶奶很久没有听到星星说这么多话了，奶奶开心极了！星星说完后，奶奶还偏着头微笑地看着星星，仿佛还沉醉在回忆的情景里。

"奶奶，奶奶！奶奶？"星星轻唤着。

"星星，奶奶还没有听够，把你的美梦再给奶奶说一遍好吗？"奶奶回过神。

星星很开心奶奶喜欢听她说话，特别是说这个梦。星星给奶奶又说了一遍。

"真好听！还想听！"奶奶笑着。

星星觉得奶奶有的时候还真像个大孩子，有点赖皮又天真，星星给奶奶又讲述了一遍。每多讲一次，星星都觉得自己的心情更愉快一些了。

"星星做的梦真美。"奶奶像着了迷。

"奶奶，只要你想听，我就可以说给你听啊！只是，每次做梦我都会咳醒的，不知道云霞的天际里有什么样的奥秘呢？"星星很遗憾一个美梦从来没有做完过。

"星星开心就好！开心的事没有尽头啊！"奶奶笑着说。

"可我想飞到那红红的云霞的天际里去，看一下究竟有什么。"

"只要你的心里有一只飞翔的小鸟，一直往前飞，肯定能看到的。等你长大了，或许我们还能坐上宇宙飞船，不在梦里，而是在现实的世界里去探寻天际的奥秘。"

……

奶奶成了星星最好的聊天对象，不知不觉间，那片荡漾在奶奶身上和落在奶奶筛子里的阳光飞走了，不知去了何处，星星想可能是从筛眼里溜走了，没有谁在意到它。

聊得正欢时，星星和奶奶听见门外"啪嗒……啪嗒……"的脚步声，脚步声有点奇怪，夹杂着"呼哧咕噜、呼哧咕噜……"的声音。

虚掩的大门"咯吱"一声响，爷爷捞鱼虾回来了，带回一身水草的味道。

"你们在聊什么呀？我的防水裤破了，靴子里进了好多水，我要抽个时间自己补一补。"爷爷笑着和她们说。

"你补了这里，又破了那里，别补了，去买件新的吧！"奶奶说。

"补补，还能穿。"爷爷说。

爷爷一边说一边脱下防水裤，这种裤子是和靴子连在一起的，脱下来得花费点功夫。

星星知道爷爷的防水裤都补过好几回了。每次补的时候，爷爷都得把头钻进裤子里，两只手在里面撑着裤管，两条裤腿和靴子倒立在爷爷的头顶上，用这种姿势对着太阳光，爷爷就很容易找出裤子上的裂缝在哪儿，破洞在哪儿，那滑稽的样子很有趣。虽然平时星星表面上对爷爷奶奶不理不睬，但是，她的心里还是心疼爷爷奶奶的，星星想，要不是自己老是生病，爷爷也不用这样节省钱，早就可以买条新的防水裤了。

"今天捞的虾还真多。"奶奶看了看提篮子。

"卧龙溪涨水了，水草里的虾多着呢，吃完了再去捞。"爷爷开心地说。

"我来收拾，你快洗洗，先休息一下，下午还要去扫地呢！"奶奶关心地说。

"不急，我先帮着你把虾弄干净。"爷爷蹲下身子，开始清洗虾。

星星和奶奶说了好多话，觉得有点累了，她站起身，默默地上了楼。她心里还一直想着那个美梦呢！在梦里就能变成一只飞鸟，她要是多坚持一会儿不醒来，不让咳嗽把自己吵醒，说不定就能飞进云霞满天的天际里去看看，那会有什么新的发现呢？

⭐ 5

晚饭后，奶奶忙完了家务活，端过来一盆热水，热水里泡着花椒和生姜，给星星泡脚。

"星星，来，泡个脚。"

星星把脚伸进热水盆里，一股热流从脚板心往上涌，真舒服！

"水温刚刚好吗？"奶奶关切地问。

星星没有回答奶奶，但脸上的表情很舒展。

"星星，别人问你话的时候要回答呀。"奶奶一边耐着性子教她，一边用手在水盆里试了试水温。

奶奶虽然已经把水温调得很合适了，但是每次还是会问星星，生怕热了一点点，烫着星星，又怕凉了一点点，没有达到泡脚的效果。

"听说呀，用花椒、生姜水泡脚对身体的好处多着呢！能够驱寒防病、消炎、强筋骨、止痒、杀虫、治脚气。"

奶奶的手时不时地在水盆里划一下，试试水温，凉了一点，就让星星把脚抬起来，再加点热水进去。

星星泡好了脚，穿上鞋子准备上楼，心里还想着梦中的飞鸟，她要早点睡觉，早一点进入梦乡，好做一个长长的美梦。

奶奶正弯腰起身，端起脚盆出去倒水，爷爷从房间走了出来，手里拿着一本书。

"星星，你想不想听爷爷给你讲林伯渠爷爷小时候的故事？"

星星听见爷爷喊她，刚刚跨上楼梯的脚又退了回来。

一说起林伯渠爷爷，星星就会想起她和爷爷奶奶去林伯渠广场的场景，还有林林和海鑫带她去林伯渠广场的情景。也不知道为什么，星星每次去林伯渠广场，无论是在一个特殊的日子里纪念缅怀林伯渠爷爷，敬献鲜花，还是在一个平常的日子里在林伯渠爷爷的铜像前默默地站上一会儿，抑或是仅仅在阶梯上坐一会儿，星星的内心都会变得平静而安宁。上次从前途山下来，站在林伯渠爷爷的故居前，放眼望去，蓝天下的九畹园阳光普照，色彩缤纷，油菜花铺天盖地地开放，热烈又浪漫。而高出油菜花的风景便是卧龙溪两岸的青瓦飞檐、梨白翠竹、桃红柳绿……她感受到生命里有一种力量盈满心窝，有一缕阳光照进心灵，仿佛能闻到春天阳光的味道，凉水井的阳光好香啊！

"星星，想听故事吗？"爷爷看星星在那发呆，又问了一次。

"嗯。"星星点点头，从回忆里回到现实。

爷爷在灯光下坐了下来，星星乖巧地来到爷爷身边。爷爷欢喜地把星星抱在怀里，让孙女坐在他的腿上，翻开了手中的书——《林伯渠的青少年时代》。

三　摘茶泡

春日里的凉水井，异彩流动，芳香四溢。

爷爷说，人上了点年纪，日子就像飙车一样，在眼前一飙就过去了，想抓住点什么，却两手空空，一缕风都抓不住呢！

奶奶朝爷爷望了望，笑着说：

"日子过得是快，眨眨眼，就到周末了。"

然而，在星星的眼里，日子就像长了尾巴似的，尾巴后面拖着一座山，慢慢地爬啊爬，好不容易爬到了周末。不过，这个星期晴天多、雨天少，星星没有感冒，所以心情还算不错。

每天星星都在窗边站很长的时间，聆听窗外的鸟鸣，望着村口大路。没有人知道她在想什么，或者她想做什么。

"星星！星星！"

"星星！星星！我们带你出去玩！"

星星的耳边传来林林和海鑫的声音，可回过神，这些声音都是她幻想出来的。

林林对妹妹星星几乎是百依百顺，平时惯着、宠着、照顾着她。

汪海鑫是林林的好朋友，也是和林林、星星从小玩到大的玩伴。海鑫就更宠星星了，像把星星当作自己的亲妹妹，凡是有好玩的、好吃的都要给星星。

☆ ☆ ☆

"星星！星星！下来！快点下来！"林林站在窗下喊。

"星星！星星！我们带你去茶树林里摘茶泡！"海鑫站在桂花树下挥着手。

这回是千真万确的事实！不是幻想！星星心头一喜。

林林和海鑫什么时候回家的星星都不知道，她刚才一直望着村口的大路发呆。

今天是星期六，林林和海鑫一早都跟着爷爷出去劳动了，一想到星星平常没有伙伴一起玩，每天都把自己一个人关在房间里，他们的心里就隐隐地生痛。所以，他们赶紧干完活，早早赶回来陪星星，总是想着带星星到外面走走，活动一下。

☆ ☆ ☆

星星把头伸到窗子外面，依旧是爱理不理的样子。虽然她等的就是林林和海鑫回来陪她，可是，她不想把愉悦的心情表露出来。

"星星，快下来！"林林仰着头，笑着向星星招手。

"星星，快下来！我给你带巧克力糖了！"汪海鑫也仰着头，笑着举起手里的巧克力糖，那是星星最爱吃的零食。

星星很快走下楼来，接过了巧克力糖。

"你看你，头发都没梳就下来，只想着巧克力糖是不是？也不说一声谢谢。"林林温柔地看着妹妹，边说边帮星星绾起头发。

"谢谢，海鑫哥。"星星低着头，声音很轻。

"谢什么谢！跟我不用客气！你喜欢，下个星期我还给你买。"

海鑫是独生子，他非常羡慕林林有一个妹妹，从小大家就一起玩。可他看到这些年星星老是生病，特别心疼这个以前活蹦乱跳、调皮可爱的妹妹，海鑫经常祈祷："老天爷快让星星的病痛消失吧！"

"星星，你跟着我们，我们带你去油茶林里摘茶泡。"林林说。

"走，摘茶泡去！"海鑫拉起星星的手。

星星点点头。

2

　　星星跟着林林和海鑫踏上林伯渠小道。走了一小段路星星就开始喘气，林林和海鑫等着星星，就这样边走边聊。顺着山间的绿色小径，他们走进了油茶树林里。油茶树的叶子绿油油的，柔韧有力的枝条向上生长，又亲密交错。油茶林里长着鲜嫩的野草，开满了各色的花朵。

　　油茶树是一种神奇的树，它在春天会结出两种东西，一种叫茶泡，一种叫茶耳。茶泡和茶耳，都是茶树上果实的变异体。

　　春天，茶树上挂满茶泡。茶泡有的悬挂在树冠中央，也有的悬挂在树冠边沿的枝头上。茶泡大的像成人的拳头那么大，小的像乒乓球那么小。有的是白色，有的微红，看起来肉乎乎的，形状像不规则的桃子，果实外部光滑发亮。青涩的茶泡外面有一层薄薄的紫红色的皮，或者是青绿色的皮。成熟的茶泡，外面那层薄薄的皮就会自然地卷起来，或者自然脱落，露出肥肥的半透明的乳白色果皮。果皮包裹下的果子里面是空心的，果皮吃起来清甜、松脆、爽口。不够成熟的茶泡，外面的一层皮没有脱落，吃起来就有些苦涩的味道了。而老了的茶泡会枯萎，全身长满黑点，是不能吃的。

　　春天的油茶树上除了茶泡，还有茶耳。特别是那种矮矮的小油茶树，春天开始抽出新芽，有的新芽会长成一种奇怪的叶子，像花瓣，又像婴儿粉粉嫩嫩的耳朵，有白色的，有绿色的，有红色的，色彩艳丽。茶耳藏在树叶间不是很好找，成熟的茶耳外表也会有一层薄薄的皮，皮会自然地卷起来，或者自然脱落，露出白白嫩嫩的果肉，吃起来香脆清甜。

　　林林和海鑫在茶树林里跑来跑去，看看哪棵茶树上的茶泡多、茶泡大，他们就像猴子摘桃子一样敏捷灵活地爬上树。林林和海鑫爬上茶树，摘了很多茶泡，他们把摘下来的茶泡用一根细细长长的树枝串成串，挂在脖子上。星星在油茶林里休息了一会儿后，身体比先前爬山路的时候舒服多了，她也开始在矮矮的茶树上寻找茶耳。

　　"你们看，这茶耳好大！"星星很开心，在小茶树发出的新叶上摘了好几朵茶耳。

　　"好啊！我们摘茶泡，你摘茶耳，看谁摘得多！"海鑫爬在一棵茶树上答应星星。

顺着海鑫的声音一抬头，星星看见一树的茶泡悬挂在头顶上，开心地手一指：

"哥哥，你们来这儿摘茶泡，这棵树上好多茶泡呢!"

星星也想爬上树去摘，她抱着树干，试着往上爬，但力气不够，很快又从树干上滑了下来。林林看见星星一个人在爬树，着急地喊：

"星星，你在树下玩，别爬树，当心摔着，让我和海鑫爬上去摘茶泡。"

"哥哥，三月泡的刺挂住我的衣服啦!"

星星想下来，结果动不了。油茶林里随处生长着三月泡刺树，高的两米多，刺树上没有三月泡，只有青绿的叶子和尖尖的刺。海鑫立马跳下树，跑向星星。

"星星，别动! 三月泡和茶树真的很热情呢，拉着你舍不得放开。"海鑫笑着说，帮助星星把钩住的衣角解开。

"谢谢你，海鑫哥! 这个给你。"星星把一朵又大又白的茶耳递给海鑫，让海鑫吃。

海鑫从一朵茶耳上摘下一片，送进嘴里，剩下的茶耳留给了星星。

"星星摘的茶耳真好吃，特别甜!"海鑫一边嚼一边夸赞。

林林从茶树上滑了下来。

"这个给你。"林林从口袋里掏出一个最大的茶泡递给星星。

"哥哥，这个给你。"星星也把一朵又大又白的茶耳递给林林。

"茶树真的很神奇，结了茶果，还结茶泡和茶耳。星星，你知道茶耳是怎样长出来的吗?"林林问星星。

"是从茶树上长出来的。"星星回答。

"对! 不过它还有个很浪漫的说法呢! 想知道吗?"林林卖起关子。

"浪漫的说法? 怎么说?"星星天真地问道。

"林林，别卖关子啦，快说!"海鑫是个急性子。

"有的说茶耳是春风刮出来的，有的说是燕子的尾巴剪出来的，有的说是山道上的小螺号吹出来的，还有的说茶耳是小茶树精的耳朵，会倾听美丽的油茶林里的声音呢!"

星星入迷地看着手中的茶耳，她想，小茶树精的耳朵能听到的声音到底是什么呢?

3

春天的油茶林是孩子们的乐园。

下山回家的时候，海鑫和林林的脖子上挂了好几串茶泡，手上捧着茶耳，他们给星星的脖子上也挂了一串茶泡。路上遇到人，海鑫和林林也不管认不认识，都会给别人一个茶泡，与大家分享今天的成果，开心得不得了。

星星跟着哥哥们，一边看着他俩嬉戏，一边在心里不停地重复着："茶耳是春风刮出来的，茶耳是燕子的尾巴剪出来的，茶耳是山道上的小螺号吹出来的，茶耳是小茶树精的耳朵，用来倾听美丽的油茶林里的声音。"她好喜欢好喜欢这段浪漫的话，以后写作文一定要写上这句话。

春天的夕阳很活泼，和孩子们一样，从山岗上跳下来，跳进卧龙溪的水底了。最后，茶树林里只剩下金色的余晖了。

夕阳收尽山林里的余晖，孩子们这才匆匆下了前途山的山岗。哥哥们的脸上挂满笑容，星星的胸前挂着的茶泡微微晃动着，带着山色，带着满山的芳香。

四　翻螃蟹

1

螃蟹喜欢躲在卧龙溪溪水里的石块下面，抓螃蟹的时候，要把石块轻轻地翻开。所以，一般抓螃蟹都叫翻螃蟹。

林林和海鑫带着星星来到溪边。春天的溪水还有些凉，山村的娃子不怕冷，林林和海鑫没有丝毫犹豫，手脚麻利地脱掉鞋子、袜子，卷起裤腿，下到溪水里翻螃蟹。星星坐在卧龙溪的柳岸边听溪水"哗哗"流动的声音，看着林林和海鑫在溪水里翻螃蟹，不时溅起水花，一整条河都荡开了波澜，河水哗然欢笑起来。

"林林，我抓到一只了，好大呢!"海鑫举起自己的战果。

"海鑫，这块石头下面有两只螃蟹。"林林指着一块大石头的下面。

星星每次和林林、海鑫一起出来翻螃蟹，或者是捞鱼、捞虾，她都会提一个轻便的塑胶小水桶。

星星说："放进蓝色水桶里的螃蟹、鱼和虾会以为自己还在溪水里呢!"

"往后我们每次翻螃蟹、捞鱼虾，都提这个蓝色的小水桶。"林林觉得星星的话很可爱。

星星提着蓝色的塑胶小水桶在岸上走来走去，她得在岸上一路跟着林林和海鑫，他们朝溪水上游翻螃蟹，她就往上走，他们朝溪水下游翻螃蟹，她就往下走。这会儿他们俩快翻到古高桥下面了，星星也来到了古高桥上。

林林和海鑫一边抓螃蟹，一边说着话。

"我爷爷说吃螃蟹补钙,多吃螃蟹长骨头。"海鑫说。

"多吃鱼长聪明。"林林说。

"你们说,聪明是从哪里长出来的?是从肚子里长出来的,还是从头顶上长出来的?"海鑫提出个奇怪的问题。

林林和星星显然不知道聪明从哪长出来的,脑袋里的东西谁也没见过啊。

"等以后聪明了就知道聪明是怎么长出来的了!"林林调皮地回答。

"那我们就多吃几条鱼,说不定哪天突然长出两只猫耳朵!"海鑫打趣地说。

星星看着俩哥哥,浅浅地笑了。

林林和海鑫喜欢天南地北地侃大山或者斗嘴,若能看到星星笑一下,他们就特别有成就感。

林林和海鑫爬上了古高桥,他们把卷在裤腿里的螃蟹放进水桶里,星星开心地看着螃蟹在水桶里爬来爬去,大一点的螃蟹就骑在了小螃蟹的背上。

"星星,我给你讲个新鲜事。"林林说。

"什么事?"星星用指头碰了碰一只大螃蟹,抬头看着林林。

"我们一起听。"海鑫也在桥上坐了下来。

"我们班的数学老师,是一条鱼变的!"林林一脸神秘地说。

星星不敢相信地瞪大了眼睛。

"是真的!"海鑫附和着林林。

"真的?"星星忍不住发问了。

"嗯!因为……他叫下(夏)海游!下海游!你说他是不是鱼变的?哈哈哈哈!"林林笑得可大声了。

"哥哥!你真是……"星星被哥哥逗得扑哧一笑。

"夏老师可是真的会游泳哦,而且游得特别好,就是他教会我游泳的!"海鑫一脸崇拜的表情。

星星用怀疑的眼神看着海鑫,她知道海鑫一直是旱鸭子,别看他胆子大,可之前他的阿公在卧龙溪教他很多次游泳,林林也教他好多回,他都没学会呢!

"夏老师是这个学期新来的数学老师,大学刚毕业,是一名实习老师。他不光数学教得好，还会经常跟我们一起打篮球，运动项目都特别擅长。同学们都很喜欢他!"林林介绍起这位夏老师。

"夏老师是我的偶像! 他教我不过两三次，我就学会游泳了，想不到吧! 旱鸭子也变成了游泳健将。星星，等到了夏天，我教你游泳，说不定你学会了游泳，你的病就好了!"海鑫很得意地说。

星星还真有点期待了，她也想游泳。

"海鑫，不知道星星能不能游泳?"林林有点担心妹妹的身体。

"林林，只要星星想学，游泳能锻炼身体，这对星星有好处啊!"海鑫肯定地说。

"你说的也有道理，那学游泳之前，我们可以带星星经常来九畹园走一走，散散步，或者跑跑步，为以后学游泳做个准备。"哥哥看出星星对游泳感兴趣的表情了。

"星星，不管什么事情，只要想学，我们就朝着那个方向去努力，只要肯学、坚持学，就一定会成功的。相信我，游泳其实很简单的。"海鑫鼓励着星星。

星星听哥哥们这么说，露出了难得的甜甜的笑。仨人的心情就像九畹园晴朗的天空一样，抛开了烦恼，只有又暖又亮的阳光、又松又软的云朵、又柔又香的微风……

2

星星其实很怀念学校的生活，她喜欢她的老师和同学，她喜欢上学读书，就算是生病她也喜欢上学读书! 要不是因为生病，她怎么也不愿意休学的。

以前在学校她经常请病假，落下一些课程，老师和同学就会帮她补课，加上自己刻苦追赶，所以，她的学习成绩一直都不错。

星星还沉浸在回忆美好学校生活的时候，哥哥们休息好了，又跳进了溪水里。

林林轻轻地翻开一块大石头，一只大螃蟹就从石块下横着爬了出来，活像穿了一身青灰色盔甲的将军，神武地挥动着一对粗壮尖锐的大刀，似乎随时准备着搏斗。螃蟹舞着一对大蟹钳，圆鼓鼓的眼珠子直瞪着前方，它在水中威风八面。

"海鑫,这里有好大一只螃蟹!"林林大声喊道。

"林林,我来啦!"海鑫靠拢过来。

可海鑫的话音还没落,林林看螃蟹要跑掉了,赶紧伸手去抓。

"哎哟!哎哟!哎哟……"林林疼得举着手大叫起来。

"林林,赶快把手放进水里!"海鑫跑了过来,溅起一河水花。

"不!我不放进水里!"螃蟹的大钳子夹住了林林的大拇指,十指连心啊,林林一边嗷嗷地叫,一边倔强地把手举起来。

"哥哥,哥哥,你怎么啦?"星星在岸上焦急地喊着哥哥。

"我抓住螃蟹啦!不!是我被螃蟹抓住了!不不不!还是我抓住螃蟹啦!"林林忍住疼,高高地举着双手,对着岸上的妹妹说。

海鑫懂了,林林是不想让螃蟹跑了,才忍着痛不肯把螃蟹放水里去的。于是,海鑫立马用两只手抓住螃蟹,和林林一起把手放进溪水里。螃蟹的钳子终于松开了,林林的大拇指终于脱离"虎口",得救了。

"林林,你真傻,放掉了我等会再帮你抓回来嘛。"海鑫冲林林摇了摇头。

"这么大的螃蟹多难得,跑了抓不回来怎么办?我明明是从螃蟹的身后抓的,可是,那螃蟹的大钳子就像会拐弯一样!"林林把受伤的大拇指放进嘴里吮吸着。虽然疼,但一想到星星晚上能吃到他抓到的大螃蟹,林林特别有成就感。

"哥哥,你小心一点!"星星在岸上心疼地看着哥哥。

"没事,一点都不疼!"林林冲着星星呵呵地笑。

海鑫把螃蟹卷进自己的裤管里,山里的孩子抓螃蟹都是这样子,穿一条能卷起来的长裤子,把抓到的螃蟹就卷在裤管里,一层一层卷起来,直到卷上大腿,装不下了,就运上岸,再放进事先准备好的水桶里。

到了岸边,星星赶紧过来拉起哥哥的手,看到被螃蟹夹伤的大拇指都破皮了,流出鲜血来。

"疼吗?"星星心疼地问哥哥。

"不疼!男子汉,这点伤,小意思!"林林轻松地笑了笑。

⭐3

溪水绕着九畹园流下来，时而急，时而缓，凉水井的蓝天白云倒映在河水里，菜花柳絮也倒映在溪水里。

星星看得痴迷，她很容易让思绪走进自己幻想的世界里去，仿佛那九畹园的油菜花是种在蓝天里的，柳絮是种在云朵上的，而这一切又都倒映在溪水里。在溪水里翻螃蟹的林林和海鑫，总是荡起波浪，让她眼里的光影流动起来。

"星星，你过来!"海鑫朝着星星喊。

林林和海鑫从古高桥的下面逆流而上，走到了卧龙溪的龙头处。

星星提着蓝色小水桶也跟到了龙头处的柳树下。她把小水桶递给海鑫，海鑫往桶里加了些水，递给了星星。林林和海鑫从小河里爬上来，把卷在裤管里的大大小小的螃蟹都放进了小水桶里。

"林林，还要去抓吗?"海鑫问道。

"不用抓了，够了，一餐还吃不完呢!"林林说。

"海鑫哥哥，分你一些吧!"星星看着累了一天的海鑫哥哥说。

"我不太爱吃螃蟹，不用给我了。"海鑫想把螃蟹都留给星星。

今天的螃蟹抓得真多，大大小小有几十只呢! 海鑫是抓螃蟹的老手，抓的螃蟹大一些。林林抓的螃蟹小一点，有几只小小的螃蟹只有小拇指的指甲大。不过，最大的那只螃蟹是林林抓的，是用被夹破了大拇指的代价得来的。

"这么小的螃蟹要不放了吧。"星星看着桶子里的螃蟹说。

星星记得奶奶说过，那些只有指甲盖大的螃蟹是刚刚出生的，还没有睁开眼睛呢，所以，把它们放回到河水里去，让它们长大了，睁开眼睛，看看卧龙溪的风光有多美丽。

"那就把小螃蟹放了。"海鑫说。

"好。"林林蹲下来，从水桶里捞起几只小螃蟹，放进了溪水里。

小螃蟹一进到溪水里，立马就隐入溪水里的落叶下面，还有的隐入水草里，再也寻不见了。

五　功勋树下

儿时心事浑难忘，梦里仓皇返故乡。

腊鼓停弦过闹市，牌楼驻马望阡冈。

山容淡远青还在，璧合无间色亦香。

最是后园风景好，百花如锦拂檐墙。①

爷爷坐在功勋树下，背诵了一首诗。这首《梦返故乡》是林伯渠在延安时写的，寄托了他对家乡的热爱和思念。爷爷的身边围坐着三个孩子，星星、林林和海鑫，他们跟着爷爷朗诵着。

爷爷喜欢林伯渠爷爷的诗词！林林、海鑫和星星也喜欢！爷爷每次来到功勋树下，都会背诵林伯渠爷爷的诗词，以此来表达对林伯渠的怀念和敬仰。

月色清丽，晚风习习。

爷爷和孩子们一起坐在功勋树下。林林、星星和海鑫也只有在这样的夜晚才有机会一起听爷爷为他们朗诵林伯渠爷爷的诗词，聆听林伯渠爷爷和林修梅爷爷的故事。

爷爷会背诵很多首林伯渠写的诗词，字字句句早已熟记于心。林伯渠的

---

① 出自《林伯渠的青少年时代》，涂绍钧等著，长江文艺出版社，2008 年。

故事也早已植入爷爷的生命，流淌在爷爷的血液里了。

"星星，你也来读一下这首林伯渠爷爷的诗。"爷爷慈爱地看着星星，眼神里流露出的是期待，是鼓励。

星星看着爷爷鼓励的眼神，朗朗背诵起来：

> 儿时心事浑难忘，梦里仓皇返故乡。
> 腊鼓停弦过闹市，牌楼驻马望阡冈。
> 山容淡远青还在，璧合无间色亦香。
> 最是后园风景好，百花如锦拂檐墙。

☆ ☆ ☆

月光下的夜晚朦朦胧胧，似梦似幻，夜色里的凉水井显得宁静而安详。

爷爷说林伯渠热爱家乡的山山水水，热爱家乡的一草一木，爷爷自己也时常在梦中梦见儿时走过的山路，梦见家乡的山水田园。

"……爷爷小的时候和凉水井的孩子一样，喜欢在夏天的夜晚漫步于荷塘溪畔，喜欢在冬天的炉火旁倾听年迈的祖母和乡间老人讲述民间的传说。"

爷爷说到这里，停顿了一下。

星星的手里正拿着一个矿泉水瓶子，瓶子里装的是凉水井的井水，井水清爽甘甜。星星赶快把水瓶递给爷爷，说：

"爷爷，喝口水。"

爷爷笑眯眯地接过矿泉水瓶子，仰起头"咕噜咕噜……"地喝起来，一缕月光打在爷爷的脖子上，爷爷的喉结随着"咕噜咕噜"的喝水声上下跳动。星星看着爷爷急促上下跳动的喉结，忍不住伸出手去，拍着爷爷的肩膀说：

"爷爷，慢点喝，慢点喝。"星星关心爷爷。

爷爷一口气喝掉了半瓶泉水，用手掌抹了一下嘴唇：

"这水真好喝，嗓子一下就凉爽了。"爷爷一边说话，嘴角的水珠一边滴落下来，和着爷爷胡茬上的气味，滴落到脚边的泥土上，很快就润进了土壤里。

星星接过爷爷手中的半瓶水，等着爷爷继续讲故事。星星、林林和海鑫都听得津津有味、意犹未尽。

"坐久了，得起身走走。"爷爷说着，站了起来，孩子们立刻跟着爷爷站了起来。

爷爷和孩子们沿着林伯渠故居旁边的下浮堰、上浮堰走了一圈，他们又从上浮堰走到下浮堰，回到功勋树下，坐了下来。

"星星，来，把外套穿上，帽子戴上。"爷爷每次晚上带着孩子们出来散步，都会给星星带上外套和帽子。

"爷爷，我不冷。"

"不冷也穿上，晚上有露气的。"

"爷爷，你接着给我们讲故事吧！"星星一边听话地穿上外套、戴好帽子，一边央求爷爷接着讲故事。

星星最喜欢听爷爷讲故事，尤其喜欢坐在功勋树下听，爷爷也喜欢坐在功勋树下讲，这个氛围温暖而幸福。

月亮趁人不注意的时候，静悄悄地在漆黑的天空上爬高了一些，现在抬起头看，它正挂在功勋树的树巅上，就像功勋树结出了一个月亮果子。

爷爷抬头望了望功勋树上的月亮。

"你们知道，我为什么特别在意功勋树吗？"爷爷问道。

"因为这棵树生长在这里有几百年的历史了，或者比这更长的时间。"海鑫抢先答道。

"因为这棵树生长的时间够长，又高又大的原因。"星星接过海鑫的话说。

"因为这棵树，爷爷小时候爬过。"林林说。

"你们说的都对！这棵树生长在这里，有上百年的历史。爷爷小的时候，也是体弱多病。后来，为了强身健体，每天都爬树健身，在树上迎着日出朗读诗文，你们想知道这棵树和爷爷更多的故事吗？"

孩子们点点头，期待爷爷的故事。

"小时候我的父亲常年不在家，母亲操持家务忙里忙外，所以，很长一段时间，我大门不出，二门不迈，天天待在家里。结果，到了快进学堂读书的时候，我比别的小朋友反应迟钝，说话吐字不清，甚至有些心神恍惚，而且视力不好，听力也不好。俗话说，'坛里生豆芽，成菜不成材'。家人们经过反复商量，决定让我走进大自然，经历风雨，通过加强身体锻炼增强体质。

　　"家人把我带到院子大门前这棵千年古松下，古松长得郁郁葱葱，树身挺拔伟岸，枝干苍劲坚韧，直入云霄。父亲用手抚摸着树干，对我说：'你可以先从攀树练起，每天太阳升起来之前起床，舒展一下筋骨，试着爬上古松，攀上树巅。找个结实的树干坐着，休息的时候可以在树上背诵诗词。背完几篇，太阳就出来了，让太阳光照照你，再滑下树来，饱饱地吃上一顿早饭。只要我们能持之以恒锻炼下去，身体就不愁强健不起来。'

　　"我抬头仰望着这棵直冲云天的大树，想到每天都要以自己瘦弱的身躯来征服它，心里不免有几分胆怯。但转念一想，如果每天独自一人坐在家中喝那些苦涩难咽的汤药，还不如每天来攀爬这棵大树。我忽然从心底生出一股勇气，我就不相信自己爬不上去，我要挑战自己！

　　"于是，我脱下外套，搓热手掌，双手抱住树干，两腿往上一缩，然后蹬腿，一缩一蹬，向上使劲攀爬。眼看着爬高了一点，可是，终究还是力气不够，不一会儿就从树上滑了下来。父亲一直站在一旁，保护着我。但父亲不会扶我，只在一旁指点着，告诉我攀爬大树的要领。

　　"我不甘心就这样败下阵来，不顾两只小手已经磨出血泡，仍然一次次向大树发起进攻。就这样我每天都比前一天进步一点。

　　"从此，我每天都攀爬古树、练功健身。不论刮风下雨、严寒酷暑，从不间断。慢慢地，我的身体越来越强健，再也不用每日都抱着汤药罐了，原来的汤药罐被遗忘在厨房的角落里。日复一日，年复一年，冬去春来，古树的树皮在春夏秋冬的季节更替中，越来越光滑，显现出岁月的亮色。"

　　林林、海鑫和星星不由得仰起头来，敬仰地看着这棵树，谁也没有打断爷爷的话。

　　"以前大门不出、二门不迈的我，后来可以到村子和小朋友一起玩耍、做游戏，我们在前途山的树林里捉迷藏，在九畹园的田野上奔跑。我认识了很多花卉和昆虫，与其他孩子一样，卷起裤管，下到卧龙溪的溪水里翻螃蟹、捞鱼虾，还参加了捡谷子、摘瓜果、砍柴和割草的队伍。

　　"我感受到了大自然的新鲜和多彩，太阳升落、月亮盈亏、雷霆闪电、风雨彩虹、季节变换，等等，都能激起我的遐思……"

3

结在古松上的月亮果，此刻已经高高地挂在了深蓝色的天空上。孩子们都很喜欢听爷爷讲故事，尤其是星星。无论爷爷什么时候给他们讲故事，无论一个故事讲多少遍，他们都百听不厌。每多听一次，孩子们都会有新的体会和感受。

"好了！今天就说到这里。"爷爷起身站了起来。

"爷爷，我还想听你讲故事。"林林和海鑫央求爷爷。

"那我们就边走边说，说说革命先烈们的故事。"爷爷爽快地答应道。

"红军长征途中历经了千辛万苦，特别是断粮以后，警卫员们开始四处寻找野菜。一位老红军居然找到一张烂马皮，这让他很兴奋。他用小刀刮去马皮上的毛，将马皮切成小块，在瓦盆里煮。谁知煮着煮着，瓦盆突然炸裂，马皮掉进火堆里。警卫员扑灭火，把火堆里的零碎马皮小心地捡起来，再找了个铁锅继续煮。煮了很久也煮不烂，于是干脆就这样吃。可是，几位老红军根本嚼不动，只好硬生生地往肚子里吞。林伯渠爷爷曾说过：'留得生命在，革命就开花。'你们想想革命老前辈在那样艰苦的环境里，他却是那样乐观，坚信革命必胜的信念。我们要向林伯渠爷爷学习，学习他的乐观精神和对革命必胜的信念。星星，一定要爱惜生命，锻炼好身体，体质增强了，病魔就逃跑了。"

几个孩子听到这里，他们非常感动，也很受鼓舞。星星感动得眼泪都快掉下来了！红军长征的时候吃野菜、啃树皮，连马皮都吞着吃，而现在奶奶熬的鸡汤自己都不知道珍惜，还说喝腻了。

"爷爷，那时候真有那么苦啊？"林林眼含泪花地问爷爷。

"比我们现在想象的还要艰苦很多很多！"爷爷认真地说。

"星星，以后有时间，哥哥就带着你散步、爬山、跑步、爬树，加强运动，锻炼身体。"林林转过头对着星星说。

"星星，我也和你们一起运动。"海鑫说。

"好！"星星很感动，她使劲点了点头。

"林林、星星、海鑫，你们不仅要锻炼身体，还要好好学习，多学知识，无论遇到什么困难，都要乐观上进！将来一定会有出息的。"爷爷说。

"爷爷，我明天早上帮你扫地，扫地回来，白天就在家里给星星补课，下午，带星星到田野上、卧龙溪边去玩耍、散步，认识田野上的花草和昆虫。"林林说道。

不知不觉，他们已经走到了家门口。

"明天上午我跟着爷爷去前途山的油茶林，下午回来后和你们一起去田野。林林，到时记得叫上我！"海鑫和大家分手的时候，他一边说，一边向自己的家跑去。

海鑫的家在卧龙溪的左岸边，月光下他的身影轻快地穿过了九畹园，很快消失在古高桥柳堤岸边的拐角处。

"咯吱"一声，奶奶打开了大门，把星星、林林和爷爷迎进屋里。

"咯吱"一声，大门紧紧关上，月光从门缝里漏进院子。

凉水井的夜晚，宁静而美好。

六　春天的课堂

桃红柳绿，春光明媚。

林林和海鑫带着星星来到卧龙溪。一开始，他们在卧龙溪的岸边散步，认识昆虫……后来，海鑫和林林下到溪水里翻螃蟹，星星则回家拿来一直用的蓝色小水桶，用来放螃蟹。

星星坐在古高桥上，时而低头看看水桶里的螃蟹，看它们在里面爬来爬去。她像往常一样，要是发现有非常小的螃蟹，就会把它捞出来，抛回溪水里。她时而看着风景，时而看着林林和海鑫说笑着，开心的时候星星偶尔也会插一两句话。

古高桥是一座有六百多年历史的由红色的石头砌成的古桥，菱形的桥墩，虽然历经岁月沧桑，至今依然完好无损。

卧龙溪从桥下自东南向西北蜿蜒逶迤而下，涓涓流水，常年不干涸。

传说在光绪年间，正月里的一天，阳光和煦，一名云游道人来到九畹园，看见小河流水清澈见底，小鱼小虾在水中游来游去，两岸菜花飘香，柳枝轻拂水面。云游道人正心情愉悦地欣赏着小河的自然美景，忽然看见哗哗的溪水里有一条乌龙在水中游动，身体有水桶大，两丈长，身上的鳞片闪闪发亮，更神奇的是头前有一个大嘴，水从龙嘴里不断地喷涌而出。云游道人感到很惊讶，心想："这条小河怎么会有乌龙？"再仔细看时，只见水底全是青色的岩石，刚刚游动的乌龙是隆起的岩石在溪水流动时出现的幻象。乌龙嘴里喷涌而出的水柱，是在几丈远处的地方有一股水流从岩罅中流入，那岩罅接通乌龙的龙嘴，水从龙嘴里喷出。云游道人虽然觉得这种景象自然巧合，但总感到这样的事情很神奇，于是，他问一位村民这条溪流叫什么名字？村民说小溪没有名字。云游道人说："今后就叫'卧龙溪'吧！"说完，飘然而去。

林林和海鑫翻了一会儿螃蟹，爬上了古高桥。

"我们一起来朗诵古高桥的诗歌，你们觉得怎么样？"林林提议到。

"好！"海鑫和星星异口同声地说。虽然，星星的声音很小，林林和海鑫还是听见了。

"星星，声音可以大一点！"海鑫鼓励星星。

星星微笑着点了点头。

"我喊一二三，我们一起读。"林林接着说："一！二！三！"

"此溪只应天上有，红桥高卧太平居。"三人异口同声。

阳光落在孩子们的身上，落在桥上。古高桥和孩子们的倒影在溪水里，把红色的古高桥涂染得更加美丽而生动。

2

太阳的光辉照射在九畹园的油菜花田里，千亩油菜花田像一床巨大的金色毯子，铺在九畹园上，向四方展开，一拨一拨来参观的人，都要来到九畹园的油菜花丛中拍照留念。

林林和海鑫带着星星，走在田野上的油菜花丛中。春天的九畹园，呈现出梦幻而又生动的色彩。

"哥哥，好香啊！"星星很享受地闻着花香，"我在农家书屋的一本书上看到一首短诗，叫《春天的课堂》，我很喜欢。"

"你能读给我听听吗？"林林非常期待地看着星星。

"可以。"星星慢慢地朗诵了起来：

　　　　　　　那个逃学的午后，
　　　　　　　我在油菜花地里醒来。

　　　　　　　风穿针引线，
　　　　　　　大地摊开阳光的布匹。
　　　　　　　四个花瓣，又四个花瓣，
　　　　　　　她们用十字绣的游戏，
　　　　　　　教会我，一个名叫春天的词汇。

　　"为什么喜欢这首诗?"海鑫问。
　　"我觉得这首《春天的课堂》像是写给我自己的。"星星脸上带着笑。

　　九畹园的油菜，正在一边结荚，一边开花。
　　"世界上的花朵千千万，你们最喜欢什么花?"林林问道。
　　"很多人都喜欢莲花，特别是女孩子，莲花品质高洁，出淤泥而不染。"林林接着问星星："你最喜欢什么花?"
　　"以前我最喜欢莲花。不过，现在我喜欢油菜花!"星星说。
　　"林林你呢? 喜欢什么花?"海鑫问林林。
　　"我和星星一样，也喜欢油菜花，特别是九畹园的油菜花。不仅因为它生命力强，还因为这是盛开在红土地上的油菜花，是盛开在林伯渠爷爷故乡的油菜花，是盛开在家门口的油菜花!"
　　怪不得林林的作文写得好，海鑫和星星都觉得林林说得特别有道理。
　　"我喜欢油菜花的理由多得很，你们猜猜，还有什么是让我喜欢得不得了的理由?"林林说。
　　"啊? 你还有喜欢得不得了的理由?"海鑫好奇地问道。
　　"哥哥，你快说!"星星也急着想知道答案了。
　　"因为，油菜花是世界上最有趣的花!"
　　"最有趣的花? 怎么个有趣法?"海鑫问道。
　　"哎呀! 哥哥，别卖关子啦!"星星向哥哥撒起了娇。
　　"来，你们看! 油菜花经历开花、长高、分枝，在分枝上又出现新的花蕾，再开花、分支，这样不停地循环下去。一株油菜分出若干的花枝，花枝上不长叶子, 只开花朵, 金黄色的油菜花围着茎秆一路往上现出花蕾, 一路开花。靠近油菜根部的花朵, 第一朵花谢了, 就开始结青绿色的荚, 瘦瘦小小的青荚一天一个样, 一天天饱满起来。一棵油菜最后会分出若干的花枝, 花期很长。这一片油菜花能开出数不清的花, 结上成千上万颗青绿色的荚。你们想想, 要是一株油菜只开一朵花, 或者只开几朵花, 那会是什么样子呢?"林林说到这里, 问身旁两个听得入迷的小伙伴。

"那油菜就得大减产啊!"海鑫说。

"那大家都没得菜油吃啦。"星星说。

"所以啊! 油菜是拼了命地往上开花, 往上结荚。"林林说。

"林林, 你观察生活真细致! 我以后得向你学习!"海鑫真诚地说。

"哥哥, 油菜要开这么多的花朵, 它会不会很累啊?"星星问道。

"开更多的花, 才能结出更多的油菜荚。这样, 它奉献给人们的果实才会更多更多, 这就是油菜精神!"林林说出了自己的理解。

海鑫一边鼓掌, 一边大声说:

"林林, 我也喜欢油菜花了! 最喜欢九畹园盛开的油菜花!"

星星也跟着鼓起了掌。

3

林林、海鑫和星星钻出油菜花田, 身上、头上都沾满了油菜花粉, 他们喜欢沾满花粉的自己, 站在古高桥上对着溪水照自己的倒影。他们的倒影在溪水的花草丛里随波荡漾, 身形变幻不定, 星星觉得很有趣, 她觉得水里的那个世界和油菜花一样奇妙无比。

夕阳里, 在田野上劳动的人们三三两两地收工了, 他们有的扛着锄头, 有的挑着担, 走在田埂上, 走过古高桥, 一路上说说笑笑, 谈论着农事。卧龙溪两岸青瓦白墙的村落, 开始升腾起袅袅炊烟。

几个孩子走在开满油菜花的田埂上, 星星跟在哥哥的身后, 向着家的方向小跑起来, 一种生命的律动充盈着她的心灵, 她觉得自己的生命里忽然生长出了一株油菜, 一株枝繁叶茂、花香四溢的油菜。

星星在心里一遍又一遍地吟着《春天的课堂》:

那个逃学的午后，
我在油菜花地里醒来。

风穿针引线，
大地摊开阳光的布匹。
四个花瓣，又四个花瓣，
她们用十字绣的游戏，
教会我，一个名叫春天的词汇。

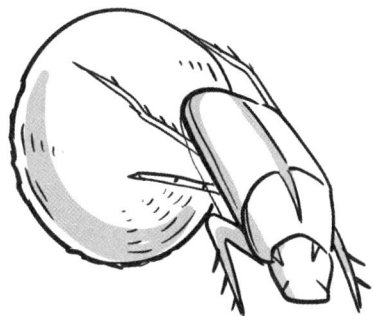

七　圣甲虫

1

爷爷一早就出去扫地了，那是他的工作。

林林起得早，扛着扫帚和爷爷一起去扫地了，这也是他每个周末必须做的工作。

奶奶穿着一件翠绿色的上衣，蹲在桂花树下选豆角，身边放着一个菜篮子，前面有一个洗菜的盆子，盆子里装着半盆清亮的水。

奶奶是老花眼，视力不太好，但她不喜欢戴老花镜，所以选豆角的时候，必须待在光亮处。

奶奶拿起一个豆角，对着初升的太阳光照一照，豆角就会照得通体透明。然后奶奶再仔细看看豆角的肚子里有没有虫子，没有虫子的话，再从豆角的中间掐断，拉下豆角边缘的茎丝线……就在这个时候，奶奶的手机响了。

奶奶赶快用衣角擦了擦手，拿出手机。是星星的妈妈打电话来了！

这段时间，有爷爷奶奶精心照料，有哥哥和海鑫经常陪伴着星星，星星很开心，话越说越多，笑容也比以前多了。往常妈妈来了电话星星是不肯接的，如果坚持要星星接电话，她还会发脾气。可这次，奶奶决定再试试，希望星星能接妈妈的电话。

妈妈三天两头地打电话，星星从来不接，她心里一直认为妈妈既然那么想家，这么想她，那就回来啊！当时走得那么坚决，现在又不回家，就少打电话。星星不理解大人的心思，复杂又奇怪，嘴上说的和做的不一致，口是心

非。爸爸和妈妈，嘴上说有多么多么爱她，可就是不回家。

"星星！星星！来接电话！你妈妈打电话来了！"奶奶一手拿着手机，一手拿着豆角，仰起头，朝着星星的小窗喊着。星星听见奶奶喊她，是妈妈来的电话，她瘪了瘪嘴，假装没听见。

"星星，接一下电话嘛，妈妈想你呢！"奶奶进了星星的房间，因为爬楼梯爬得急，一只手撑在星星的床沿喘着气，一只手把手机递了过来。

星星躺在床上，手里捧着一本《昆虫记》，这本书是林林上周从村里的农家书屋借的。他们只要想看书，可以随时从村里的农家书屋借到自己喜欢的书籍。

林林看完了《昆虫记》，觉得很有趣，就把书推荐给了星星。想不到星星一打开书，刚读了两页，便爱不释手了。

"我不接电话！"星星大声说。她对于爸爸妈妈离家这么久不回家，仍然不能释怀。

奶奶开了免提，电话那头，妈妈听得清楚。

"星星！星星！接妈妈电话呀！"妈妈的声音带着哭腔："星星，你还好吗？你胖了还是瘦了？长高了吗？有没有再咳嗽啊？吃早饭了吗？奶奶早上给你做了什么好吃的？在家里要听爷爷奶奶的话……"

奶奶的手一直举着手机，尽量凑近星星的耳朵。星星不说一句话，死死地咬紧嘴唇，生怕从牙缝里溜出"妈妈"两个字，或者"哇"的一声哭出来，她要坚持住！

"跟妈妈说话，叫一声妈妈。"奶奶对着星星做口型，嘴巴一张一合，没有发出声音。

星星把脑袋扭向一边。

"星星，我是爸爸呀！我是爸爸，你接一下爸爸的电话好吗？星星……"爸爸也过来跟星星讲话。

星星还是沉默不语，嘴唇咬得紧紧的，泪水在眼眶里打转。

"我的星星，我的乖星星，我是妈妈。妈妈知道你听到我和爸爸的声音了，你也和爸爸、妈妈说句话，让爸爸和妈妈听听你的声音，好吗？"

奶奶走得更近了，让星星接电话。星星已经退到墙角，爸爸妈妈说话的声音也越来越近。

星星忽然扭过头来，对着手机大叫一声：

"你还不如一只圣甲虫妈妈！你还不如一只圣甲虫爸爸！"星星说完，转身跑开了，她跑下了楼。

"什么圣甲虫？"爸爸妈妈疑惑了。

"我也不知道这孩子没头没脑地说什么，说完她就跑开了。"奶奶也不懂。

星星说的圣甲虫，是书本里写的。

圣甲虫妈妈会为她的孩子建设美丽的家园，辛辛苦苦地喂养那些还没有长大的小圣甲虫。无论发生什么情况，圣甲虫妈妈都不会丢下自己的孩子不管，不会抛下圣甲虫孩子，自己去很远的地方。一只圣甲虫妈妈的身上凝聚着深厚的母爱。

"妈，星星还好吗？"星星的妈妈问奶奶道。

"好好好，你们放心！她好着呢！就是脾气时好时坏，不爱说话，之前人家和她说话，她爱理不理。这段时间，每天坚持锻炼身体，林林和海鑫每天陪她，比之前好多了，长高了，见人会打招呼了，偶尔还会跟我们聊天呢。今天没接你们的电话，你们不要急，慢慢来啊。林飞，燕子，你们都还好吧？在外面习惯吗？"

"妈，您不用担心我们，我们都很好。就是比较忙，最近天天加班，爸爸和林林一切都好吧？"是星星爸爸的声音。

"好好好，都好！你们在外面也不要太累，我不耽误你们时间了，我去看看星星怎么样了。"

"好，我们没在身边，您和爸保重身体！"妈妈关切地说。

"你们也要保重身体！"

"妈，您发两张星星的照片过来行吗？"

"手机里的照片上次都被她删除了。"奶奶无奈地说。

"要是有机会，您再远远地拍两张，我们太想她了。"

"好，好！"

奶奶挂了手机，立马下了楼梯，没看见星星，不知星星跑到哪里去了。星星必须在她的眼皮子底下，她才安心。这下奶奶心都提到了嗓子眼，一边呼喊着一边冲出了大门。

"星星！星星！星星……"

2

奶奶是在卧龙溪岸边的柳树下找到星星的。

星星蹲在那里，双手抱着膝盖，头搁在膝盖上，脸埋在两条并拢的大腿间，肩膀不停地耸动着，哭得像个泪人儿。

奶奶的心就跟针尖扎似的生疼。在这种状态下，她是没有心情偷拍照片的。

自从爸爸妈妈那次不辞而别后，星星和谁都赌气。

爸爸妈妈是星星心里最深的伤痛了，每次爸爸妈妈打电话来，她的情绪就久久不能平静。她觉得爸爸妈妈应该留在她的身边，守护着她，陪伴她和哥哥，照顾他们，而不是把他们丢给爷爷奶奶。

表面上星星恨爸爸妈妈，但其实星星没有一天不想他们的。特别是在她生病的时候，她想到妈妈在家时给她熬汤喂药，搂着她睡觉，真的很幸福。但一想到这个温暖的怀抱已经没有了，心里就更加难受。这段时间以来，星星只做两个梦，一个梦是跟奶奶说过的梦见自己变成了一只飞鸟，另一个梦没说过，那就是和妈妈一起在前途山的油茶林里奔跑。妈妈在前面跑，她跟在后面追，想追上妈妈的脚步，然而，她总是离妈妈有一段距离，怎么也追不上。想大声地喊妈妈，想要妈妈等等她，但是她又喊不出声音。

"星星，奶奶的乖孙女，跟奶奶回家。"奶奶伸手扶星星起来。

"奶奶……"星星站起来，扑进奶奶的怀抱，眼泪再一次喷涌而出。她不知道为什么自己的眼睛里会有那么多的泪水。

奶奶心疼也搂着星星，告诉她："星星，你的爸爸妈妈是最爱你的！爸爸妈妈是为了这个家，为了带你去大医院看病，才出去打工挣钱的。外出打工也是不容易的，工作一整天，晚上还要加班，还牵挂家里的老人和小孩，真是难为他们了！星星，你看海鑫的爸爸妈妈在外面打工，小花的爸爸妈妈也在外面打工。这都是没有办法的事。"

"奶奶，如果我们一家人都是圣甲虫，是不是会很幸福啊？圣甲虫的妈妈最疼爱自己的孩子，从来不离开那些小圣甲虫，直到那些小圣甲虫都长大了，自己能飞了。"星星又说到了圣甲虫。

这下奶奶终于懂了星星说的圣甲虫是什么意思了。

"奶奶知道你心里委屈,坚持过了这几年难关,一定会好起来的。星星要做一个坚强勇敢的孩子,我们会陪你战胜病魔的。"

"我只想要妈妈在家里陪我。"星星委屈地小声说了一句,慢慢跟着奶奶往家走了。

3

奶奶回到家,依然蹲在桂花树下,拿起没有选完的豆角,又开始对着太阳光照起来。

星星回到自己的房间,痴痴地看着窗下的一切。几只鸡围在奶奶身边,奶奶如果发现生虫的豆角,就会扔到鸡群中去。一只大公鸡为了抢到豆角,扑着翅膀飞了起来。这时,一只母鸡抢先一步,叼起了豆角,然后立马把豆角带给旁边的一群小鸡们。小鸡有吃的了,鸡妈妈就在一边帮小鸡护食。

小鸡也有妈妈陪,真好!星星不由又羡慕起来。

奶奶选完豆角,就在厨房里忙活起来。

奶奶从来都不厌烦家务活,从早忙到晚,从来都不会发脾气。因为在奶奶心里,这是她必须要做的事情,照顾这一家子是她的责任,她的幸福和快乐就播撒在平常繁杂琐碎的事情里,播撒在一日三餐锅碗瓢盆"乒乒乓乓"的碰撞声里……

奶奶把香喷喷的饭菜端上餐桌的时候,林林和爷爷也正好扫地回来了。林林在修梅镇中学读初一,星期天下午去上学,在学校寄宿,一周回家一次。所以,每个周末,有林林帮忙,爷爷比平时回来得早一些。

一家人吃过早饭,各忙各的。爷爷难得清闲一会儿,就在一把睡椅上眯眯眼、晒晒太阳、补补瞌睡。

奶奶换下了星星床上的被单,坐在桂花树下搓洗。虽然家里去年买了一台洗衣机,但奶奶舍不得用,还是坚持用手搓。遇上难洗的污渍,就用两个大拇指的指甲反复抠。

林林精神饱满,精力充沛。吃完早饭,他抓紧时间开始写自己的家庭作业，他还要挤出时间帮妹妹补课。

星星坐在书桌前面，拿起红树叶，翻开《昆虫记》第九页，将一片树叶夹进书里，合上书。红树叶是林林早上扫地时捡的，红树叶看着像羽毛的形状，想着星星肯定喜欢，特意带回来送给星星。星星看着哥哥带的礼物，心中欢喜，立马接过红树叶，数了一数，有六片叶子。放在鼻子下闻闻，带着植物的芳香，仿佛自己是飞在树林里的小鸟。

星星把书抱在怀里，慵懒地靠在窗户旁，听桂花树上鸟儿的啁啾声，今天的心情格外好。

4

林林写完作业，立马开始帮妹妹补课。

星星平时心情时好时坏，但哥哥帮她补课，她就会特别乖，特别听话。这个时候，她会把哥哥当老师一样尊敬。星星喜欢学习，渴望学习。

星星补习完，写了作业，还看了好一会儿书。

看了看时间，已经下午三点了。本来昨晚与海鑫约好一起去野外的，可海鑫一直没出现。从来不失约的海鑫肯定是有重要的事情忙去了，星星心里虽然能理解，但还是不免失落。

林林看出妹妹有些不开心，立马起身拉起星星：

"海鑫肯定有事忙，没关系，走！哥哥带你去野外。"

星星牵着哥哥的手，兄妹俩一起出了门。

☆ ☆ ☆

春日里的天气是一日比一日暖和，天空也是一日比一日明亮起来，特别是在这样的下午，九畹园的田野上涂满斜阳，温热而灿烂。当最后几朵零稀的油菜花凋谢之后，满眼便是油菜青绿色的荚。

兄妹俩漫步在九畹园的田间地头，享受着下午的时光。星星执意要哥哥帮她找到一只圣甲虫。

圣甲虫，学名蜣螂，俗称屎壳郎，是一种黑色或黑褐色的大中型昆虫。

它以粪便或腐殖质为食，能将粪便运到地下，使生态系统平衡，有"自然界清道夫"的称号。

"哥哥，我想找到一只圣甲虫。"比起"屎壳郎"这个名字，星星更喜欢"圣甲虫"这个称呼，她觉得"圣甲虫"名副其实，和环卫工作紧密相连，也很神圣，是神圣的甲虫。

"好！哥哥帮你找。"

"能看见它们推粪球吗？"

"运气好就能看见。"

林林和星星朝着卧龙溪左岸的下游走去。林林让星星走在前面，让她走慢点。可是，星星倒是心急，迈着急促的小碎步。

"世界各地无论是高山、平原、河川、沼泽、草地，土壤里都有圣甲虫的踪迹，关键是——我们要先遇上一堆牛粪。"林林打趣地说。

"狗粪、羊粪也可以吗？"星星认真地发问。

"应该可以的。"

林林和星星来到了放牧牛羊的草地上，他们觉得草地上肯定有动物的粪便。不一会儿，还真让他们给找到了。当然，运气特别好，一起被发现的还有正在小路上推粪球的圣甲虫。

"他们在打扫小路呢！"

"嘘……"星星把手放在嘴边，示意哥哥不要吓跑了它们。

星星慢慢蹲下来，在旁边屏住呼吸，痴痴地看着。林林轻轻放下手中的芭茅草叶子，陪着妹妹观察圣甲虫。

圣甲虫穿着深褐色铁甲长袍，带着金属的光泽。宽阔扁平的头顶像一把铲子，上面长着六个尖细的齿，排列在月牙儿状脑壳的前沿，它的头顶还长着一个长长弯弯的突角。这带齿的扁平宽阔的顶壳，既可以挖掘、切割，也可以插举、抛甩，还可以当作耙子，把需要的东西统统耙过来，归拢在一起，滚成一个圆圆的粪球。

现在，几只圣甲虫都在努力地工作。

一只圣甲虫已经滚好了一个粪球，粪球比它的身体要大几倍，有鸡蛋那么大，挡在道路的最前面。另外几只圣甲虫也都滚好了自己的粪球。它们的洞穴在小路上方芭茅草草垛旁边的一个小斜坡上，有一定距离。

"这么大的粪球要推这么远，它们能办到吗？"星星轻声问哥哥。

"没问题的，你看看它们怎么运送的。"哥哥指着最前面的第一颗粪球。

圣甲虫头朝下撑在地上，脚朝上搭在粪球上，开始使劲往前推。可能是粪球实在太大了，半天也没推动。神奇的是，其他几只圣甲虫很自然地纷纷放下自己的粪球，赶过来帮助这只圣甲虫。

它们围在第一个粪球周围，一起朝一个方向用力。果然，鸡蛋大的粪球滚动了起来！

"好厉害啊！"星星忍不住欢呼。

"是啊，团结就是力量！"哥哥也赞叹道。

星星的目光聚焦在一只圣甲虫身上，只见它把腿收在肚子下，身子紧贴着粪球，和粪球浑然一体。粪球滚动的时候，它的身体就失去了固定的位置，忽而在粪球的顶上，忽而在粪球的左舷，忽而又在粪球的右舷，球体有时还从它身上碾轧过去。

"哥哥，你看！这只圣甲虫是不是偷懒搭车的？"星星捂着嘴巴笑了。

"它应该是在帮助粪球控制方向吧。"林林解释道。

此刻，粪球要上斜坡了，行进更加艰难，刚才"搭车"的那只圣甲虫，现在正处在排头兵的位置。它从粪球上落到地上，绕到粪球前面，用带齿的双臂拉拽着沉重的粪球，用足力气在前面拉，其他的同伴在下面撑住粪球，拼命地在后面推，一点儿、一点儿地往上顶。

就这样，一群圣甲虫通过合作，上边的拉，下边的推，把一个粪球运到了洞穴，又开始合作运送下一个粪球……

星星屏住呼吸观察了很久，不禁感叹道：

"圣甲虫真了不起！大家都懂得合作，一起迎难而上。"

"是啊。除了有团队精神，它们更让人赞叹的是它们做着最脏最累的工作，将自然环境清理得干干净净。"林林赞赏地说。

"那圣甲虫就是人类的朋友！"

"大家把圣甲虫称为大自然的'环卫战士''清道夫''清洁工'呢！"林林像一个昆虫学家，说起来一套一套的。

"那圣甲虫和爷爷做的是一样的工作。"星星说。

"对！爷爷也是这样，吃苦耐劳，甘于奉献。"林林接着问：

"星星，你以后长大了想做什么样的工作？"

"不知道。"星星摇了摇头。

"好好想一想，你长大了，想做什么？"

"做一只小圣甲虫就挺好！"星星调皮了起来。

"哈哈哈，好！那我们一家人都做圣甲虫，圣甲虫爷爷、圣甲虫奶奶、圣甲虫爸爸、圣甲虫妈妈……"林林一边说笑，一边牵着星星往回走。

"哥哥，那我要当一只不生病的小圣甲虫！"

"好！全家都健健康康地一起推粪球好不好？"

"哈哈，好！"星星开心地笑了。

星星离开草地的时候，一步三回头，今天特别地开心，只是想到要是海鑫哥哥也在该有多好。

"哥哥，下次看到海鑫哥，问问他今天去哪了。"星星忽然扭过头来对林林说。

"嗯，下次我们和他再一起来。"林林点了点头。

太阳已经落进卧龙溪的另一边了，天空和草地涂满了红霞的余晖，草地上忙碌的圣甲虫还没有收工，仍然在搬运着小路上的粪球，把草地上的小路打扫得干干净净。

星星想："要是一家人都是圣甲虫，可以待在一起，努力工作，服务人民，多美好。"她的脸上不禁露出了笑容。

八 失语

星星又感冒了。

这次感冒非同寻常，星星一个劲地咳嗽，咳到厉害时连呼吸都困难了。爷爷很快叫来了车子，把星星送到了县医院。星星在医院住了几天，病愈出院了。从医院回来后，星星一句话也不说。

星星不说话，这可让奶奶担心得不得了。

"什么话都不说，病一次难道变成哑巴了?"奶奶皱着眉。

"哎……"爷爷叹了一口气。

"你说这孩子，突然不说话，不会是得了抑郁症吧?"奶奶担忧地说。

"乱讲话，不许胡说!"爷爷看了奶奶一眼。

"我也是听人家说的，说这个抑郁症挺难治的。"

"她只是不愿意和别人说话而已，会好起来的。"爷爷说。

星星回到家后，大部分时间都把自己关在房间里，拒绝奶奶给她梳头，不喝中药，也不喝鸡汤。每天奶奶叫她吃饭，她也不答应，就默默地坐在饭桌上，就吃上那么几口。爷爷和她说话，她也是不作声，连故事也不听了，吃了饭，就一个人默默地回房间。

"星星，你说奶奶哪里得罪你了，你告诉奶奶，奶奶改正还不行吗?"一天，吃完早饭，奶奶实在是受不了啦。

"星星，你说句话好吗? 你都三天没有说一句话了，你哪怕骂奶奶几句也好……"奶奶跟在星星的身后，不停地嚷嚷着。

星星进了自己的房间，"砰"的一声，把奶奶关在了房门外。

奶奶一个人站在房门外抹着眼泪，默默地走下楼梯。此刻，爷爷正站在楼梯下，望着楼梯口。

"她要是不开心，跟我发脾气、吵架都好，这样一句话都不说，我会发疯的。"奶奶走下楼梯对爷爷哭诉道。

"孩子生闷气，你也别太担心，等她气顺了，就好了。"爷爷安慰着奶奶。

奶奶真的很担忧星星。

一向开朗有办法的爷爷，此刻，也变得心情沉重起来。奶奶从口袋里掏出手机。奶奶心想："要不要给星星的爸爸、妈妈打个电话？"拿着手机犹豫不决。爷爷看着奶奶，摇了摇头。奶奶看爷爷摇头，知道爷爷是害怕星星的爸爸妈妈在外担心，奶奶把掏出的手机又放回了裤兜里。

这会儿，爷爷奶奶都盼望着周末快点到来。因为到了周末，林林和海鑫就会回来了，星星说话就有了希望。人们常感叹"光阴似箭，时光如梭"，但爷爷奶奶现在感觉却是度日如年，感觉时间就像一只乌龟的旅行，很慢很慢。

星星以前把自己一个人关在房间里，是因为她胆小，离开了林林和海鑫，她哪儿也去不了。不是不想去，而是不敢去。哪怕家门口的九畹园阳光明媚，百花盛开，哪怕野外的花鸟鱼虫对她有无穷的诱惑力和吸引力，她也不敢一个人走出家门。她敏感又胆怯，她希望自己变成一只飞鸟，自由自在地在外面飞翔。她又害怕自己突然间死掉，她更害怕自己一个人死在野外，都没有人发现她。

这次生病，她前所未有地恐慌、害怕，好像离死神只有一步了，好像一瞬间就与这个世界、与所有家人永别了。所以，星星回家后就把自己关在房间，她害怕，感受到了连自己的生命也没有办法掌控的绝望。

2

终于到了周末。林林和海鑫从学校回来，海鑫没回家就直接来看星星。

上午，太阳慢慢隐入云层，风从卧龙溪的河面上吹来，有些凉凉的湿气。

他俩好不容易把星星从家里拉了出来，在林伯渠广场，林林和海鑫挨着星星坐了下来。

"星星,怎么连我也不理了?"海鑫用胳膊肘碰了碰星星。

海鑫喜欢穿色彩鲜亮的衣服。今天,他穿的红色夹克,肚子前胀鼓鼓的,滑稽得像一个孕妇的大肚子,样子有点怪怪的。

星星不说话,小嘴撅了撅。

"星星,笑一个。"海鑫偏着头看着星星。

星星嘴张了一下,话又憋回去了。

"那你先告诉星星,上次为什么失约?"林林看出妹妹的心思,帮她说话。

上周星期天的下午,林林坐校车上学去的时候,也没有看到海鑫上车。上晚自习的时候,海鑫才急匆匆地跑进教室。

海鑫回忆到:"上次啊,我想想……哦!我想起来了,那天陪爷爷一起在树林里捡铁夹子,铁夹子太多了,所以花了好长时间,所以回来得太晚了,没有时间再来找你们了。"

林林说:"我就知道你肯定是有非常重要的事情在忙,星星猜你救下了一头小野猪!"

"哈哈,野猪可凶猛得很,要是救下了我也不敢带回来啊,不过要是救下受伤的温顺的小动物,我就带回来给你看好不好?"海鑫看着星星笑着说。

星星点了点头。

海鑫看星星状态有所缓和,像魔术师变魔法一样,从怀里掏出一个盒子。

"星星,你看这是什么?"海鑫神秘地问。

星星看着盒子,又看了看哥哥。

"我猜是饼干!"林林首先回答。

"再猜!"海鑫摇摇头。

星星伸出手,拿着盒子翻看着。

"打开看看。"海鑫对星星说。

星星用手掀开盒盖,一颗一颗的,包装得很精致。海鑫拿起一颗,撕开包装,直接就塞到了星星嘴里。

好甜啊!星星含着的原来是巧克力!星星特别爱吃巧克力,可是平常能吃到的机会太少了。巧克力的味道瞬间让星星的心情开心得想跳起来,太好吃了,浓浓的巧克力味和牛奶的香气混合在一起,在嘴里慢慢融化,再顺着喉咙流到胃里。美食也是可以让人感到幸福的。

"喜欢吗?"海鑫看着星星。

星星含着巧克力,点了点头。

海鑫的家境不错,爸爸是一名货车司机,在广东工厂里拉货送货,妈妈是一家服装厂的设计师,工资待遇也很不错,海鑫的经济条件比其他孩子好一些。所以海鑫总有新奇的东西,好吃的、好玩的,一有好东西,一定会先拿来与林林和星星分享。

海鑫把巧克力放在桌子上,手又伸进怀里掏出了一个盒子。

"你们猜这是什么?"海鑫问。

"快! 星星,这次你来猜!"林林拍了拍星星的小脑袋。

"糖?"星星轻声地说了一个字。

"再猜猜,长方形,用一种豆子做的,一口下去酥酥软软的。"说着都让人流口水。

"是糕吗?"星星问。

"嗯,是一种糕,前面一个字是一种颜色,你喜欢吃的一种糕。"海鑫不断引导着星星。

"绿豆糕?"星星给出了答案。

"猜对啦!"海鑫打开了盒子。

"哇! 星星你好棒啊!"林林在旁边鼓掌。

林林和海鑫笑得特别开心,不光是星星猜到了答案,更开心的是,星星说话了! 虽然只有几个字,但证明她已经不拒绝跟他们交流了。

海鑫接下来再一次从怀里掏出一个袋子。

"星星,你看,我还有宝贝!"海鑫晃了晃手里的袋子,发出"沙沙"的声音。

星星真的是目不暇接,巧克力还含在嘴里,绿豆糕拿在手上,海鑫居然还有好吃的要给她。海鑫带给星星的都是星星最喜欢吃的,他希望星星多吃点,让瘦弱的星星能长胖一点。

"快打开让我们看看!"林林也特别好奇。

"行!"海鑫沿着袋口撕开了袋子。

星星和林林两人齐头往袋子里看。里面像一朵朵白白的小花,还有黄色的像花骨朵的外皮。两兄妹愣了,没吃过这种食物。

"快尝尝!"海鑫把手里的袋子推到星星和林林的跟前。

林林拿起一颗，星星也拿起一颗，一起放到嘴里。甜甜的，脆脆的，咬下去又像棉花一样的软，还尝出一股玉米的香味。

"这是什么？"林林问。

"这叫爆米花！是用玉米粒做成的。"海鑫告诉他们。

"难怪是玉米的香味。"林林说着又拿起一颗塞到嘴里。

"真的好像花，真漂亮。"星星举着一颗看了许久。

"是啊，星星你喜欢吃吗？喜欢的话，下次我还让妈妈给我带一些回来。"海鑫说。

"嗯，好……吃……"星星嘟噜着，嘴里都快塞满了爆米花。

"星星，还要跟海鑫哥哥说什么呢？"林林温柔地问星星。

"谢谢海鑫哥哥。"星星对海鑫表达了感谢。

"不用谢！不用谢！跟我不用客气。"海鑫摆了摆手。

"海鑫哥哥，你能说说山里为什么会有那么多铁夹子吗？"星星问。

"嗯，我详细跟你说说上一个周末的事情。上周六清早我还在做梦，就被爷爷叫了起来，用冷水洗了把脸，扒拉了三大碗饭菜，就跟着爷爷看护山林去了。这个季节，山林里的动物长得肥胖，所以，每到这个时候，就有人又开始打动物们的坏主意啦！有人在树林里放铁夹子，那种铁夹子可厉害了，老鼠碰上老鼠遭殃，兔子碰上兔子遭殃，野猪碰上野猪遭殃……我和爷爷在树林里捡到了十几个铁夹子。下午的时候，爷爷说在山林里多找一找，多找到一个铁夹子，说不定就多救一只动物的命。所以我们找了很久，直到天黑了看不见，回到家的时候，月亮都爬上屋顶了……"

"那些放铁夹子的人太坏了！"林林气愤地说。

"是啊，一不小心也会伤到人，非常危险。"海鑫也很生气。

"要是有受伤的小动物，得带回来治。"星星也心疼这些小动物。

"对！只要被我和爷爷遇上，我们都会救的。爷爷认得草药，伤得重的就带回家医治，等伤势好了，就放回山林。"海鑫认真地说。

"要是我遇上了，我也会救受伤的动物的。"林林说。

"我不要遇上受伤的小动物！"星星说。

"你不想救他们吗？"林林和海鑫疑惑地看着星星。

"不是！我没有遇上受伤的小动物，就说明小动物没有受伤啊！都好好的啊！"星星解释道。

林林和海鑫看着星星可爱的脸蛋，脸上流露出对小动物的同情怜爱，而她的怜爱是让他们感动和自愧不如。还是星星说得好，希望每一只小动物都不要受到伤害，它们都好好的！

"星星，你说得对！但愿我们都不要遇上受伤的小动物。"林林赞同地说。

"一旦遇上，就得救！"海鑫说。

"海鑫哥哥，有没有没治好死了的？"星星看着海鑫问道。

"没有！都治好了！你知道爷爷医术高超，凡是他救下来的，都治好了！"海鑫忽然想起了爷爷去年春天救下的那只老白鹤。他接着说："爷爷救过一只老白鹤，一开始都以为救不活了，伤得很重。想不到居然有人把铁夹子放在了小河岸的水草里，老白鹤在水草里捕食，就这样被铁夹夹住了，被夹住的时间太长了，老白鹤已经奄奄一息。不过，每次爷爷碰上这样的事情，就说'死马当着活马医吧！'，只要受伤的动物身体还是热的，就还有生命的迹象，爷爷就会全力以赴地救治，他给老白鹤受伤的腿和翅膀都敷上草药，然后就放在家里的一个角落里。三天后，老白鹤的腿动了一下，之后，翅膀又动了一下。爷爷笑着说，'活了！活了！'"

海鑫说到这里停顿了一下。

"后来呢？"星星好奇地问道。

"后来，老白鹤彻底好了！爷爷把他放回山林的时候，它迟迟不愿飞走，在爷爷的手心待了很久才飞走。"

"老白鹤舍不得离开爷爷。"星星说。

"万物有灵啊！"林林感叹地说。

星星想："要是没有那些在山林、河岸、草地里放铁夹子的人，那该多好啊！每一只小兔是安全的，每一只小鸟也是安全的，任何动物都是安全的，那该多好啊！要是每一个人都爱护自然，爱护动物，那该多好啊！"

3

傍晚时分，海鑫和林林、星星道别。他得回家给爷爷做晚饭。

星星的心情好多了。

一路上，林林给星星说一些有趣的事情。星星却在想着老白鹤死而复生的奇迹。之后，她对生命死亡的恐惧似乎没有那么强烈了！倒是感受到老白鹤顽强的生命是不可战胜的。

星星和林林回到家，奶奶正在院子里帮爷爷处理自己家的垃圾分类。林林家一直都是这样处理垃圾分类的，像水果、香蕉皮、菜叶等容易自然腐烂的与塑料袋、农药瓶等不容易腐烂的分开处理，这样就不会造成二次污染。

奶奶看见他们回来，赶快放下手里的活，端来一盆热水，爷爷也围了过来。

奶奶给星星洗手脸，微笑着和星星说：

"星星，和哥哥们一起玩开心吗？"

奶奶一边说，一边用热乎乎的毛巾在星星的脸上轻轻擦拭着。星星想起自己对奶奶故意发脾气，把奶奶关在门外，让奶奶流泪的事情，心里也很愧疚。轻轻地对奶奶和爷爷说：

"奶奶，对不起！爷爷，对不起！"

奶奶高兴得把星星搂在怀里，爷爷慈爱地看着星星，眼睛潮湿了。

九 斑鸠

下午的天气突变，灰蒙蒙的天空下着雨。

一家人难得有一整个下午的时光都聚在一起。

奶奶在收拾厨房，一个小土炉子上架着药罐熬着中药，一些中草药在药罐里发出"咕噜、咕噜"的声音，星星觉得就像一个老巫婆在念咒语，很难听。屋子里永远都弥漫着苦涩的气味，特别是在这阴暗沉闷的雨天，仿佛那药味儿更沉重，难以飘散出去，愈加浓烈难闻。

星星真的是一个执拗的孩子，在家里，她还是一天不说几句话。爷爷、奶奶的心一直悬在嗓子眼，就没有放下来过。

"我还是给林飞和燕子打个电话，要是这孩子抑郁了，那……"奶奶担心地说。

"不要打电话，没多大事，不要瞎想，害他们担心！"爷爷没有等奶奶把话说完，就给阻止了奶奶的这个想法。

奶奶去忙家务了，爷爷则抱出一堆刀，蹲在屋檐下磨刀，有菜刀、柴刀、砍刀、尖刀等，原本有些锈迹斑斑的刀口，在磨刀石上通过不断反复地摩擦，开始闪闪发亮。

"林爷爷，您在磨刀啊！"门外传来海鑫的声音。

"海鑫来了，快进屋！"爷爷抬起头，笑着对海鑫说。

"星星！星星！"海鑫满脸堆着笑，与门外的天气形成强烈的反差，像是有一轮太阳从雨中跑进来。

海鑫跨进大门的时候，林林在给星星补功课。星星虽然赌气不说话，可是只要林林给她补课，她还是乐意学习的。就这一点很是让爷爷、奶奶感到欣慰。

星星抬头与海鑫四目相望，微微笑了一下。

"星星，海鑫哥叫你，咋不回答呢？"奶奶从厨房里走出来，笑着对海鑫说："海鑫，奶奶知道你心宽，能容事，不跟妹妹计较，快来这儿坐。"

"奶奶，星星跟我打招呼了呢，只是没说话。"海鑫帮星星解释道。

奶奶给海鑫搬过来一把椅子，又折回了厨房。星星只低着头默默地看着自己的书本。

海鑫走到林林身边，从怀里捧出一只鸟，对林林说：

"林林，你看我带的什么？"

"这是……一只斑鸠？"林林疑惑地看着海鑫。

"是啊，我给星星带的，等会让奶奶给星星熬斑鸠汤喝，有营养的。"

林林从海鑫的手里接过斑鸠，斑鸠奄奄一息，柔软地躺在林林的手心。

星星忽然抬起头，目光锁定在林林手中的斑鸠身上，她慢慢地站了起来。这是一只成年斑鸠。它的头很小，身体各部的羽毛多为葡萄红，色泽漂亮而有序，颈部葡萄红的羽毛边沿带有蓝色，而前额和头顶的羽毛也带有蓝灰色；在颈下边的两侧各有一块羽毛的边缘为黑色；尾巴上面葡萄红的羽毛也带有灰色；葡萄红的翅膀上有金色的光亮；腹部淡灰色；嘴巴是暗蓝；爪角褐色。

"林林，我和我爷爷今天下午在金鸡咀山林里转悠，爷爷说特别是雨天，更要到山林里去巡查。我们又收了十几个铁夹子，还捡到了这只斑鸠。爷爷看了这只斑鸠的伤势，说这只斑鸠伤得太重，怕是治不好了，反正是死，就让我来送给你，让林爷爷把斑鸠杀了，给星星补补身体。"海鑫一口气说完。

常说"飞斑走兔"，凡是生活在山里的孩子和老人都知道斑鸠肉质细嫩、味道鲜美，营养丰富，而且能益气补虚、明目、强筋骨。特别是对于体弱多病、久病虚损、少气乏力、筋骨不健的人，有着神奇的治疗功效。

"奶奶，海鑫送来一只斑鸠！"林林对着厨房大声喊道。

"一只斑鸠？"奶奶放下手中的活，再次从厨房走了出来。

"一只斑鸠？"爷爷放下手中的刀具，一脚跨进屋里来。

　　林林把斑鸠递给爷爷。

　　"一只快死掉的斑鸠。"爷爷接过斑鸠，看了看，接着对奶奶说："豆花，你赶快烧点开水，我现在就把斑鸠杀了，趁斑鸠还没死，先放了血，这可是个好东西！说不定对星星的身体大有好处。"

　　"好！我马上烧水。"奶奶刚走过来几步，便又折回了厨房。

　　星星傻傻地站在原地，茫然地看着眼前的一切。

　　她看着奶奶跑进厨房，又看着爷爷手提着斑鸠走出了大门，海鑫和林林跟在爷爷身后，星星不由自主地跟在他们身后，跨出大门。

　　"豆花，用小碗倒一点冷水来，少放一点盐。"爷爷冲着厨房喊："这杀鸟应该跟杀鸡一个样。"

　　奶奶端来了一碗水，爷爷像杀鸡一样，把斑鸠的头藏在它的翅膀下，爷爷在斑鸠的喉管处扯下一小撮羽毛，斑鸠的腿蹬了一下，也许，这就是它在临死之前的挣扎吧！或许，是它向人表示它还有生命的迹象，它还没有死。爷爷把扯下的羽毛放在脚边，拿起脚边刚刚磨得锋利无比的菜刀，从脚边带出一缕寒风，那些细绒绒的羽毛便从脚边飞了起来，追着爷爷的手和菜刀飞……

　　星星看到斑鸠的腿又蹬了一下，她甚至听见了斑鸠喉咙里发出了一个微弱的声音。星星的心里一阵发冷，一阵痛。就在爷爷手里的菜刀快要割到斑鸠的喉管时，只听见星星大喊一声：

　　"不要杀死它！它还没有死！"接着"哇哇哇……"地哭了起来。

　　"爷爷，你不要杀死它……不要杀死它！把它给我……给我……"星星一边哭，一边扑向爷爷。

　　爷爷迟疑了一下，拿着菜刀，惊诧地看着星星：

　　"星星，你别哭，有话慢慢跟爷爷说。"

　　奶奶正端着一小碗水从厨房走了出来，忽然听见星星的哭声，不知所措。

　　奶奶放下碗，跑过去搂着星星。接着对爷爷说："快放下菜刀，不杀斑鸠！不杀斑鸠！我的星星，我的星星……"奶奶紧张得有些语无伦次。

　　爷爷怎么也想不到星星会有这样强烈的反应，他只是想给星星补身体。

　　"星星，这已经是一只快要死了的斑鸠。"爷爷说话的声音很温柔。

　　"但它还没死，它还活着。"星星抽泣着。

"可它马上就要死了。"爷爷劝她。

"那我要救活它!"星星坚定地说。

"星星,它已经救不活了,汪爷爷都说救不活了,那就是救不活了。你看,她的翅膀受伤这么严重。"奶奶指着斑鸠的翅膀告诉星星。

"我不吃!我不吃!爷爷,你把斑鸠给我……给我吧,我救它。"星星半跪在爷爷的脚边,身体扑在爷爷的身上,希望爷爷把斑鸠给她。

奶奶想扶星星起来,可扶不起来。

"星星,你看它的翅膀都坏了,救活了它也飞不起来的,也是一只废了的鸟。爷爷杀了它,给你补身体好不好?"爷爷继续解释。

"不!我不吃斑鸠!斑鸠还没死……它还活着,它刚才蹬了一下腿……爷爷,你不能杀死它……你把它给我……给我……我看见它刚才蹬了一下腿……"

2

星星终究还是从爷爷的菜刀下救了斑鸠。

她抱着奄奄一息斑鸠,泪流满面。

斑鸠躺在一个为它哭泣的女孩怀里。在临死之前蹬了两下腿,现在却是更加的软弱无力,柔软而安静地等待命运的转机。

星星的手掌,可以感受到斑鸠从羽毛根部传递的生命微弱的热度。虽然斑鸠一直微微闭着眼睛,但是从那细细的眼睛缝隙里,星星还是能感受到斑鸠求生的欲望。

只要斑鸠的身体没有凉,只要它的身体还是热的,斑鸠就没有死!

"星星,快去找汪爷爷帮你想办法!"爷爷坐在一堆银光闪闪的刀具中间,仰起头对星星说。

"对,快去找汪爷爷!"奶奶说这话的时候,眼眶湿湿的,她用手背擦了一下眼睛。

爷爷和奶奶他们也都是很善良的人,知道斑鸠好补身体,平时也不愿意去杀生伤害它们。这次是海鑫送来一只快要死的斑鸠,他们确实想给星星补身体。他们想不到星星是那么的善良,善良得让他们心疼,让他们重新对斑鸠的处置有了一些新的想法，更让他们像找回了从前的星星，他们的星星，内心天真、善良，让他们感动，不管这只斑鸠能不能救活，他们都为有这样的孙女感到骄傲和欣慰。

"对，去找我爷爷!"海鑫拉了一把星星。

星星抱着斑鸠，冲进了雨里。

"林林，带上伞!"奶奶把一把大伞递给了林林。

林林赶快追上星星和海鑫，把伞举在他们的头顶上。

林林的雨伞很大，大得把三个人都收在了雨伞里，像雨中的一朵蓝色流云。

☆　☆　☆

星星抱着斑鸠，很快穿过雨中的九畹园，上了古高桥，爬上了小坡，坡上的小路泥泞有些滑，林林和海鑫一同扶着星星，星星虽然有些小喘，却坚持着没有停下来，不知从哪里生出来的一股子劲，一口气走到了海鑫的家里。

家门虚掩着，海鑫推开家门的时候，汪爷爷正躺在一把睡椅上休息，大门咯吱一声，惊醒了他，迷糊中看见几个孩子闯了进来，他先是一愣。

"爷爷，快! 救救这只斑鸠!"海鑫急急忙忙地说。

"汪爷爷，它还没死，请您快救救它。"星星说话的时候，带着哭腔。

"汪爷爷，您一定有办法救活它!"林林的眼神和说话的语气一样坚定。

汪爷爷看着孩子们，顿了片刻，明白了孩子们的意思，只说了一句：

"你们等着!"

爷爷就拿过海鑫手中的雨伞，径直冲进了雨里。

汪爷爷知道这只斑鸠的伤势，他和海鑫在山林里遇见它的时候，就仔细检查过斑鸠的伤势，主要是斑鸠的左翅和右腿伤得严重，流血过多，特别是斑鸠的左翅膀，耷拉着都快要掉下来，骨头断裂的地方剩下一块皮毛连着，难以救活。即使勉强救活了，也许永远都飞不起来了。一只鸟要是不能飞起来，那还是鸟吗? 所以汪爷爷在第一时间便想到了体弱久病的星星，说不定星星能用它补充下营养。可是，这会儿，汪爷爷看着孩子们天真的眼睛，他被孩子们的真诚和善良打动，也许，是这只斑鸠命不该绝!

汪爷爷很快扯来了一把草药回来，对孩子们说："看到你们这样爱护小动物，我很感动! 我们就把'死鸟'当作'活鸟'医吧。"

爷爷捣碎了草药，挤出小半碗绿色的药汁。

"弄点热水来，放点盐，拿根棉签过来。"汪爷爷吩咐海鑫。

斑鸠右腿和左翅上的羽毛被鲜血浸红了，血渍和羽毛凝结在一起，汪爷爷用一块柔软的棉布，清洗着羽毛和伤口，然后用棉签把药汁涂抹在斑鸠的伤口上，处理好了腿上的伤口，再把左翅膀骨头的断裂处缠上了绷带。

"汪爷爷，以后我来照顾这只斑鸠。"星星说。

"好，你照顾它，我放心！"汪爷爷说。

汪爷爷把处理好伤势的斑鸠递给星星。

"你的斑鸠，就由你来养着它吧！看来，它和你有缘，一天给它的右腿多涂抹几次药汁。新鲜的药汁我会做好，海鑫给你送去，海鑫要是不在家的时候，爷爷就让阿黄（汪爷爷家的大黄狗）给你送药，好不好？不过，你千万要小心，别碰到它的左翅，左翅伤得太严重了，暂时不能动。"汪爷爷嘱咐星星。

"谢谢您，汪爷爷！"星星感激地说，"我一定会仔细照顾它的。"

星星接过斑鸠，温柔地抱在怀里，生怕弄疼了它。这个时候，斑鸠除了身体还是温热的，那样子真的像死了一般，身体软塌塌的沉在星星的怀里，原来眼皮的那丝细缝也闭得紧紧的，没有一线光亮可以探进去，也没有一线生机从眼睛里流露出来。

星星希望斑鸠能动一下右翅膀，或者能蹬一下左腿也好，可是，斑鸠连颤抖一下也没有，就连身上的羽毛也没有动一下。

"谢谢汪爷爷！谢谢汪爷爷！"星星给汪爷爷鞠了一躬，并向汪爷爷道谢。

星星从爸爸妈妈离开后，就从来没有像这样尊敬过谁，几乎忘记向别人道谢这回事。林林和海鑫都惊讶地张大了嘴巴，第一次看见星星深深地向别人鞠躬表示感谢，她是那样真诚。

"孩子，尽人事，听天命吧！"汪爷爷鼓励她。

"好的，我会尽我最大的努力保住斑鸠的生命的！谢谢汪爷爷！"星星再次向汪爷爷鞠躬道谢。

"不用说谢谢！你们爱鸟，爷爷也爱鸟。"

"汪爷爷，以后，这只鸟能飞起来吗？"林林问道。

"先救活它要紧。"汪爷爷说。

"它会飞起来的！"星星说。

海鑫的爷爷是红区的护林员，也是看管卧龙溪的河长。他爱山林，也爱河流，在他的心目中，每一棵小草、小花都有生命，每一只小鸟、小兔都不容伤害。汪爷爷曾经说过："森林里腐烂的木头，还有那些老树墩都有生命，每逢下雨，烂木头、老树墩上都会长出蘑菇呢！"

★ 3 ☆

汪爷爷忙完后让孩子们都坐在他的身边，接着聊起了这些年守护森林的经历，说他和每一座山的故事，说他救下受伤的小兔、小鸟的故事。当汪爷爷说到一头小野猪时，激动不已。

"去年秋天，雨后天晴，我带了水和干粮，从前途山、林家大屋后山到岩堰咀转悠了一整天，你们知道吗？还真见到了设的陷阱、放的铁夹子，用来捕捉山林里的动物。我收了几个铁夹子，解救了一只野兔，野兔伤得不重，铁夹子一打开就提起一条腿跑掉了，想不到受伤的兔子都跑得很快。

"我快要回来的时候，在岩堰咀又遇上了被铁夹子夹住的小野猪，小野猪受伤很严重，被夹住的小腿骨头都断了。那是一只非常漂亮的小野猪，身上有着漂亮的花斑条纹。看它身上的花纹，应该是刚刚出生不久。我遇见它的时候，它的妈妈已经找到它了，守在它的身边，完全无助的样子。野猪妈妈看见我，立马挺直身子，怒目而视。我友好地看着它们，慢慢地蹲下身子，放下手里拿的砍刀，并向野猪妈妈示好，传达只有我才能解救它的孩子，否则，它的小野猪只能等死。野猪妈妈和我对视了一会，或许它领会了我善意的目光，看我不像坏人，没有要伤害它们的意思，野猪妈妈看我的目光慢慢变得柔和起来，背脊上竖起的坚硬的鬃毛，也一根根慢慢地柔软下来，它的眼睛里露出求救的目光。

"我试着慢慢靠近小野猪，解开了小野猪腿上的铁夹子。野猪妈妈为小野猪舔着伤，我扯了一把草药，人畜一般，人能用的治跌打损伤的草药，野猪也能用。我把草药放进嘴里嚼烂，用一块树皮帮小野猪接了骨头。又砍下一些树枝，在隐蔽处搭了一个简易的猪棚。

"野猪妈妈不时地抬起头来，温顺地看着我，眼睛里流露出感激、还有友好的目光。

"那天，我回到家的时候，已经很晚了。要说，这件事情应该就这样过去了。但是后来发生的事情，真的让我永远也忘不了。"

说到这里，汪爷爷停顿了一下，喝了一口茶水。

"汪爷爷，那后来呢？"星星迫不及待地问道，她真是一个心急的女孩。

汪爷爷连喝了几口茶水，接着说道：

"后来，两个月过去了。一天，我有点头昏脑涨的，和阿黄在山上散步，天空突然乌云密布，狂风大作，接着就下起了像瓢浇一样的大雨。急忙往家走的时候，我脚下一滑，一不小心摔倒了。也不知道是不是摔晕了，就是摔倒在树林里，什么都不知道了。不知道过了多长的时间，醒来的时候，发现除了阿黄守在我的身边，还有一只野猪也守在我的身边，是野猪妈妈。野猪妈妈离开的时候，阿黄一个劲地给它摇尾巴，表示感谢！"

"这是真的吗？"林林问道。

"千真万确！"

"野猪妈妈居然知道知恩图报。"海鑫说。

"万物皆有灵。后来，我巡山的时候，也遇到过几次野猪妈妈和它的孩子们。有一次，我经过前途山的山坳的时候，野猪妈妈和小野猪站在一棵大树下，看着我和阿黄，阿黄向着它们跑了过去，它们也没有躲开，小野猪和阿黄玩闹着……小野猪长大了些，身上黄色的条纹淡了很多。有很多的时候，我在山上巡查的时候，就有一种感觉，感觉野猪不远不近地跟着我……"

星星抱着斑鸠，听汪爷爷讲故事，都听入迷了，她相信汪爷爷说的都是真的。直到汪爷爷最后说："今天就和你们讲这么多，喜欢听，下次再给你们讲山林里的故事。"

"汪爷爷，等斑鸠的伤好了，我就把它放回山林。"星星说。

"好！星星好样的！到时，我们陪你一起把她放回山林。"汪爷爷给星星竖了个大拇指。

"那斑鸠以后也会记得我吗？"星星问。

"会的，它当然会记得你，就像你会记得它一样。"

……

十 晚安, 我的星星

窗外的雨一直在下。

为什么下雨的夜晚看不见月亮, 也看不见星星? 星星拉上窗帘的时候, 抬头望了望天空, 伸手不见五指的夜晚, 她什么也看不见。

夜已经很深了, 爷爷、奶奶都睡了。

林林在星星的房间, 一直陪着星星守着斑鸠。晚上, 星星用棉签给斑鸠的伤腿抹了两次药汁, 也不知道斑鸠是睡着了, 还是昏了过去, 一直没有睁开眼睛。林林实在是瞌睡来急了, 他准备离开星星房间的时候, 走到门口又回过头来对星星说:

"星星, 都快凌晨了, 早点睡觉!"

星星一直抱着斑鸠。她吃晚饭的时候也抱着, 奶奶要她把斑鸠放在睡椅上, 她不撒手, 坚持要抱着斑鸠吃饭, 像她小时候妈妈抱着她吃饭一样。

现在, 星星的上眼皮和下眼皮也开始打架了, 还连着打哈欠。

星星抱着斑鸠爬上床, 想抱着斑鸠一起睡。可是, 她知道自己是一个睡觉很不安分的孩子, 睡着了也会在床上翻来滚去, 手脚动来动去。以前, 妈妈在家的时候, 说她:"平时柔柔弱弱的, 睡着了倒像一匹烈马, 翻个身都能坐起来。"

星星想起妈妈说的这句话, 不管有没有夸张的成分, 她都不敢把斑鸠抱上床，她害怕自己翻身的时候压着它。

星星把斑鸠放在书桌上，斑鸠微微闭着眼睛，除了身体还有一种微微的热，再也看不出有任何生命的迹象，就是一只"活死鸟"。

星星的书桌上放着几本书，课本叠成一沓，几本课外阅读的书籍就随意放在书桌上，有《昆虫记》《风来跳支舞》《安徒生童话精选》《米粒芭拉》《晚安，我的星星》。

星星想用一本书来给斑鸠充当一下枕头，这样，斑鸠应该睡得舒服一些，那就用《晚安，我的星星》来充当斑鸠的枕头吧。

她把斑鸠的头轻轻地搁在书本上，自己爬上床的时候，又看了一眼书桌上的斑鸠：

"晚安，我的星星。"

2

星星最喜欢《晚安，我的星星》这个小童话故事，像喜欢自己的名字一样喜欢这个童话。

这是冰波老师写的一个小童话。故事发生在一个星星闪亮的夜晚，狮子大王把天上的星星依次分给了自己、老虎、黑熊、花豹、狼、狐狸等，小老鼠排在最后，分到了一颗又小又暗的星星。分完了星星，狮子大王说："只许看自己的星星，不许偷看别人的星星！"小老鼠很诚实，它只看自己的星星，而且，它越来越喜欢自己的星星。每天睡觉的时候，都要趴在窗口，对自己的星星说"晚安，我的小星星。"

有一天，小老鼠忽然发现它的星星一会儿亮，一会儿暗。它的星星生病了。小老鼠去找狮子大王，狮子大王说："忘了你那颗生病的星星吧，现在，满天的星星都是你的啦！"

小老鼠不要满天的星星，它只要自己的那颗星星，那颗生病的星星。小老鼠天天趴在窗口看星星，星星越来越暗。一个晚上，星星从天上掉了下来，掉在小老鼠的窗口，变成了一块黑黑的石头。小老鼠哭了："我的星星死了……"

后来，小老鼠给石头洗澡，用干净的布擦石头，想把石头擦亮，可是石头没有亮起来；小老鼠把石头抱到太阳底下晒，石头还是没有亮起来；到了晚上，小老鼠让月光照着石头，石头仍然没有亮起来。一只萤火虫飞来了，小老鼠求萤火虫点亮石头，萤火虫在黑石头上坐了很久，也没能点亮石头。萤火虫说一个人的光亮不够，于是它叫来了几百只萤火虫，大家一起用它们的小绿灯焐着黑石头。

石头被萤火虫点亮了，发出比原来更亮的光芒，它忽地一跃，飞到天上去了，回到它原来的位子上。现在它成为天上最大最亮的星星了。小老鼠又开始每天都趴在窗口，看它的星星，睡觉前都会对天空的星星说："晚安，我的星星。"

星星很感动，眼睛湿湿的，她看着书桌上的斑鸠，心里一遍又一遍地说着：

"晚安！我的星星。"

"晚安！我的星星。"

"晚安……"

3

星星做了一个梦，她梦见自己变成了一只飞鸟，一只美丽的飞鸟！有着好看的红色羽毛的飞鸟，鸟儿的翅膀上闪烁着金色的光亮，健康而美丽，自信又快乐。在梦里，她和斑鸠一起飞翔在九畹园的上空，飞翔在蓝天上，唱着清脆的歌儿，仿佛她的翅膀有无穷的力量，扇动着翅膀，穿过白色的云朵，飞向云霞满天的天际。

可就在这时，该死的咳嗽又让她从美梦中醒了过来。她一骨碌从床上爬了起来，奔向书桌，看看书桌上的斑鸠醒了没有，一只手捂着嘴咳嗽，一只手伸去摸斑鸠的身体。还好，斑鸠没有醒来，它的身体还是有温度的，星星悬着的心放了下来，心里一遍又一遍地鼓励斑鸠活下来：

"斑鸠，你一定能活下来！斑鸠，你一定能活下来……"

星星给自己倒了一杯热水，喝了热水后咳嗽好了很多。这一回，她没有吵醒奶奶，让奶奶给她倒水，给她抚慰。此刻的她不想吵醒奶奶，就希望奶奶好好地睡一觉。

☆ ☆ ☆

刚才，星星迷糊了一会儿。

此刻，瞌睡虫也不知道飞到哪里去了。

星星觉得她的斑鸠和童话故事里小老鼠的星星一样，斑鸠就是生病的星星。而且，自己也是生病的星星，她和斑鸠同病相怜。

星星看着斑鸠，心里疼惜，担心她的斑鸠会这样死去，不由自主又在心里对斑鸠说：

"斑鸠，你一定能活下来！像老白鹤一样坚强地活下来！"

斑鸠的头保持原来的姿势搁在书上，一动不动。星星看了一会儿，觉得用一本书做枕头是不是太硬了，斑鸠睡着一定不舒服。

于是，星星在衣柜里找了一双棉袜子做了个小枕头，可是又觉得不是很好，把棉袜子放回了原来的地方，又从衣柜里拿出一双红色的棉线手套，给斑鸠做个小枕头再合适不过了。

她轻轻地拿掉枕着的书本，把红线手套做的小枕头给斑鸠枕着。这一回，星星应该上床睡觉了吧。可是，一躺到床上，她又忍不住要爬起来，去用手摸摸斑鸠，探探它的身体是不是软软的、热热的。她害怕斑鸠死去，害怕她的手探摸过去，斑鸠的身体会变得硬硬的，冰凉冰凉的。

这一夜，星星折腾来折腾去的，折腾到公鸡都打鸣了。

星星干脆不睡了，睁着眼睛躺在床上，若有所思地望着天花板……

这是星星记事以来度过的唯一一个为别人提心吊胆的夜晚，也是在这样一个清晨，星星视乎感觉到了有一份责任，而那份责任，已经在她的生命里悄然地生根萌芽了。

☆ 4

之后的每天，星星起床的第一件事情，就是摸摸斑鸠，斑鸠的身体软软的、热热的，只要斑鸠还活着，她就觉得有希望。

星星推开小窗，不知道什么时候雨住了，雨后天晴的清晨，一轮无比鲜亮的太阳，从天边冉冉升起来了。

　　星星的心情忽然明亮了起来，她对着初升的太阳，脸贴着斑鸠的头，温柔地说：

　　"斑鸠，你一定能活下来！斑鸠，不许死！你一定得活下来……这也是我的命令！"

　　星星看着窗外冉冉升起的太阳，忽然感觉到生命里有一种东西在苏醒，在萌芽，在生长。

十一　鼓励

雨后天晴的窗外，霞光四射。

窗外的桂花树翠绿欲滴，散发着阳光的气息，像一位树族里的新娘，穿着霞光的婚纱。一群小鸟在桂花树上嬉戏欢闹，在这样的清晨，仿佛它们是最欢乐而无忧的。放眼望去，一切事物都沐浴在霞光里，闪闪发亮。

林林每个星期天都会去和爷爷一起扫地。特别是林伯渠爷爷"为人民服务，为世界工作"的座右铭，像一粒火种燃亮在他的生命里。每一次和爷爷去打扫卫生，林林都觉得是愉快而有意义的。

奶奶总是要先忙完家里的事情，熬药、煮饭、洗衣……所有的家务事，再去做别的事情。

星星当然是不用干活的，一家人从来不会吩咐星星做点什么力所能及的事情，她天经地义就享受着一家人对她的呵护和照顾。

因为，她生病了呀！这当然是个无可厚非的理由！星星无故发脾气无可厚非，她不搭理别人无可厚非，她摔破喝药吃饭的碗也无可厚非，她不接爸爸妈妈打来的电话无可厚非，她除了吃饭喝药就待在自己的房间里也无可厚非……甚至，有的时候，她没病装病也心安理得。

"你的鸟还活着吗?"

"活着。"

星星抱着斑鸠走出大门的时候，奶奶正好从菜地里挖了一篮子土豆回家。这是星星最喜欢吃的菜，不管是煎土豆片、炒土豆丝，还是排骨炖土豆，她都喜欢吃。

"活着就好。"奶奶微笑着说。

"奶奶，我给它下了命令，它是一只服从命令的鸟，不会死的。"

"什么命令？"

"就是不许死，鼓励它一定要活下来。"

"我想，它一定是一只服从命令的鸟。"奶奶平静地微笑着。

"必须服从我的命令！那也是我对它最大的鼓励。"星星坚定地说。

奶奶放下手中的菜篮子，拿一把凳子到院子里，说：

"坐在凳子上，奶奶帮你梳头。"

星星抱着斑鸠坐在凳子上，奶奶给她梳头发，星星很享受。奶奶给她梳头发比妈妈更有耐心，星星的头勾着，奶奶的腰会跟着弯下来，星星的头朝左边歪着，奶奶的身体也会朝左边歪过来。

奶奶给星星梳好头发，就忙自己的事情去了。

星星抱着斑鸠坐在院子里，斑鸠的左翅膀永远朝上，不能碰着，也不能压着。

星星和斑鸠在院子里沐浴着朝霞，朝霞照在斑鸠身上，斑鸠的羽毛就显得格外漂亮。她用指尖给斑鸠轻轻梳理羽毛，然后，用棉签给斑鸠的受伤的左翅和右腿擦药汁，然后，抱着它晒太阳。

"奶奶，我要给斑鸠喂些水喝。"星星对着正在桂花树下洗土豆的奶奶说。

奶奶转过身来，微笑着对星星说：

"你怎么喂呢？斑鸠的眼睛都没有睁开。"

"奶奶，我想到给斑鸠喂水的方法了。"

"你想到办法了，那就按照你自己的办法照顾斑鸠吧！"

星星把斑鸠小心翼翼地放在板凳上，她找出一根吸管，自己从水杯里吸了水，再对着斑鸠尖尖的嘴巴轻轻地吹出一滴，那一滴水却从斑鸠尖尖的嘴巴上滑落了。星星从吸管里接着吹出一滴一滴水，水珠一滴一滴从斑鸠的嘴巴上滴落到地上。看来这样不行，于是星星把吸管换成了棉签。她用干净的棉签在水杯里泡一下，泡得湿湿的，小小的棉球里都是水，然后用棉签在斑鸠的嘴巴上擦着，这个方法比吸管好多了，总会有些水会从斑鸠尖尖的嘴角缝隙里流进嘴里去了。

奶奶洗干净了土豆，站起身来看了看星星，笑容又回到了奶奶的脸上，因为，不管斑鸠能不能活下来，星星愿意说话了，而且，她懂得了照顾斑鸠。看着星星全心全意地照顾斑鸠，给斑鸠涂药，给斑鸠喂水。她那么喜欢斑鸠，爱斑鸠，奶奶再也不担心星星会抑郁了，这让她比什么都开心。

星星给斑鸠喂了很长时间的水，斑鸠应该喝了一点点水进去。

"看来办法总比问题多！"奶奶笑着说。

星星点点头，一直鼓励斑鸠：

"斑鸠，我不许你死！你一定得活下来！斑鸠，加油！"

2

"星星，你的鸟还活着吗？"

海鑫永远都是这样，没见着人，声音倒是比他先跑快了一步。就像书本里写的"不见其人，先闻其声"。而且，他的声音似乎和他的个头也很相配，他长得高大魁梧，声音洪亮如钟。

海鑫的身后跟着一只大黄狗。汪爷爷也来了，汪爷爷是来送新鲜药汁的。

"斑鸠还活着！海鑫哥，它是一只服从命令的斑鸠，我给它下达了'不许死！一定得活下来'的命令。"

"哈哈，想不到星星还会下达命令啊！"汪爷爷接过星星的话说，听星星这样说，斑鸠一定还活着。

"汪爷爷，您也来了。"星星说着，给汪爷爷搬来了一把椅子。

"他叔来了，吃早饭了吗？"奶奶笑着问道。林林的爸爸叫汪福贵叔叔，所以奶奶一直跟着儿子叫汪福贵他叔。

"吃了，吃了。"

"来，喝茶！"奶奶端来一杯热气腾腾的茶。

"你们一家人就是太客气，我们两家门对门的，打开门就能望着，随意一些。"汪爷爷一边接过茶，一边问星星：

"星星，斑鸠还好啊！"

"汪爷爷，斑鸠会活下来的。"

星星抱着斑鸠给汪爷爷看。

汪爷爷双手接过斑鸠。

"星星，你把斑鸠照顾得真好！斑鸠一定会活过来的！昨天晚上没有死掉，它就不会死了，这是我今天清早给它弄的新鲜药汁。"汪爷爷用一个小瓷碗装着药汁，奶奶把药汁接了过去。

"药用完，就把碗给你送过去。"奶奶说。

"送不送没有关系！"汪爷爷接着对星星说："星星，你不要整天抱着斑鸠，把它放在土地上，或者草丛里，让它接收地气，会好得更快一些，不过，你得守在它的身边，防着狗和猫把斑鸠咬伤了。"

"谢谢汪爷爷！我守在斑鸠的身边。"

"好！星星真乖！"

汪爷爷说完，星星就抱着斑鸠走开了。她把斑鸠放在院子里的一窝青草丛里。大黄狗跟了过去，林林和海鑫也跟了过去。汪爷爷的大黄狗是一只训练有素的大黄狗，它听得懂汪爷爷的话，而且是很听他的话。

"他叔，你看你，还专程跑来。斑鸠活不活得过来，就看这只鸟的造化啦！"奶奶实话实说。

"你这话可别当着孩子的面说！"

"我想说也不敢说啊！"

"最好别说！"汪爷爷起身，大声叫他的狗：

"阿黄！我们走！"

大黄狗听见汪爷爷叫它，一甩身子，就冲到了汪爷爷的前面去了。

"慢走啊！他叔！"

"好呢！你忙你的。"

汪爷爷回头对海鑫喊道："海鑫，等下还要去上学，照顾完斑鸠记得早点回家收拾东西！"汪爷爷的心里也为斑鸠的命运担忧着呢。

"好！您先回家！我玩一小会儿就回来。"海鑫对着爷爷离去的背影答应道。

3

这些天，星星的目光就没有从斑鸠的身上移开过。

"你的斑鸠还活着吗?"下午，林林和爷爷扫地回来，林林说的第一句话就是问斑鸠是不是还活着。

"星星，你的斑鸠还活着吗?"爷爷也是这样问。

"我不喜欢你们这样问我，以后不要这样问我。"星星接着对林林和爷爷说，"它的身体还是那样软软的热热的，今天，我给它喂了一些水，又晒了很多太阳，还吸收地气，会很快好起来的。所以，下次记得问我它有没有好一点。"

林林和爷爷憨憨地点头，笑着答应。

☆　☆　☆

爷爷和奶奶为了斑鸠的事是既高兴又担忧，高兴的是他们的星星好像变了一个人似的，因为斑鸠，变得愿意和人说话了，而且懂得怎样照顾斑鸠。而让他们担忧的是他们觉得斑鸠很难恢复健康，死亡只是时间的问题，如果斑鸠死了，他们不敢想到时候星星会怎样，怎么承受得住。

当然，爷爷奶奶跟星星一样，希望斑鸠能活下来，祈祷奇迹发生。

晚上睡觉的时候，星星给斑鸠擦了药汁，又给斑鸠喂了水，用柔软的红手套给它做枕头，斑鸠依然躺在书桌上。星星亲吻了一下斑鸠葡萄红的头。

星星温柔地看着斑鸠，她要给斑鸠再一次下达命令，她要在睡觉前对斑鸠说九十九句鼓励的话，"九十九"代表吉祥美好，斑鸠一定会好起来的。

"斑鸠，不许死! 一定得活下来! 斑鸠，不许死! 一定得活下来! 斑鸠，不许死! 一定得活下来! 斑鸠，不许死! 一定得活下来! 斑鸠，不许死! 一定得活下来! 斑鸠，不许死! 一定得活下来……"

"晚安! 我的星星!"

☆　☆　☆

这一个晚上，星星一躺到床上就睡着了。她梦见自己变成了一只飞鸟——一只美丽的飞鸟！有着好看的红色羽毛的飞鸟，鸟儿的翅膀上闪烁着金色的光亮，健康而美丽，自信又快乐。她唱着清脆的歌儿，和斑鸠一起飞翔在九畹园的上空……斑鸠的伤好了，星星听得懂斑鸠的语言，斑鸠也听得懂星星说的话呢！他们是那么开心！还相互赞美对方呢！

"你的羽毛真漂亮！"斑鸠对星星说。

"我也喜欢你身上的葡萄红，霞光照在你的身上，像闪亮的星光。"

"谢谢你的赞美，尤其是在这样的清晨，我感到非常开心！"

"你说铺满霞光的天边还有什么？"

"不知道，红霞为何那样美？"

"你看，有一朵红霞，像盛开的花。"

"还有一片红霞，像一匹马。"

星星和斑鸠向着红霞的天际飞去。

"我们这该不是做梦吧？"星星说。

"当然不是做梦……"斑鸠说。

"我们要飞得更高一些！"

"我们努力向上飞，只要向上飞！就能飞到铺满红霞的天际。"

……

梦境竟是这样神奇，人与万物的心都是相通的，人与万物有相通的语言，人与万物有相通的思想的路径。星星可以和斑鸠交流，他们可以和天际的云霞对话，可以自由自在地飞翔……

十二　生机

　　星星穿着漂亮的睡裙，双手捧着斑鸠，捧至胸前，星星的下颚挨着斑鸠的头，轻轻摩擦着那柔软的羽毛。有一只鸟的陪伴，是一件多么幸福的事情。斑鸠还活着，它的身体还是软软的热热的，不过，它还没有力气睁开眼睛，只是没有力气睁开眼睛而已。

　　这是星星和斑鸠相处的第五个清晨，她抱着斑鸠站在窗边看日出，看太阳从山坳里喷薄而出，窗外的景象彰显出一种魔力。天上多彩的霞光有一种魔力，穿着霞光的新衣在窗外飞翔的蜻蜓有一种魔力，桂花树上的鸟儿叽叽喳喳的鸣叫声也有一种魔力……星星相信它对斑鸠的爱是有魔力的！她对斑鸠说的每一句话也都是有魔力的！

　　星星的手指轻轻触摸着斑鸠的肚皮，有意无意地给它挠痒痒，忽然感觉手心里的斑鸠动了一下，似乎有一种生命的力量振动了一下。

　　星星心里一阵欢喜。

　　星星兴奋地张大了嘴巴。

　　星星的眼睛里透着明亮的光，透着明亮的惊喜。

　　斑鸠颤巍巍在星星的手心里努力想用两只脚站起来，但很快又软塌塌地奔拉下去。

　　"咕咕……咕咕……"一种轻弱无力的声音，仿佛是从斑鸠的肚子里发出来的。

"奶奶！斑鸠活过来了！斑鸠活过来了……"星星惊喜地大叫，一边从楼上跑了下去。

奶奶听见星星的欢呼声，从厨房跑了出来，几乎就不敢相信这是真的。

"斑鸠活过来了？"奶奶惊喜地问。

"奶奶，您看，它的眼睛多好看！"

"好看！好看！星星，是你救了斑鸠，你真了不起！"奶奶喜悦地看着斑鸠，仿佛看也看不够的样子，一边抚摸着斑鸠身上的羽毛。

"哈哈哈……"星星开心地笑着。

"星星，你笑起来的样子很好看呢！"

星星灿烂的笑容，让奶奶陶醉了。

奶奶痴迷迷地看着星星的笑脸，她都不知道自己有多长时间没有看到孙女的笑脸了。真是看不够啊！星星笑起来太好看了，比花儿美！比花儿生动！

"奶奶，我要给斑鸠取一个名字，叫'鸠咕'好了。是斑鸠的'鸠'，是咕咕叫的'咕'。"

"只要你喜欢，叫什么都好听！"

星星和奶奶正相互笑着，大黄狗阿黄跑了进来，它的嘴里叼着一个矿泉水瓶子，它是来给星星送斑鸠的新鲜药汁的。

"阿黄，你来啦！"奶奶从阿黄的嘴里接过矿泉水瓶子，摸了摸阿黄的头。

"阿黄，谢谢你！"星星用一只手抱了抱阿黄，表示友好，接着说，"阿黄，斑鸠活过来了，你回去告诉汪爷爷，我给它取了一个名字叫'鸠咕'。"在星星的思维里，阿黄是可以听得懂她的话的。

奶奶把汪爷爷昨天端来的小瓷碗洗干净了，放在阿黄的脚边，说："可以叼回去吗？"

阿黄看看奶奶，摇了摇尾巴，叼起小瓷碗就从大门口飞奔了出去。

"阿黄，告诉汪爷爷，斑鸠早上活过来了！"星星抱着斑鸠冲着阿黄的身影大声喊道。

阿黄叼着碗，回了一下头，接着跑走了。

☆ ☆ ☆

爷爷扛着扫帚回来了。

"爷爷，斑鸠早上活过来了！"星星看见爷爷跨进院门，没等爷爷说话，就迫不及待地把好消息告诉了爷爷。

"斑鸠活过来了？真的是个奇迹，星星真是了不起，创造了奇迹呢！"爷爷赞许地说。

"来！让爷爷看看斑鸠，它真的活过来了！真是一只了不起的鸟啊！"爷爷怎么也想不到斑鸠会活过来。

"爷爷，您以后也可以叫它'鸠咕'。"

"鸠咕？就叫斑鸠不是挺好吗？"

"所有的斑鸠都叫斑鸠，那是它们斑鸠一族的名字，这是我的斑鸠，所以，我要单独给它取一个名字，以后，我们都可以叫它'鸠咕'。"星星低下头，对着斑鸠轻呼：

"鸠咕，鸠咕，鸠咕。"

"咕咕。"斑鸠轻轻地回应了一声。

☆ ☆ ☆

爷爷也听见了斑鸠的"咕咕"声，他觉得星星真的很了不起，把一只快死的斑鸠都养活了。

爷爷难得一次听星星说了一长串的话，而且，他很久很久都没有看到星星笑得这么开心、这么灿烂了。

"星星，你笑起来真好看！爷爷期待你再创奇迹，你也要加油哦！把身体锻炼得棒棒的！"

"咯咯咯……"星星爽朗地欢笑起来。

爷爷忽然觉得他应该做点什么。

"现在，我得给鸠咕做个鸟笼，住在鸟笼里应该比蜷在你的怀里要舒服。当然，鸟笼要做大一些，这样，它自由活动的空间就大一些。"爷爷望着星星爽朗的笑脸说。

"爷爷，你也喜欢鸠咕？"

"凡是星星喜欢的，爷爷都喜欢！"

星星开心极了，对着怀里的斑鸠说：

"鸠咕，我们大家都很欢迎你，你听见没有？爷爷要为你建一栋房子，你很快就会拥有自己的房子了。"

"对，我得为鸠咕建一栋房子，而不是笼子。也不知道你以后还能不能飞起来。"爷爷伸手摸了摸斑鸠小小的头，接着说："能不能飞起来，我都得为你建一栋房子。"

"爷爷，鸠咕一定会飞起来的。"

"先努力恢复站起来，然后才能飞。"

"它一定会站起来的，也一定会飞起来的。"星星看着斑鸠的眼睛，坚定地说。

爷爷看着星星，欣慰地笑着。

"咕咕……咕咕……"斑鸠轻轻地叫了一声，声音有些弱，它看着星星，还眨了一下眼睛。

斑鸠那种小鸟依人的样子，真是惹人怜爱。

"爷爷，我们光顾着高兴，都忘记给斑鸠喂食了，你说它喜欢吃什么呀？都不知道它有多长时间没有吃东西了。"

"斑鸠喜欢吃的东西多着呢！米粒、豆子、芝麻、玉米、虫子，等等，你找奶奶给你拿些粮食。"

星星端着奶奶给的粮食，有黑芝麻、碎米，还有绿豆。

"这些够斑鸠吃一个星期了。"奶奶笑着说。

星星把这些粮食混合在一起，放在一个碟子里，斑鸠也许是真的饿了，看着碟子里的粮食，不管是碎米，还是芝麻、绿豆，鸡啄米似的吃起来。

"爷爷，你看斑鸠吃得多开心。"

"奇迹，真的是奇迹！"爷爷笑着说。

"慢慢吃，别噎着。"星星笑着对斑鸠说。

2

中午的时候，汪福贵爷爷来了。

阿黄是在前途山的油茶林里找到汪福贵爷爷的。

阿黄一看见汪福贵爷爷就无比兴奋，在汪福贵爷爷的面前又蹦又跳，还"汪汪汪……"地叫着。

阿黄原本是一条被主人抛弃的小狗，只是因为小狗崽多养不过来，阿黄就被主人扔到了外面。它在凉水井转悠了一天，投奔了东家，东家的门锁着，又投奔了西家，西家的院子里有一条凶猛的狗对它龇牙咧嘴，很不友好……阿黄最后在天黑的时候，来到了汪福贵爷爷家。汪福贵爷爷的家门口躺着一条上了年纪的狗，常年跟着汪爷爷漫山遍野地巡逻，守护山林。它看到阿黄的时候，愉快地摇着尾巴，向阿黄示好，表示欢迎。

汪福贵爷爷很乐意地收养了它。去年，那条上了年纪的狗还是老死了，汪爷爷把它埋葬在山岗上自家的油茶林里的一棵油茶树下，让它与山为伴，油茶树做了它的邻居。后来，阿黄接替了它的工作，跟着汪爷爷漫山遍野地巡逻，看护山林。阿黄和汪爷爷相处也有两年多了，阿黄的每一个小动作，汪爷爷都明白它表达的意思。

"阿黄，你是说斑鸠活过来了？"这当然是汪爷爷根据阿黄的兴奋度猜测的。

"汪汪汪！"

汪爷爷心里欢喜，从山林里采了一些草药，急急忙忙赶来送药。人还在老远，就开始大喊：

"星星！星星！斑鸠是不是活过来了？"

星星听见汪爷爷叫她，抱着斑鸠赶忙从屋里走了出来，汪爷爷的身后跟着阿黄，阿黄和汪爷爷几乎形影不离。

"汪爷爷，斑鸠活了，不过，你现在可以叫它'鸠咕'。"星星说话的时候，阿黄跑了过来，摇头摆尾的，它把两条腿搭到星星的胸前，和斑鸠亲热起来。

"鸠咕好！好听的名字！"汪爷爷接着叫了一声阿黄："阿黄！"阿黄两只前腿很快就从星星的身上滑了下来。

"是汪爷爷救了它，汪爷爷的医术高明。"星星说。

"哈哈，星星表扬爷爷啦！吃东西了吗？"汪爷爷笑着问道。

"吃了，刚刚吃了，奶奶说它刚刚活过来，不能吃太多，要少吃多餐。"

"你奶奶说得没错，来，把斑鸠给我，看看它的伤。"

汪爷爷接过斑鸠，看了看斑鸠腿上的伤，伤口在慢慢愈合，斑鸠的腿还是站立不起来。

"再过几天，腿上的伤就会痊愈的。只是翅膀上的伤，伤了胫骨，好了之后，也不知道还能不能飞起来。"汪爷爷担忧地说。

"鸠咕一定会飞起来的。"星星自信地说。

"去，拿根棉签来。"

星星拿来了棉签，汪爷爷认真地给斑鸠的腿和翅膀擦了他刚刚带来的药汁。

奶奶张罗了一桌丰盛的午饭，汪爷爷也留下来一起吃午饭，饭桌上他和林爷爷一起喝了一小杯米酒，算是给斑鸠庆祝了。临走的时候，汪爷爷嘱咐星星一天多给斑鸠上几次药汁，五六次也不嫌多的。还特地嘱咐星星，不要一天到晚抱着它，最好是白天就把它放在草丛里，晚上也可以把它放在地板上。

3

星星的爷爷是一个说到做到的人，他说要给斑鸠造一个鸟屋，就立马甩开手脚干了起来。吃过午饭，就戴着草帽、顶着太阳，到房子后面砍了几根老竹子，破了一些细细的竹篾条，放在锅里煮了很长时间。

之后，每天下午，爷爷就开始在院子里编织鸟屋子。

星星把斑鸠抱到外面酢浆草的草丛里，软绵绵的酢浆草细密地铺满了一地，小片小片的叶子连在一起，泛着盈盈的绿光。

"鸠咕，我们吸吸地气，我们晒晒太阳，这样，你的伤才好得快呢！"

斑鸠回应的永远只有"咕咕"声。

"鸠咕，我给你梳梳羽毛，这样就会更加漂亮一些。你腿上的伤要快点好起来哦！这样才能站起来啊！还有，你翅膀上的伤要赶快好起来，这样才可以重新飞起来哦！"

"咕咕……咕咕……"

星星和斑鸠说着话，沐浴着阳光。

奶奶拿来一个小碟子，碟子里装着混合在一起的黑芝麻、碎米、绿豆和小米。星星接过奶奶手中的碟子，送到斑鸠尖尖小小的嘴巴边，斑鸠一边吃着粮食，一边发出"咕咕"的声音，表达它的喜悦。

奶奶举着手机，从星星的后面和侧面，偷偷地拍下了几张星星给斑鸠喂食、梳理羽毛的照片。她拍了几张照片，很快就闪开了，然后悄悄地给爷爷炫耀她这次顺利地拍照成功。

"走！进去看，外面的太阳晃眼睛。"爷爷说。

爷爷放下手中的活，跟着奶奶走进屋里，他们两个看着手机里的照片，笑眯眯的。

"你看，照片多着呢！"奶奶得意地说。

"这些都是你偷偷拍的？"爷爷简直不敢相信。

"是啊，星星多好看啊！"奶奶惬意地笑着。

自从上次星星在九畹园删除了奶奶手机里的所有照片，奶奶一直没有给星星拍照。最近星星喂养了受伤的斑鸠，她的注意力一直都在斑鸠的身上，所以，给了奶奶拍照片的机会。不过，多数照片都是星星的背影，侧影只有两三张。

星星抱着斑鸠仰望天空的背影有很多张，星星给斑鸠擦药的背影有很多张，星星给斑鸠喂水喂食的背影有很多张，星星给斑鸠梳理羽毛的背影也有很多张……从后面看星星和斑鸠在一起的背影，很温暖！从侧面看星星给斑鸠梳理羽毛的样子，喂粮食喂水的样子，很温馨！特别是星星看着斑鸠微笑的那张照片，奶奶越看越喜欢，星星脸上的微笑天真、可爱又美丽！哪怕只是一张侧影。

"我喜欢这张，那笑容就像一朵盛开的花。"奶奶说。

"真好看！你照相的水平越来越像专业摄影师了。"爷爷赞扬地说。

"你拍我马屁！"

"不是，是真的拍得好！"

☆　☆　☆

其实，星星知道奶奶在背后偷偷拍照的事，可是，也不知道为什么？星星不想阻止奶奶了，也不想发脾气了。星星现在每天心情都很好，她也想留下与斑鸠的点点滴滴。

一天，星星在桂花树下细心地给斑鸠擦药，奶奶躲在窗户里面偷偷拍照片。

"奶奶，您别老是躲在里面拍背影，出来拍照片吧！"

"好啊好啊!"

奶奶听见星星叫她出来拍照片,惊讶之后更是惊喜,满脸笑容地从屋里奔跑了出来。

星星知道奶奶想给爸爸、妈妈发她的照片,干脆让奶奶好好地拍几张照片。不然,爸爸、妈妈只能永远看到她的背影了。

星星怀抱着斑鸠,奶奶给星星照了很多张照片,不时地变换角度,她还录制了一段星星和斑鸠的视频。

星星配合奶奶拍了很多照片,也允许奶奶把照片和视频发给了妈妈。这回,奶奶简直开心得不得了,一整天都是乐呵呵的。

4

爷爷花了三个午休的时间,给斑鸠编织好了一个漂亮的鸟屋子。鸟屋子里面有两层,屋子中间有一个软软的竹梯子,可以上二楼。二层楼上开有一个小窗,小窗可以放水和食物进去,还可以让斑鸠待在小窗边看看风景,吹吹风。

星星有时会这样想,如果她是一只鸟,可以到鸟屋子二楼的小窗遥望星空,还可以放飞想象。

周末的时候,林林放学回来,送给星星一把细密密的小梳子,从修梅镇的小卖部买的。海鑫也放学回来了,他带给星星好多美食,有巧克力、花生糖、绿豆饼。一回到家,他们惊讶地发现星星喂养的斑鸠居然活了过来!一只奄奄一息的鸟,真的死而复生了,这实在是个奇迹!

让他们更加惊讶的是,星星变了,几天时间而已,星星就像变成了另外一个人似的。星星的眼睛透亮,目光坚定,充满真诚,充满希望!人们常说"眼睛是心灵的窗户",那两扇小窗在她美丽弯曲的眉毛下面眨巴着,像黑夜里两颗时隐时现的星星。原来迷茫的眼神,在她轻轻一瞥时,眼神里充满了好奇和渴望;原来呆滞的目光,现在变得水灵灵的,在她注视凝望时,眼睛明亮有神又神秘莫测,视乎想看透一切。

"谢谢你!海鑫哥!"星星一只手提着鸟屋子,一只手捧着海鑫送给她的一大包零食。

"星星，你刚才说什么?"海鑫问道。

"谢谢你! 海鑫哥!"星星说。

"啊! 星星! 我的好妹妹! 我喜欢你有这么多! 我喜欢你有这么多!"海鑫高高地举着双手，又伸展开双臂，神情十分夸张。

"哎哎哎，你真肉麻。"林林推开海鑫的手。

星星看着他们笑了。

"星星，你可不能偏心，说谢谢哥哥。"

"谢谢哥哥!"

林林甫说有多开心!

"啊! 星星! 我的好妹妹! 我喜欢你有这么多! 我喜欢你有这么多!"林林模仿海鑫，高高地举着双手，又伸展开双臂，神情比海鑫还要夸张。

爷爷和奶奶从来都未曾想过，体弱多病的星星，会因为一只鸟改变这么大。林林、海鑫还有汪爷爷都不曾想过，星星会因为收养一只受伤的斑鸠而发生命运的转机，燃起生活的希望。

人可能会因为发生的某件事情而改变，或者，因为阅读一本书而发生变化，这都有可能，甚至可能使人改变的仅仅是一只受伤的小鸟。

5

时间过得真快!

斑鸠的叫声越来越明亮了。

一个月的时间，星星和斑鸠的相处拥有了无数的片段。还有一个多月，又快要放暑假了。

斑鸠在星星的细心照料下，伤势慢慢好转，斑鸠腿上的伤几乎痊愈了。有时它很悠闲地在鸟屋子里散步，想它自己的事情。只是，它还不能飞起来，但可以自如地在鸟屋子里上蹿下跳，"咕咕咕……"地唱着歌，和窗外桂花树上的鸟鸣遥相呼应。

星星的心情一天天开朗起来，她要和斑鸠暗暗比拼。星星越来越喜欢运动，一天比一天加大了自己的运动量，她跳房子、跳绳、跑步、爬树、爬山。斑鸠唤醒了星星的爱，唤醒了星星生命的生机。

十三 星星，向上爬

林林、海鑫和星星登上了前途山。

以前，星星爬前途山走几步就要歇一会儿，或者，海鑫和林林会轮换着背她一段上坡路。此刻，星星爬上坡路的时候虽还是有些体力不支，但她拒绝海鑫和林林背她，她要自己一步一步向上攀爬。

林林走在最前面，星星走在中间，海鑫走在最后。林林走得快些，于是他停了下来，站在一块林伯渠诗词碑刻的旁边，他看着星星，对星星鼓励道：

"星星！向上爬！"

星星挥了挥手，向上迈着坚定的步伐。

海鑫和星星爬到了林林身边，几个孩子站在林伯渠诗词碑刻的前面，稍稍休息了一会儿，面对这些诗词碑刻，朗朗的诵读声伴着林中鸟语，飞扬在前途山的上空。

> 伟业喜承十月先，奋飞相续十年间。
>
> 共昭日月放新彩，竞扫秽瑕换旧天。
>
> 白首壮心驯大海，青春浩气走千山。
>
> 波涛万顷望无极，稳掌南针总向前。

这条小道取名为"林伯渠小道"，小道两旁的油茶林郁郁葱葱，从山脚一直绵延到山顶。

林伯渠小道沿途竖立了五块林伯渠的诗词碑刻。林伯渠是老一辈无产阶级革命家中的著名诗人之一，林老的诗通俗隽永、意境深邃。这五首诗作分别选自于林伯渠人生中的各个重要历史阶段，每一首诗都具有鲜明的时代感和强烈的思想性。

星星的目光从诗词碑刻望向一直向前延伸的小路，忽然问道：

"从这条路可以走出这座山？"

"是的。"林林接着说，"听爷爷说，沿着这条小道能登上前途山，以前，这座山名叫'前头山'，山虽不高，但是富有灵性。听说爬上山顶翻过去就有光明的前途。后来，'前头山'就被慢慢地叫成了'前途山'"。

"哥哥，我们以后也要从这座山走出去。"星星说。

"好的！我们一起努力！"林林和海鑫异口同声地答道。

星星抬头仰望着山顶，心中充满无限的向往。

星星喜欢前途山！

林林和海鑫喜欢前途山！

前途山树木成荫，满山遍野的油茶林，郁郁葱葱，是他们奔跑玩耍的乐园。此刻，他们行走的这条用卵石铺成的小道，过去是一条只有两尺来宽的小山路，和所有山路一样，蜿蜒曲折、狭窄崎岖。

现在，在这条小道上，还竖立了两座古典式的亭子。一座叫"修身亭"，一座叫"治世亭"。建立这两座亭子，就是希望后辈们从中得到启示与教益，为了中华民族的伟大复兴、实现美丽中国梦奉献我们的力量。

☆　☆　☆

林伯渠的铜像广场就建在前方的山头上。

林林、海鑫和星星，他们踏着的宽敞的台阶，台阶两旁松柏簇拥。

林林、海鑫和星星站在林伯渠铜像前，他们给林伯渠爷爷鞠躬，绕铜像一圈，然后来到山头上，漫山遍野的油茶林郁郁葱葱，举目四望，满眼生机。

"星星，你知道前面的这口堰塘叫什么名字吗？"林林问星星道。

星星摇了摇头。

"我知道，叫'舒目塘'。"海鑫说。

"对，它叫舒目塘。说起舒目塘，还有着美丽的传说故事呢！"林林接着说："只要你看一眼堰塘，就会让你倦意顿消，全身轻松。传说过去山那边的人去县城，翻过这座山头时就已经气喘吁吁、汗流浃背了，他们就到这小堰塘边捧水洗一把脸，顿时就会全身清爽。后来有一个人急于赶路，来不及洗脸，就朝堰塘望了一眼，居然也精神抖擞了。就这样，这个小堰塘就得了一个'舒目塘'的美名，只要望一眼就舒服了。"

"哥哥，我看了一眼舒目塘，心里真的很舒服呢！"星星笑着说。

"林林，我也是，刚刚还觉得很累，现在一点也不累了。"海鑫笑着说。

舒目塘水面有蓝天白云的倒影，有花草树木的倒影，有满塘的灵动和生机。星星站在山头上往下看，林伯渠故居、九畹园、卧龙溪的景色一览无余，沐浴在夕阳的光里，一切都是那样好看，那样美丽。

星星每次登上前途山，心里就会生长出一种力量。她和林林、海鑫从前途山回来，一颗梦想的种子在心里悄然萌芽了——她要做一个身体强健的孩子！她要向林伯渠爷爷学习，将来长大了，她也要爬上前途山，从前途山走出去。

2

星星每天和太阳一起起床，太阳的霞光映红东山山林的时候，星星就和她的斑鸠一起来到了九畹园的田野上，他们在田野上散步、慢跑。累了，就在卧龙溪的古高桥上坐一会儿，休息一下。

星星在九畹园的田野上，一边奔跑，一边感受稻谷的生长，感受花花草草缤纷的色彩。有的时候，星星也会带着斑鸠在林伯渠故居前面的功勋树下面散步、玩耍，还有的时候，星星也会带着斑鸠，慢慢地爬上前途山的林伯渠小道，每当爬累的时候，她在心底一次一次地鼓励自己：

"星星，向上爬！星星，向上爬……"

在山道上，星星一次次为斑鸠打开鸟屋子的窗户，一次次鼓励斑鸠：

"鸠咕，飞吧！鸠咕，飞呀……"

星星希望斑鸠能飞起来。

斑鸠想飞，但是却展不开左翅，飞不起来，只能蹦蹦跳跳。

喜欢给星星拍照的奶奶，总会在百忙之中举起手机跟随在星星的左右。想不到斑鸠也喜欢照相，每当奶奶举起相机，斑鸠就会蹦蹦跳跳地跑到星星的前面，还会抢镜头呢！

星星抱着斑鸠，时而把斑鸠举在头顶，时而又让斑鸠站在肩膀上，她偏过头看着斑鸠，斑鸠心有灵犀地把头伸过来……奶奶给她和斑鸠拍了很多张照片。

"星星，奔跑起来!"奶奶举着手机喊道。

"鸠咕，闭上眼睛，我带着你飞!"星星伸展双臂，奔跑起来。

"我们飞啰，我们一起飞啰……飞啰……"

3

爷爷说爬树是需要力气的。

奶奶说爬树还需要技巧。

星星站在桂花树下，抬头仰望着院子里的桂花树，从今天开始，她要开始学习爬树，要向林伯渠爷爷学习，一切就要从实际出发，要付出行动。

星星走过去，抱着树干，开始向上爬。可是，爬了几次，都从树干上滑了下来，大汗淋漓。爷爷从屋里走出来，看见星星从树干上往下滑，快步跑上前。

"星星，向上爬!"爷爷站在桂花树下，用肩膀顶住星星的身体，用这样的方法让星星爬上更高一点的树枝。

星星爬到树干的中部，离树冠还有一米多的距离，力气不足，从桂花树上滑了下来，再次落在了爷爷的肩膀上。

"星星小心，抱紧树干往上爬，累了就抱紧树干休息一下，再鼓足劲往上爬，千万别滑下来。"奶奶从屋里跑出来，传授爬树的技巧。

星星按照奶奶说的做，比先前爬高了一点点，最后还是由于力气不足，从树干上再次滑了下来。

"星星，来。"爷爷搬来了一把长梯，接着说，"我把你送上树冠"。

星星看了看长梯，摇了摇头。说：

"爷爷，我要自己爬上去，我不要爷爷顶，也不要爬着梯子上去，我要自己从树苑爬上去。"

星星抱着树干，向上爬了几步，最后还是滑了下来。

"星星，休息一下，明天再爬。"奶奶说。

星星站在桂花树下，仰着头，不服输地看着这棵树。

这棵桂花树是一棵高大的树，树干壮实，树冠茂盛，像一把绿伞。

"星星，爬树时手臂和腿都得用劲，你慢慢练习就会掌握爬树的技巧，主要还是要力气的。"爷爷说。

"我会长力气的。"星星坚定地说。

十四　妈妈的怀抱

1

　　奶奶越来越喜欢拍照片，一方面她是真的喜欢摄影这门艺术，另外一方面她是为了给远在他乡的儿子、儿媳发星星的照片，缓解他们心中对家里人的牵挂，特别是对星星的牵挂。

　　奶奶见什么都拍，凡是家乡土地上生长的一草一物，庄稼、花草、虫鱼、飞鸟、蓝天、云朵、星空……奶奶要拍的东西实在是太多了，一年四季更替，景物一直会变化。在夜晚，她拍繁星璀璨的星空，哪怕拍成漆黑一片，也会发给远方星星的爸爸妈妈，说：

　　"你们看，这是家乡的夜晚。"

　　奶奶在田野上拍一株谷穗的花朵，说：

　　"今年的稻田又抽穗扬花了。"

　　奶奶有的时候在菜园子里拍青绿的丝瓜、红红的辣椒。当然，奶奶发给星星的爸爸妈妈最多的是星星的照片，星星玩耍、星星照顾斑鸠、星星爬树和奔跑的照片……

　　星星仍然会做和斑鸠一起飞翔在蓝天的梦，每一个梦境都是快乐的，星星会在激情和美妙中醒来。此刻，她幼小的心灵更多的是憧憬，是自信，是对生命充满无限生机的渴望和联想。

☆ ☆ ☆

星星爱奶奶，爱爷爷，爱哥哥，爱爸爸，爱妈妈。

虽然奶奶会唠叨，虽然爸爸妈妈远在他乡，但一家人的爱是理所当然，不一样的是星星对生活有了信心，有了希望和期待。

一天，星星给爸爸妈妈发了一组她和斑鸠在一起的照片，那是她和斑鸠的一个生活系列，是她童年生活舞台上的剧照，是情感流淌的一个突破口。

一只快死的斑鸠都能活过来，星星相信自己一定会健康起来，会好起来！

妈妈看完这组照片就泪流满面，立马与星星在手机上视频连线。妈妈一开口就请求星星的原谅，说自己不是一个好妈妈，不是一个称职的妈妈。她说星星说得对，妈妈就不如一只圣甲虫妈妈好，爸爸也不如一只圣甲虫爸爸好……

星星哭了。

"妈妈，那是我以前说的话，是我不懂事，说了也不算数的。"

手机里的妈妈又哭又笑。

手机里的爸爸又哭又笑。

星星又哭又笑。

2

妈妈挂了电话，泪还未干就对爸爸说：

"林飞，我要回家！不是商量，而是决定！"

爸爸眼眶湿湿的，点了点头。但考虑现实问题，还需要有人挣钱，他只得忍痛地说：

"好，你先回去，我暂时留下来。"

妈妈一边和爸爸讨论回家的事情，一边在手机上买票，还好，有第二天的火车票。

第三天一早，妈妈提着大包小包回家了，买了很多东西，给家里每一个人都带了礼物，还有汪福贵爷爷和海鑫的礼物呢！

妈妈回家的惊喜是从天而降的！

之前，妈妈谁也没有说，她真能忍得住。

"星星！星星……"妈妈的声音从天而降。

当时，星星抱着斑鸠，站在桂花树下，事情来得很突然，她不敢相信自己的耳朵，不敢相信自己的眼睛，真的是妈妈回家了吗？

妈妈丢下行李，跑向星星。

星星揉了揉眼睛，掐了掐自己的脸蛋，确信看到的是妈妈！是妈妈回家了！星星不会看错的！

"妈妈！妈妈……"星星抱着斑鸠，投入了妈妈的怀抱。

"让妈妈看看，女儿长高了，女儿长结实了。"妈妈一把把星星搂在怀里。

"妈妈……"星星在妈妈怀里满眼泪水。

"星星，是妈妈不好！妈妈不应该把你扔给爷爷奶奶。"

"妈妈，回来了，还走吗？"星星伸出一只手摸着妈妈的喜悦的脸蛋。

"妈妈不走了。"

星星高兴得要蹦起来。

"你也是，之前也不事先告诉一声。我给你爸打电话，让他去买几斤新鲜的猪肉回来，还得买几斤排骨，我先烧水杀鸡……哦！哈哈！你看，我这记性，鸡都放出去了……"奶奶笑着对妈妈说。

"妈，您就别忙活了，这些事情我来做。"妈妈笑着说。

"哪有一回家就做事的，坐火车挺累的吧！还没吃早饭吧，我给你去做，我们都吃过了。"

"妈，我吃过了，在火车站吃的，一下火车，就想吃临澧的米粉。"

"那我准备午饭，你先好好休息，去好好睡一个觉，以后有你忙的。"妈妈回家，奶奶可高兴了。

"星星，你看你奶奶，我一回家，她就手忙脚乱的。"妈妈亲了一下星星的额头。

"奶奶开心呗！"

奶奶不仅手忙脚乱，而且还高兴的晕头转向。急急忙忙往菜园子里跑，急急忙忙又折身回来，忘了戴草帽。再急急忙忙朝菜园子里跑，又急急忙忙折了回来，说还得拿个蛇皮袋，菜篮子太小了，她得多摘些菜瓜回来。

"妈，您歇会儿，等下我去摘菜瓜。"妈妈说。

"你要是不让奶奶累，她还不高兴呢！"星星笑着对妈妈说。

"我的星星，来，让妈妈好好抱抱你，好好看看你。"

"妈妈，我也要好好看看您！您瘦了。"

"想你想瘦的。"

"星星比妈妈打工去的时候脸色红润多了，精神多了。"

"我现在开始锻炼身体，有很长一段时间没有感冒了，也没有咳嗽呢，睡觉也不咳嗽了。"

"哦！那太好啦！这是你送给妈妈最开心的礼物。"

"妈妈，您回家就是您送给我最好的礼物，这么大个礼物！"星星抱了抱妈妈。

"星星真会说话，这只斑鸠是你救活的？"

"嗯，这只斑鸠是汪福贵爷爷从山林里捡来的，海鑫哥哥送来让爷爷杀了给我补身体，我从爷爷的刀下救的它，是汪爷爷的草药治好了它的伤。"

"一直都是你照顾它、喂养它？"

"是的，妈妈，我舍不得给别人。"

"斑鸠的羽毛真漂亮！你把它照顾得真好！"

"它现在还飞不起来。"

"哦，它会飞起来的。"

斑鸠习惯了被星星抱在怀里，很享受小鸟依人的感觉，发出轻弱的"咕咕"声。星星告诉妈妈，它的名字叫"鸠咕"。

"鸠咕，好听。"妈妈接着说："奶奶在电话里说你很长时间没有生病了，我还以为是奶奶怕我们担心你才这样说的，现在看来这一切都是真的。"

"我和爷爷还有奶奶制订了一个'不生病计划'。"

"不生病计划？"

"就是做到一天不生病，两天不生病，三天不生病，天天不生病，一月不生病，月月不生病，一年不生病，年年不生病。妈妈，我计算着日子，有一个月零六天没有咳嗽了！"

"真的呀！星星怎么做到的？"

"天天运动，天天爬树。"

"我看到你爬树的照片了！"

"嗯，林伯渠爷爷说过这样一句话：'留得生命在，革命就开花。'"

"对！林伯渠爷爷说得对！留得生命在，革命就开花。星星，你真了不起！"

"妈妈，鸠咕才了不起呢！快死了都能活过来，我也一样能锻炼好身体的！"

妈妈搂紧了星星。

女儿懂事了。

3

夏日的清晨，桂花树上的小鸟活泼、欢快。

桂花树静静地生长在窗外，站在蔚蓝的天空下，展开无数条树枝，精致而又细小的树叶片片向上。树向着蔚蓝而又广阔的天空舒展着叶片，舒展着用生命在叶片上绘就的脉络图腾，迎接晨曦和日出！树上的鸟语和蝉鸣，迎接着光明和希望！

"星星，向上爬。"妈妈说。

"抱紧树干，别滑下来。"爷爷抬头仰望。

"把身上的力气，分着两路，一路向下，运送到双腿上，一路向上，运送到双臂上。"奶奶传授爬树的技巧，她经验丰富。

奶奶说，她小时候爬树可厉害了，不输给村子里的男孩子。

一家人围在桂花树下，仰着头，看着星星爬树。

起床的时候，妈妈给星星换上了耐磨的裤子，衣服也换成了长袖，说爬树的时候，不要让皮肤裸露在外面，免得蹭破皮肤。

星星热了热身，脱掉鞋子，光着脚丫，摩擦了几下手掌，用膝盖顶住树干，双手抱紧，膝盖松开一下，向上收，然后用力夹住树干，再向上爬。手臂用力向上拉，脚用力蹬，有节奏地循环下去，一步一步地向上攀爬。

"星星，坚持住，很快就够上分叉的树枝了。"爷爷的这句话还没有说完，星星又从树干上滑了下来。

"妈妈，我力气不够。"星星抬头望着翠绿色的树冠说。

"没有关系，休息一下，等会再试一次。"妈妈笑着说。

"不用急，星星，你听奶奶的话没错，一天爬几次，能爬多高就多高，总有一天，你会爬上高高的树巅。"

"我们的星星很不错了，比以前爬得高多了。"爷爷笑着对星星妈妈说。

"对，心急吃不了热豆腐，星星，咱们一天一天向上爬，坚持下去就是胜利!"妈妈对星星说。

星星双手下意识地摩擦着手心，仰着头望着翠绿色的树冠说：

"我会长出力气的!"

星星走近了桂花树，又开始新一轮的攀爬。

妈妈回家后，常常带着星星在卧龙溪畔、九畹园的田野上散步。星星和奶奶、妈妈在九畹园劳动，休息的时候星星就读书。

妈妈陪伴星星爬树健身，带着星星在油茶林里散步和奔跑……星星在妈妈的陪伴下，变得坚强又自信。星星坚持锻炼身体，身体慢慢康复，每天都像一只快乐的小鸟。

妈妈带星星到功勋树下听鸟儿鸣唱，她们常常跟在来这里参观学习的人群后面，认真倾听讲解员的讲解。妈妈陪伴星星一起走进红色教育基地的课堂认真听课，星星深受鼓舞，为自己的梦想鼓起了风帆。

十五　月光下的卧龙溪

　　月亮瘦瘦弯弯的。

　　然而，月光很明亮。

　　爷爷拿着蒲扇，穿着一件薄薄的灰白汗衫，一条黑色西装短裤，在盛夏的夜晚，他总是这样的穿戴。

　　"提上你的长裤子，水边上的蚊子毒得狠。"奶奶提着爷爷的长裤子，从屋里追了出来。

　　爷爷装作没听见，自顾自走自己的路。林林转身接过奶奶手中的裤子，提在了手里。裤腰上围着一条黑色的皮带，裤子显得有些分量，沉沉的。

　　林林提着裤子跑到星星的前面，因为星星怕黑，他要走在星星前面，给星星壮胆。在这样夏日的夜晚，去卧龙溪的岸边走一走，吹吹水面上的风，那种舒爽真是一种愉快的享受。

　　一行人一出家门，正好撞见海鑫来玩。

　　"海鑫，一起去卧龙溪走一走，灭灭骨头里的火。"爷爷说。

　　"好咧，爷爷。"海鑫说。

　　连日来的暴晒天气，让每个人的身体里都好像住着一轮太阳，把骨头都烧化了，到了晚上，心脏好像都会燃烧起来。

　　海鑫转身，走在队伍的最前面。在三个孩子当中，他的胆子是最大的，一副强壮有力的身板，神情从来也都是无所畏惧。胆子最小的就是星星，走在哥哥和爷爷的中间，每次都是爷爷走在最后。这支队伍一直都遵循着这样的秩序，就像遵循着某种制度一样，历来都是这样，各就各位。

星星的手拉着爷爷的手。爷爷知道星星胆子小，他希望星星能长些胆量。

走着走着，爷爷在不经意间就会放开星星的手，让她走自己的路。过了一会儿，星星又会下意识地伸手抓住爷爷西装短裤的一个角。有时候，爷爷会忍不住伸出自己宽厚的手掌，把星星的小手握在手里，甚至会弯下腰，一把把星星抱起来。

星星伸手摸着爷爷的胡茬："爷爷，你抱得起我吗？"

"抱得起。"

星星刚才心里有些害怕，现在爷爷抱着她，她就什么也不怕了。

☆　☆　☆

月光下的水泥小路，看起来像一条银白色的飘带，落在卧龙溪的岸边。晚上走路似乎比白天要快很多，大家还没说上几句话，就到了卧龙溪的岸边。

"萤火虫！萤火虫！你们快看，好多萤火虫！星星，下来，跑到前面来，我帮你抓萤火虫……"海鑫走在前面，一边喊星星，一边追着萤火虫小跑起来。

星星听见喊声，扭过头来看着海鑫和林林追着萤火虫跑，她并没有跑到前面去。只要是在夜晚，她就胆小害怕，害怕夜色里那些忽明忽暗的影子，害怕不知从哪个角落传来的虫子的声音。可是，她还是很愿意跟着爷爷走出来，爷爷每次来卧龙溪乘凉，都会给他们讲林伯渠爷爷的故事，或许，星星是因为要听那些故事才来的。

林林提着爷爷的长裤子，跟着海鑫小跑起来。

"爷爷，您的长裤子现在穿不穿？"林林问道。

"不穿，走路的时候，蚊子叮不上我的腿。"爷爷回答。

"那我把裤筒做成口袋，用来捉萤火虫啦！"

"可以！"

卧龙溪两岸的柳树下、花草丛里、古高桥上，到处都是萤火虫，仿佛是一群小小的精灵，打着小小的绿灯笼。那些点点闪烁的光，三三两两，忽前忽后，忽左忽右，高的高，低的低，一闪一闪，在这朦胧的夜色里飞来飞去，有的时候像一串串星星，有的时候像一排排小灯笼，织成一些星带，恍若梦境。

有一只萤火虫落在海鑫的手掌上，在手心里投下绿色的光圈，海鑫轻缓地握拢手掌，跑到星星面前。

"星星，送给你萤火虫。"海鑫说。

星星从爷爷的胸前滑下来，惊喜地说：

"海鑫哥，是你抓住萤火虫的？"

"是它自己飞到我的手心里来的。"海鑫慢慢展开手掌，手心里亮莹莹的。

星星的手指刚刚触碰到萤火虫，萤火虫就飞走了，很快飞进萤火虫的阵营里去了。

2

林林捉了很多萤火虫，他把捉到的萤火虫放进用爷爷的裤腿扎成的口袋里。林林不需要追着萤火虫跑，站在那里不动，身边的萤火虫飞走了，远处的又会飞过来。

爷爷和星星来到了古高桥上。

林林提着一裤腿萤火虫跑了过来。

"星星，你看萤火虫。"林林打开一头捏紧的裤脚口，萤火虫从裤腿里像星光一样飞了出来。

"哇！真好看！"星星痴迷迷地看着眼前的萤火虫。

爷爷等到裤腿里的萤火虫都飞走的时候，才穿上长裤子。此刻，经九畹园和卧龙溪上的晚风一吹，凉了下来，焦躁的心也凉了下来。

"爷爷，今晚的萤火虫真多，真好看！"星星说。

"林林，你学富五车，来朗诵一首写萤火虫的诗。"海鑫调侃似的说。

"来一首。"爷爷附和。

"背一首嘛，哥哥。"星星喜欢听哥哥朗诵诗歌。

无论林林是朗读课文还是朗读诗歌，他不仅声音好听，富有磁性，还抑扬顿挫，充满感情，他可以把诗歌其中的韵味，表达得淋漓尽致。

林林清了清嗓子：

> 雨打灯难灭，
>
> 风吹色更明。
>
> 若非天上去，
>
> 定作月边星。

林林读完，大家鼓起掌来，一片叫好声。

"这是唐朝诗人李白的《咏萤火》，这首诗句句都写萤火虫，但是，从头到尾却没有出现"萤火虫"的字。诗的意思是说，雨落下来，萤火虫是打不灭的灯，风吹过来，它的灯光就更加明亮；不怕风吹雨打的萤火虫，它们要飞到哪里去呢？假若不是飞到天上去，那它们也一定是月亮旁边的星星。"林林说。

掌声再次响起来。

"海鑫，你来一首赞美萤火虫的诗歌。"林林提议。

爷爷和星星用掌声鼓励海鑫。

在这样的夜色中，海鑫真的也想读一首赞美萤火虫的诗歌，可是，这一刻海鑫却绞尽脑汁，也没有想起一首写萤火虫的诗歌来。因此，来找星星解围：

"好妹妹，我实在想不起来，你来帮哥哥朗诵一首。"

眼前的景象扑朔迷离，星星情不自禁地轻声朗诵起来：

> 的历流光小，
>
> 飘摇弱翅轻。
>
> 恐畏无人识，
>
> 独自暗中明。

星星朗诵的时候，迷糊着眼睛，那样子恍若梦境。星星的声音轻柔得像萤火虫的翅膀从眼前拂过，直往心里飞。朗诵完的时候，夜晚更加宁静，几秒钟之后，掌声忽然像放鞭炮一样"劈里啪啦"地响起来了。

"这是唐代诗人虞世南的《咏萤》，意思是说萤火虫很小很小，翅膀也很轻很轻，它担心没有人认识它们，就独自在暗夜里发出光亮，告诉人们它的存在。"林林解释道。

爷爷、林林、海鑫和星星站在桥上，面向卧龙溪的流水。

☆　☆　☆

"我们也可以这样来理解，萤火虫在夜晚点亮了一盏照向孩子们梦境的灯火，点亮了一盏照向九畹园和卧龙溪所有小花小草、小蚁小虫梦境的灯火……"声音是从爷爷和孩子们的后面传来的，不知什么时候妈妈和奶奶来到了他们的身后。

"妈妈！奶奶！"星星转过身，投进了妈妈的怀抱。

"妈妈，你们是什么时候来的？奶奶也来了！"林林惊喜地问道。

"我们来有一会儿，听你们背诵诗歌呢！"

"燕子阿姨，您刚才说得太好了！萤火虫在夜晚点亮了一盏照向孩子们梦境的灯火，点亮了一盏照向九畹园和卧龙溪所有小花小草、小蚁小虫梦境的灯火……像诗人，像文学家。"海鑫说。

"你可别小瞧了我，燕子阿姨年轻的时候，可是文艺青年呢！"

"阿姨，您现在也不老！"海鑫说。

"妈妈，您说得太好了！萤火虫在夜晚点亮了一盏照向梦境的灯火，妈妈，您会写诗吗？"林林好奇地问道。

"自己偶尔也会写，是因为我喜欢看书，从书本里看到的。所以，孩子们，除了学好课本知识，还要多阅读课外书！"妈妈微笑着说。

"妈妈，我在读《昆虫记》。我喜欢法布尔这样的一段名言：'如果科学肯放下架子让孩子们也感到亲切，如果我们的大学军营考虑在死书本之外再增设活的野外学习，如果官僚们颇有好感的教学大纲套索不把有志者的首创精神扼杀干净，那么，自然史就能将不知多少美好善良的东西映在孩子们的心灵中！'"星星突然说起了话。

"星星真了不起！"妈妈夸赞星星。

"星星，你懂得真多！我以后也要加强学习，多阅读。"海鑫说。

"妈妈，今晚的萤火虫真的点亮了一盏照向我梦境的灯火呢！"林林是最能活学活用的孩子。

……

夜深了。

海鑫在卧龙溪和大家道别，他直接回家了。星星一家人，还得穿过九畹园的田野。这一次，林林还是走在最前面，星星走在林林的后面，妈妈走在星星的后面，奶奶走在妈妈的后面，爷爷走在奶奶的后面。

"星星，走到哥哥前面去，林林，让妹妹走到你前面去。"妈妈说。

"我害怕。"星星声音很小，但大家都听见了。

"这么一大群人，星星你害怕什么呢?"妈妈问道。

"她就是胆小。"奶奶说。

"星星不怕，来，妈妈牵着你的手!"

"妈妈。我害怕月光下那些晃动的影子。"星星说。

"别为难孩子，长大就好了!"爷爷说。

"星星，不怕! 人走在月光下也会有影子呢! 你尝试着喜欢那些影子，就不会害怕了，来，星星，妈妈牵着你，走到哥哥前面去……"

星星自己给自己壮胆，走到了队伍最前面，一开始她拉着妈妈的手，和妈妈并排着走。一家人，一边走着一边说着话。爷爷为了给星星壮胆子，讲起了林伯渠爷爷的故事。

不得不承认，爷爷很会讲故事，特别是讲林伯渠爷爷的故事，孩子们喜欢听，每次听完故事，星星的眼睛里总会有一种亮晶晶的东西，从眼眶滚落出来。

"林伯渠爷爷真好!"星星说。

"林伯渠爷爷的故事，就是我们心中的灯火，会照亮我们的梦想，也会照亮我们前进的道路，会在我们的心里燃烧成火炬的。"林林不愧为班上的高才生。

"林伯渠爷爷是我们每一个人学习的榜样，你们长大了，也要做一个对社会有用的人，要懂得与人分享，要懂得为别人着想。"爷爷说。

"爷爷说得对! 你们都说得好! 你们都是好孩子!"妈妈说。

"都是好孩子!"奶奶说。

星星听着故事，走着走着，不知道自己是什么时候松开了妈妈的手，走在了队伍的最前面，迈着坚定轻快的步子，此刻，她的心中好像忽然被什么点燃了一束灯火，带着热量，发射着光，给人胆量。

月亮悬挂在头顶上，笑眯眯的，兴许刚才也在听爷爷讲故事呢!

十六 劳动

1

孩子总是在一边长高、长壮实，一边长力气、长胆量的。

爬上一棵树，对星星来说，已经是一件轻而易举的事情了。

窗户旁边的那棵桂花树，她想爬多高就可以爬多高了。不仅如此，她还可以一只手提着鸟屋子，一只手爬树，不费多大力气就能爬到树冠上去了，把鸟屋子挂上高高的桂花树。

星星打开鸟屋子的门，斑鸠就从屋子里跳了出来，它一到桂花树上就无比兴奋，在树枝上蹦来蹦去的，"咕咕！咕咕……"叫得可欢快了，仿佛是在和树上的鸟儿打招呼一样，说着它们鸟类的语言，唱着它们鸟类的歌儿。斑鸠的叫声越来越洪亮，比所有鸟儿的声音都洪亮，隔一个山头都听得见。

很多时候，星星爬树时会带一本书在身上，爬到粗壮结实的枝丫上，坐在枝丫间一边看书，一边听鸟儿们欢快的叫声。

树上的鸟儿自由自在地飞来飞去。有时会从天空飞来几只鸟儿，或者一大群鸟儿，"哗哗哗"地一下飞落下来，停歇一小会儿，"哗"的一声，一下又飞走了，连同原来在树枝间玩耍的鸟儿也一起飞走了。

桂花树上只剩下斑鸠了。

斑鸠看着那些飞向天空的鸟儿，眼神里透出向往。过了一会儿，那些鸟儿都不知飞到哪里去了，斑鸠还抬着头出神地眺望着那高远的蓝天……

斑鸠的腿伤恢复得很好了，它可以从一根树枝上跳到另一根树枝上。斑鸠左翅膀上的伤看起来应该好了，可是它就是飞不起来。

"鸠咕，试飞一下。"星星坐在枝丫间鼓励斑鸠起飞。

斑鸠展开翅膀，勇敢地飞离枝头，但是最终都掉落了下来。星星赶快靠拢过去，让斑鸠落在她的怀里。

"鸠咕，再试飞一次。"星星一次又一次鼓励斑鸠，希望它能飞向更高的树梢。

斑鸠试飞了一次又一次，但是每一次都掉落了下来。

"星星，下来，和我们一起干点活。"妈妈在树下喊。

"鸠咕，鸠咕……"星星唤了几声。

斑鸠似乎能听懂星星的话，不情愿似的慢悠悠地走进鸟屋里。星星一只手提着鸟屋，一只手抱着树干从树上滑了下来。

☆　☆　☆

奶奶拿出三把砍刀，妈妈从偏屋推出一张老木头做的鸡公车。奶奶，妈妈和星星，她们仨今天要去卧龙溪岸上的地里砍黄豆。黄豆是一种农作物，成熟的时候，连枝带叶从地里砍回来，所以叫"砍黄豆"。黄豆砍回来之后，铺开在院子里暴晒，太阳越大越好，然后再捶打出豆子来。

春天，奶奶在地里种了花生、黄豆和绿豆。

现在，黄豆到了收获的季节，收了黄豆，就收花生。黄豆属一年生草本植物，是重要的粮食作物，茎粗壮，荚果肥大，稍弯，种子圆形、皮光滑，有淡绿、黄、褐和黑色等多样颜色。花生属一年生草本植物，根部有根瘤，茎和分枝均有棱，叶对生，荚果厚而膨胀，花生是生产食用植物油的重要原料。每年奶奶都要用黄豆打些豆腐，自己制作几坛子霉豆腐。

奶奶可是腌制霉豆腐的高手，她腌制的霉豆腐吃起来香辣可口，入口即化，越吃越嫩，越吃越香，回味无穷。

每逢春节，来到家里的亲戚朋友，凡是吃过奶奶做的霉豆腐，临走的时候都要带上一小瓶离开。特别是星星的大姑、小姑，每年奶奶都要给她们单独腌制一坛，正月来拜年的时候，会连坛子一起搬走。

还有就是那清清亮亮的花生油。每年从地里收回来的花生，晒干后，奶奶抽出时间送到修梅街上打油的作坊，用剥壳机剥出花生米，再打出花生油。

过年的时候，当作礼物送给亲戚朋友们，每人三五斤，大家都喜欢得不得了。

星星最喜欢吃奶奶熬的绿豆粥。

奶奶说绿豆粥的营养很好，清热、降火，头天晚上熬好，第二天清晨就可以吃到温度刚刚好的绿豆粥了。星星端起碗，轻轻吸气，呵，一阵清香扑鼻而来。奶奶熬的绿豆粥香滑可口，粥里还包含着浓情蜜意，星星认为世界上没有谁比奶奶熬的粥更可口的了。

星星喜欢干些农活，因为通过劳动不仅可以锻炼身体，还可以掌握一些生产技能，成为一个有能力的孩子。

星星提着鸟屋子走在妈妈前面，斑鸠在鸟屋子里不安分地跳来跳去。砍黄豆这样的事情，星星还是第一次去干。以前，星星走路都会气喘吁吁，现在她可以参加家里的一些劳动了，有时跟着大人到田地里干些力所能及的农活。在这个暑假，妈妈给她和林林都安排了属于他们自己的工作，他们的工作都是打扫卫生，只不过林林是要帮爷爷一起打扫林伯渠故居的卫生，而星星就是打扫自己家里的卫生，楼上、楼下、厨房、院子等家里的卫生都由星星负责。妈妈说："你们两个，一定要爱岗敬业哦！"

星星一想到自己的工作，就充满激情，会联想到草地环卫战士——推粪球的圣甲虫，它们是地球上免费的清洁工，特别是想起那只搭车的圣甲虫就觉得好笑。哪里有圣甲虫，哪里的粪便就会被清理得一干二净，她甚至萌生了在家里养几只圣甲虫的念头。

星星在打扫卫生的这段日子里，学习了很多卫生知识。比如垃圾的分类处理，像瓜果菜叶可以用来喂鸡喂鸭，而像那些买东西带回来的塑料袋，干净完好的袋子收放在一起，可以二次利用。

"燕子，现在的天气预报真的很神奇呢！天气预报说出太阳就会出太阳，天气预报说下雨就会下雨，而且，还可以提前预知一个星期，甚至半个月的天气情况，这个真的很神奇！"奶奶感慨道。

"因为高科技啊！妈，神奇的事情多着呢！现在的网络信息技术日新月异，通信发展带给我们便捷的信息服务，已经融入我们的生产和日常生活中，互联网日益成为我们学习、工作、生活的新空间，成为我们获取公共服务的新平台。比如说以前买火车票，要亲自去火车站排队，现在，在手机上用手指点几下就行了。我们生活在这个时代，真的是很幸运。"星星的妈妈无比幸福地说道。

"你说得对！比如说看天气预报这件事，以前每天都得守在电视机前，听天气预报，错过了，就不知道第二天会是个什么样的天气。这天气预报对种田种地的老百姓来说太重要了。现在，就不用一直守在电视机旁边了，只要打开手机就可以了。正好，有几个晴天，地里的黄豆熟了，砍了黄豆，可以在地里种一批萝卜和白菜。"奶奶说。

"还早着呢！现在的土地太干了，等到下点小雨再种也不迟啊！"

"我们先把黄豆砍回去……"

无论什么时候，妈妈和奶奶总是有说不完的话，村子里的人说她们不是婆媳，是母女。她们娘俩在一起什么都聊，说一些家长里短的事，说说天气和农事，甚至有的时候，她们还会谈论电影和爱情。

妈妈每看一部非常感人的影片，就会推荐给奶奶，很多时候奶奶就让妈妈讲述给她听。妈妈讲述故事情节的时候，每当听到感人的情节，奶奶就会哭得稀里哗啦。总之，奶奶是一个脾气非常好的人，也是一个非常可爱的人。她爱笑也爱哭，不过，哭的时候一般都是被妈妈的故事感动的，奶奶一边用衣袖抹去眼泪，一边不好意思地笑着说：

"你们看，我更像个老孩子。"

2

大家走到地里，地里的黄豆叶子由绿转黄了，在阳光下泛着光彩，正是砍收的最好时间，否则，就要到地里捡黄豆子了。

妈妈指着地里的作物，问星星：

"星星，妈妈考考你，你说哪种作物是黄豆？哪种作物是花生？哪种作物又是绿豆呢？"

星星看着地里三种不同的作物，还真被妈妈考倒了。星星平时很少到地里干农活，她认识花生、黄豆、绿豆的种子，但她不认识它们生长在地里的样子。

"妈妈，我不认识，不过我可以猜猜。"

奶奶笑着，忍不住要说出来，可是又被妈妈止住了。

星星猜那种矮一些的作物是花生。

"猜对了。"妈妈说。

这时，奶奶拿起砍刀开始砍黄豆了。星星一看，就笑着说：

"奶奶砍的是黄豆！这是黄豆！这是绿豆！"星星鬼精灵。

"不要耍小聪明，去认真仔细地观察，看看它们有什么不一样，看好了，再砍黄豆。来，妈妈给你一双手套。"妈妈转过身，接着对奶奶说：

"妈，也给您一双手套。"

"我不要，戴上手套就干不来活了。"奶奶笑着说。

妈妈和奶奶一边说话，一边开始砍黄豆。她们就是想带星星出来，多到外面走动走动，这对星星的身体健康有好处，偶尔干点农活也是很好的。

星星迫不及待地跑向快成熟的花生地，在花生地里，她打开鸟屋子，斑鸠几乎是从鸟屋子里扑腾出来的，在花生地里高昂着头，走来走去。

星星观察着三种不同的农作物，跑来跑去，比比看看它们的叶子、花朵和果实有哪些不同。

花生的叶子细小，一对一对地生长在茎枝上，叶面光滑翠绿，枝叶间开放着黄色的小花朵，它的果实长在泥土下。黄豆和绿豆的叶子一眼看去有点相似，每一根叶柄上都有三片叶子，绿豆的叶片像巴掌，稍大一些，黄豆的叶子小一些，呈椭圆形。

黄豆成熟了，叶子由绿变黄了，而绿豆的叶子还是翠绿一片。绿豆一边开花，一边结果，细长青绿的豆荚成熟后就会变成黑色。黄豆茎秆壮实，青绿的果实成熟后变成褐黄色，荚果肥大有点弯。等到黄豆茎秆上的荚果大部分成熟后，就连枝带叶一起砍下来。搬运回家，在太阳底下晒个日头，再把豆子打出来。星星在地里跑了几圈，仔细观察后发现，其实黄豆和绿豆的区别还是很大的。

星星在花生地里用刀刨开泥土，挖了几株花生，给斑鸠喂了几粒嫩嫩的花生米，又给妈妈和奶奶分了几粒。然后拿起砍刀，开始砍黄豆。但第一次干这活，不是被黄豆的叶子扫到了眼睛，就是被硬硬的黄豆荚戳痛了小腿肚子。

妈妈抬头看了看星星手忙脚乱的样子，就走了过来，告诉她砍黄豆的技巧：

"左手拿住黄豆上面的茎叶，朝外拉开，再用刀砍，刀口朝下砍，双腿离要砍的那株黄豆远一点，不要挨得太近，否则，一不小心就会伤到自己的腿。"

"妈妈，这株黄豆还有很多青绿的果，也要砍吗?"星星问妈妈。

"成熟三分之二就可以砍收了，否则等到全部成熟了，有的豆荚会在太阳底下爆裂，黄豆子就掉到地上了。大部分荚果都是青的就不砍，一块地是要分几次才能砍收完的。"

"哦，还挺麻烦的。"

"对，做什么事都不容易! 可是，当你吃到清爽滑嫩的豆腐和香辣可口的豆腐乳，就很开心是不是?"

"我喜欢吃奶奶做的豆腐乳。"

"这一切，都要通过劳动才能获得。"

星星按照妈妈教她的方法，砍收了不少的黄豆。劳动，真是一件令人心情愉快的事情。

"星星，累了吧! 累了，你就去和斑鸠玩一会儿。"奶奶伸腰的时候，对星星喊道。

"奶奶，我不累! 我正干得起劲呢!"

"妈，您累了就休息一下。"星星的妈妈关切地对奶奶说。

"我不累，这样的农活妈还能干很多年。你要是累了，就休息一会儿，反正最近几天都是晴天，可以慢慢砍收。"奶奶勤劳又能吃苦，她倒是担心儿媳妇累着，因为，星星的妈妈有很长一段时间都没有干农活了。

砍黄豆不是重活累活，但是要一直弯着腰干完，还是会有些腰酸背痛的。劳动让人们辛苦，但也能带给人们丰收的喜悦。

3

中午回家吃午饭的时候，妈妈和奶奶都要星星下午别去了，在家里看书、复习功课，因为如果星星下个学期想去上学，课程就不能落下。但是，星星自己坚持要去，她说劳动会让她长些力气，晚上回家会抓紧时间学习的，这样她就会不耽误学习了。

下午的时候，主要是奶奶和星星砍黄豆，妈妈负责运送黄豆。妈妈拿一张旧的花布床单铺在地里，然后把砍下来的黄豆包裹起来，用鸡公车搬运回家。

本来上午的天气还算凉爽，太阳在天空照耀了一会儿大地，就躲进了云层里。田野上起了风，干起活来，还不算热。可是，到了下午，蓝天上没有一丝云彩，太阳火辣辣地照耀着大地，石头、泥土似乎都会窜起火苗。

"天气热，大家休息一会儿。"爷爷和林林来到了地头。

"哥哥，你和爷爷也来啦!"星星高兴地大声喊着。

"干活人多力量大!"林林朝星星挥了挥手。

爷爷和林林搞完卫生回来，也来参加砍收黄豆的农活。

爷爷说这是季节性工夫，得追着日头干活，趁天气好把黄豆都砍收回家。

林林在地里帮着砍黄豆，爷爷和妈妈把砍下来的黄豆搬运回家。大家齐心协力，本来计划两天砍完的，一天就砍完了。

可以说，星星从小到大，这一次是她真正意义上参加劳动。小的时候，她不生病的时候，也还是很乖的。奶奶干完活回到家，坐在椅子上动都不想动，看样子是累得不行了。星星会主动地走过去，给奶奶捶捶背，奶奶就会觉得很舒服。奶奶最喜欢对星星笑着说:

"哎哟! 真舒服! 我的腰又活起来了! 可以直起来啦!"

奶奶有腰椎间盘突出这种病。说来也怪，爷爷说以前村子里很少有人得这种病，不知道现在怎么了，有很多中老年人得这种病呢! 奶奶发病的第一年，腰痛得厉害，躺在床上什么事情也做不了，下了床就是坐在椅子上，奶奶也会说:

"哎! 这腰痛得连坐在椅子上的福气都没有了，好像腰间的骨头里有一根针似的扎得疼。"

"奶奶，您休息一下啊! 别累着腰!"星星关切地对奶奶说。

"奶奶不累，我们的星星会关心人了。"

☆ ☆ ☆

星星和家人一起砍了一天黄豆，她很卖力地干活，虽然也感觉有些累，但是她坚持了下来。

一家人吃完晚饭，星星喝了中药。因为大家都说，药要坚持吃，良药苦口利于病啊!

星星学习完、洗完澡，慢慢爬上楼梯，轻轻脱下衣服，躺在床上的时候，感觉到身上的每一根神经都在发酸、发痛，特别是腰。可是，她还是感觉到有一种快乐和满足袭上心头……

星星微笑着，看了一眼斑鸠，眯着眼睛说：

"晚安，我的星星……"

星星眼睛的窗轻轻合上，关上又黑又长的睫毛，急忙到梦里去了。

十七　日记

　　林林和海鑫放了暑假，星星整天和他们一起玩，一脚泥巴一脸臭汗，个个都成野孩子了。皮肤也晒得黑黑的，林林和海鑫晒得像两条黑泥鳅一样，从头到脚浑然一身黑。

　　星星的妈妈昨天到修梅镇的街上给他们每人买了一顶牛仔太阳帽。几个孩子可开心了，特别是海鑫，接过太阳帽连声说：

　　"谢谢！谢谢燕子姨！"

　　"不用谢，你一直照顾星星，就像星星的亲哥哥一样，以后姨买啥都有你一份。"星星的妈妈笑着说。

　　听燕子姨这样说，海鑫感动得眼圈都湿了。海鑫心里挺想爸爸妈妈的，但是他们也是回不来的。

　　几个孩子带着太阳帽，兴高采烈地跑了出去，他们要带着星星去卧龙溪游泳。教海鑫游泳的体育老师说游泳是锻炼身体的最好的方式之一，不仅如此，还可以减肥、长高，帮助提高身体的柔韧性和灵活性。

　　海鑫本来是个大胖子，坚持了一个学期的游泳，现在身材可好了，又高又帅。海鑫说游泳能使人自信，变得更聪慧、更开心，并且充满活力，这都是海鑫学会游泳后收获的体验和感受。

　　星星的妈妈目送着孩子们跑远，她来到星星的房间，拆下星星床上的被子、床单、枕套，要大搞一下卫生。可是当她拿起星星的枕头的时候，从枕头底下露出了一个浅蓝色的本子。

星星以前没有写日记的习惯，除非老师布置了写日记的家庭作业。可是，自从爸爸妈妈外出打工后，星星在家养病，有的时候，她会感到深深的孤独和寂寞，对爸爸妈妈有浓浓的想念。从今年的春天开始，星星开始写日记，在一个浅蓝色的本子上吐露自己的心声。

妈妈拿起本子，随手打开看了一下，是星星写的日记。

这孩子从什么时候开始写日记的？

妈妈犹豫了一下，她是不能偷看女儿的日记的！可她又太想知道女儿在日记里说了些什么，太想知道他们离开女儿的这些日子里，女儿经历了什么，妈妈离开女儿的每一天，女儿想些什么，妈妈坐在女儿的床沿边，不由自主地往下看。

☆ ☆ ☆

2020 年 3 月 6 日

今天下午，奶奶把我从楼上叫了下来，我不开心，她让我和汪爷爷打招呼，说汪爷爷是专程来看我的，还给我送来了一篮子土鸡蛋，让我谢谢汪爷爷。

汪爷爷穿一件红色的夹克衣，我知道他有很多红色的衣服。他一见我就笑，笑脸和他身上穿的衣服一样喜庆。

我喊了一声汪爷爷，不过声音有多半还卡在喉咙里，不管他听没听见，我就上楼了，留给他们一个背影。

汪爷爷走后，奶奶上楼进了我的房间，说：

"你总是这样子对人家，是很不礼貌的。汪爷爷给你送鸡蛋来了，你难道不应该对人家说声谢谢？"

"我又没让他来给我送鸡蛋。"我顶嘴道。

"下次不许这样子，显得我们家的孩子没有一点家教似的。"奶奶生气地走了。

奶奶总是这样批评我，表面上我把她的话当耳边风，不过，奶奶的声音还是会落在心里的。可是，当着奶奶的面，我就是不愿意搭理人家，我就是不说谢谢，我就是不讨人喜欢，我自己都不喜欢自己！

☆ ★ ☆

2020 年 3 月 9 日

昨晚我又做梦了，梦见自己变成了一只鸟，一只美丽的飞鸟！有着好看的红色羽毛，翅膀上闪烁着金色的光亮。

我为什么会在梦里变成一只鸟呢？

要是真的能变成一只鸟多好！鸟儿不会生病，也不会咳嗽，也不要吃那苦得难以下咽的中药。鸟儿想到哪儿去，就可以飞到哪里去。

别想得美，人怎么可能会变成一只鸟，人只会在梦里变成一只鸟。

☆ ★ ☆

2020 年 3 月 11 日

我为什么会天天晚上做这样的梦，难道我真的会变成一只鸟？要是我真的变成了一只鸟，爷爷、奶奶会认得我吗？爸爸、妈妈会认得我吗？哥哥会认得我吗？海鑫哥哥会认得我吗？

我问奶奶我会不会死掉，因为我一直都在生病，生病久了就会死掉的。

奶奶不许我说这样的傻话。

我忍不住又问奶奶，是不是人死了就会变成一只鸟？

奶奶要我别胡说八道！

我问哥哥鸟是从哪儿来的？是不是人死了都变成了鸟儿？

哥哥告诉我小鸟是鸟妈妈生的，它们和人类一样都是生活在这个地球上的生命，我们是人类，它们是鸟类，鸟类是人类的朋友。

奶奶很好奇，说我小小年纪，问些稀奇古怪的问题。我跟奶奶说，我梦见自己变成了一只鸟。奶奶听了哈哈大笑，后来，用手温柔地摸着我的头，轻柔地说：

"原来是做梦啊！做梦像鸟儿一样飞，这是好梦！"

我问奶奶什么是好梦？

奶奶说，凡是在梦里飞起来，都是好梦！孩子在梦里飞起来，那就是在长身体，长高长大，就这样简单！

☆ ☆ ☆

2020 年 3 月 12 日

我又梦见自己变成了一只鸟，一只快乐的鸟！唱着歌儿，在九畹园的田野上空一直向上飞。我飞到了云朵上，有的云是白色的，有的云是蓝色的，有的云是红色的。

哎！那该死的咳嗽！把我的美梦给吵醒了。

这一天，我又生病了。

☆ ☆ ☆

2020 年 5 月 3 日

很长时间没有写日记了，就是不想写。

今天早晨，朝霞铺满天空，桂花树上的鸟儿和平日里一样热闹地叫着。又到我吃药的时间了，爷爷说"良药苦口利于病"，可我常常会把它想象成是一碗毒药。

奶奶双手捧着碗，碗口上飘着丝丝热气，爷爷走过来从奶奶手中接过碗，说："你捏住她的鼻子。"

我知道他们又要像给小牛犊灌药一样，开始喂我喝药了。

我听话地张开了嘴，可是当爷爷把药灌进嘴里的时候，我的舌尖都在颤抖，尽管奶奶捏住了我的鼻子，可那难闻的气味就从喉管钻进鼻孔往外冒。忍不住一个喷嚏，一口药汁喷了爷爷、奶奶一身，额头磕在碗口上，"咣当"一声，碗掉在了地上，那个老瓷花碗居然没摔破，只是在地上旋转了几个圈圈，最后倒过来碗口朝下扣在了地上，碗里的药汁弄得一滴不剩。

我缓过劲来，跑进厨房，也不知道从哪里生出的一股劲，抱起炉子上的药罐就往外跑，爷爷、奶奶来不及阻止，只听见"轰"的一声响，药罐正好摔在了大门口爷爷的磨刀石上，药罐摔破成八大块，黑色的药汁洒满一地，地上升腾起一片热气。

我冲着爷爷、奶奶大喊一声：

"我宁愿去死，再也不吃药了！"

奶奶看了看我，又看了看地下摔成八大块的药罐，举在空中的巴掌慢慢放了下来，一把将我抱在怀里，说：

"不吃不吃。"

"老天爷，你就别让孩子遭罪了，有罪就冲着我来吧！让我生病，我来吃药。"爷爷蹲在墙角哭了。

不知道为什么，按理说摔破了药罐，心里应该暗暗高兴。可是，看着一地的碎片，看到爷爷奶奶的心疼，心里忽然有些难过，忽然想说声"对不起"，可我没能说出来。

我不愿意让爷爷来替我生病！

☆　☆　☆

2020 年 5 月 9 日

我讨厌吃药！

我讨厌生病！

讨厌……

即使写满了讨厌，从第一页写到最后一页，也无法表达我心里对它有多讨厌！

☆　☆　☆

2020 年 5 月 16 日

最近这些天，爷爷和奶奶都喜欢上了看食谱之类的书。

他们从书本里找到一些调养滋补身体的办法，奶奶说不吃药，可以吃粮食、吃蔬菜、吃水果来食补。奶奶三天两头地往修梅镇的街上跑，买了些大大小小的骨头，还有鱼虾，还会买些水果回来。奶奶每天早上都吩咐我吃个苹果，吃饭前喝一碗骨头汤，她还变着法儿地给我做营养餐，绿豆、红豆、黑豆一锅熬，饭前也要吃上一小碗。

因为摔破了药罐，我觉得愧疚，所以这些天我很听话。奶奶让我吃苹果，我就吃苹果；奶奶让我喝鱼汤，我就喝鱼汤。奶奶开心地说：

"这样啊！就是摔破十个药罐都值了。"

"药罐都摔破了，以后就不会生病了!"爷爷说。

☆ ☆ ☆

2020 年 5 月 17 日

吃饭对我来说，就是做做样子，嘴里喂进两三粒米饭，含在嘴里老半天，就是咽不下去，就是没有食欲。不过，我现在却喜欢上了一种美食，想象不到，厌食的我居然会遇上美食！

奶奶做的饺子真的好吃！

以前，奶奶煮的饺子都是从街上买的现成的饺子，然后在锅里煮熟，放点香葱和佐料就可以吃了，我不喜欢吃，吃也就是跟吃饭一样，端着碗做做样子。有一天，奶奶买回了面粉，自己做饺子皮，自己做的馅，开始包起饺子来。奶奶做的馅可下大功夫了，有猪肉馅的，鱼肉馅的，还有鸡肉馅的。无论什么肉做的馅，里面都会加上几样新鲜蔬菜。煮好的饺子捞起来放进熬好的骨头汤里，再放点香葱、胡椒粉，就可以吃了。

奶奶一直坐在饭桌边上，微笑着，看着我吃，问我好不好吃。直到我吃完了一碗水饺，奶奶才笑着离开饭桌，看奶奶的笑容，简直就是笑到心里去了。

生病以来，第一次有了我特别喜欢吃的美食——奶奶包的饺子。

☆ ☆ ☆

2020 年 5 月 20 日

几天不说一句话，这可把奶奶和爷爷急死了。可我就是不想说话，奶奶担心我得了抑郁症，还说要带我去医院检查，我讨厌医院，死也不去。

☆ ☆ ☆

2020 年 5 月 29 日

斑鸠有着葡萄红的羽毛，谈不上很漂亮，但是我喜欢。

本来海鑫哥是让这只斑鸠来给我补身体的，说是身子弱，吃了斑鸠肉，喝了斑鸠汤，身体就会好起来，强健起来。但最终我在爷爷的菜刀下救下了这只斑鸠。

大家都说这只斑鸠快死了，是活不过来的，还不如用它给我补身体。可是我觉得它只是生病了，和我一样可怜，我不想它死！

我相信！斑鸠一定会活过来！

整夜，我一点儿也睡不着。我爬上床，刚刚闭上眼睛，可是，我担心斑鸠的身体会凉下来，立马又从床上爬起来，摸摸斑鸠的身体，是热的！我又爬到床上，可是，还是睡不着。

我守着斑鸠。

这世界上怎么就没有了瞌睡虫呢？

☆　☆　☆

2020 年 6 月 3 日

我太高兴了！斑鸠活过来了！

不过，最高兴的是奶奶和爷爷，因为我说话了。奶奶说我没有得抑郁症，这得感谢斑鸠，还说以后一定要爱护鸟类。我不知道抑郁症是什么病，我不在乎。

爷爷说斑鸠能活过来，这简直就是一个奇迹，一只鸟的奇迹，生命的奇迹。爷爷说要给斑鸠编制一个鸟笼子。我说鸟笼子不好听，应该是鸟屋子。

"对！你说得对！是鸟屋子！"爷爷说话的时候，银白色的胡茬间密密的汗珠在太阳光下闪闪发亮，他又得刮胡子了。

爷爷说干就干，砍了竹子，破出散发着竹子清香的细细的篾条，再将这些篾条在大锅里煮上一会儿，那些篾条变得又软又好看，青绿中带着淡黄。爷爷说用开水煮过的篾条不仅颜色好看，而且不长粉虫。

我的斑鸠马上就有自己的新家了，这很重要！

☆　☆　☆

2020 年 6 月 10 日

我太高兴了！我从来都没有这样开心过，这是我度过的最快乐的一天！

斑鸠似乎也感受到了我的快乐，我给它擦药的时候，它用小小的野葡萄似的眼睛看着我，好像是对我说谢谢。我不知道用什么样的词语来形容鸟的目光，就觉得那种目光像明亮的阳光渗到我的心里去了。

夜晚，月光从小窗照射进来，落在书桌上，我用双手捧着斑鸠放到月光里去，月光就照在斑鸠的身上，它身上葡萄红的羽毛熠熠生辉。

我和斑鸠说着话，它有的时候好像听懂了我说的话，"咕咕"回应两声，声音很轻，但是很好听呢！

夜深了，月光不知道什么时候抽身走了，我的眼皮子开始打架，额头磕在了书桌上。我向斑鸠道了晚安，一爬到床上就睡着了。

☆　☆　☆

2020 年 6 月 16 日

清早，只要不下雨，我就带着斑鸠到外面走几圈。斑鸠很喜欢去林伯渠爷爷故居前的功勋树下，每次带它来到功勋树下，我都会想起林伯渠爷爷锻炼身体的故事，我也要加强锻炼。

斑鸠听见树上的鸟叫声，它在鸟屋子里就扇着翅膀，"咕咕"地叫着。我把它从鸟屋子里放了出来，它只能一只脚跳着走，右脚上的伤还没有完全好，左翅膀上的伤康复就需要更长的时间了，它飞不起来，乖乖地让我把它抱在怀里，它的头抬得很高，小小的嘴尖指向功勋树上的天空。

鸟的眼睛能看多远呢？

鸟的耳朵能听见些什么呢？

☆　☆　☆

2020 年 6 月 18 日

我抱着斑鸠在林伯渠故居旁的堰塘边走了几圈，早上的风很凉爽，空气也很新鲜，地面很干净。我们来到这里的时候，爷爷早就把这里打扫得干干净净了，一片落叶都没有。朝阳照进堰塘里，从堰塘的水面升起一片白色的雾气，很好看。这里有上、下两口堰塘，上面的那口叫上浮堰，下面的这口叫下浮堰。从下往上看，那些堰塘里的白雾就像天上飘下来的，一层一层的，有高有低，雾中有明亮的阳光，透过薄雾，依稀看见屋后面的绿树青山，像仙境一样。

风吹拂着堰塘边的细柳，看着堰塘里柳枝轻轻飘舞的倒影，就会生出一些遐想，为什么水和镜子都能照出我的影子？那也许是另一个我呢！而离开了水和镜子，自己就找不到另一个自己了，这世界上有另一个我吗？难道自己和另一个自己也会捉迷藏？

我拿一根柳枝在手里，轻轻地用柳叶抚摸着斑鸠身上的羽毛。

☆ ☆ ☆

2020 年 6 月 19 日

奶奶每天变着花样给我做饺子馅，我每天都要吃一顿饺子。我想，奶奶煮的饺子是可以治病的。

因为自从我摔破了药罐，奶奶再也没有给我熬中药喝了，天天给我煮水饺吃，快一个月没有感冒了。

我以为自己好了，再也不会感冒生病了。但是好景不长，我又生病了，咳嗽，喘气，哎，我又住院了。住进了县里的医院，每天打针吃药，奶奶在医院照顾我，跑前跑后的。人家感冒了吃几粒感冒药就好，而我每次一感冒都要进医院住上几天。

医生说，我就是体质弱，容易受凉，回家坚持锻炼！我暗暗下决心，病好了回到家，天天都坚持锻炼身体。

我病愈出院，奶奶又在街上买了一个药罐，医生说还得吃段时间的中药调理身体，当然，还得坚持运动，锻炼身体。

奶奶说听医生的话没错，回家还得吃中药。我也想快点好起来才能照顾斑鸠，真的辛苦奶奶了，我不能再摔破药罐了。

☆ ☆ ☆

2020 年 6 月 26 日

妈妈回家啦！我真的太开心了，虽然爸爸还在外面打工。

妈妈说看见奶奶发给她的我和斑鸠的照片，都哭成泪人了。妈妈说她不是好妈妈，心里愧疚。

其实，我的妈妈是世界上最好的妈妈，我以前说她还不如一只圣甲虫妈妈，只是气话，我再也不会这样说妈妈了。

☆　☆　☆

2020 年 7 月 5 日

现在，家里可热闹了，妈妈回家了，哥哥和海鑫哥放暑假了。

天气越来越炎热，特别是晚上，一到晚上总是热得睡不着觉。只要是有月亮的晚上，爷爷就带着我们去卧龙溪边散步，坐在古高桥上乘凉。我们喜欢听爷爷讲林伯渠爷爷的故事，爷爷说得最多的就是林伯渠爷爷锻炼身体、刻苦学习的童年故事，还有林伯渠爷爷"为人民服务，为世界工作"的精神。希望我们长大后也成为为人民服务，为世界工作的人。

哥哥说他长大了要当一名军人，保家卫国。

海鑫哥和他一样，他们对保家卫国充满了向往。

我真的没想过长大了具体做什么工作。后来，我想了很久，我希望自己将来能当一名老师。

☆　☆　☆

2020 年 7 月 9 日

以前，妈妈在家的时候，我是不害怕黑夜的。自从爸爸妈妈出去打工后，不知道为什么我开始害怕夜晚，害怕黑暗。不过，现在好了，妈妈回来了，我又长胆量了，不怕黑夜了。

☆　☆　☆

2020 年 7 月 15 日

夏日的天气越来越炎热，家里安装了两台空调。大家白天一般很少待在房间里，都是各忙各的事情。我坐在窗户边看书或者做作业，只要打开小窗，就有风吹进来，是不用开空调的。闷热的夜晚打开空调房间就凉爽多了。

☆ ☆ ☆

2020 年 7 月 19 日

每天下午，哥哥都会帮我补一会儿课。我刚休学的时候，我学的是哥哥的旧课本。放暑假的时候，老师知道了这个情况，就送了一套四年级的新课本给我，老师对我太好了！

☆ ☆ ☆

2020 年 7 月 25 日

自从上次从医院回来，我再也没有生病了。医生开的中药总算吃完了，奶奶洗干净了药罐，把它收了起来。每天清早，我和妈妈在九畹园的田野上跑上几圈，流一身汗，整个身心都清爽了。爬树对现在的我来说，已经是一件轻而易举的事情了，感觉身上长了不少力气呢！

……

2

妈妈已经是泪眼汪汪了。

星星的日记写到后面几页，更多的是写到了自己。自从妈妈回家后，日记本里的内容发生了很大的变化。几月几日，她爬上了桂花树，几月几日，她读了一本什么书……什么时候，她忽然发现自己有好多天没有感冒、没有咳嗽，她还觉得有两种东西在自己的生命里暗暗生长，一种是力气，一种是胆量。这些都是女儿自己和自己的心灵在对话，有她生病时对生和死的古怪念头，有孤独、有害怕、有怨气；也有她和斑鸠的故事，自从收养了斑鸠，日记本里原来的那些古怪的念头越来越少了，关于斑鸠的事情写得很多。比如斑鸠哪天活过来的、斑鸠喜欢吃的食物是什么、斑鸠什么时候腿伤痊愈的、斑鸠左翅上的伤恢复得怎么样……

妈妈合上日记本，若有所思，心里有欣慰，有感动，有理解，有憧憬，有希望……然而，她觉得自己错了，不应该在没有得到女儿同意的情况下偷看女儿的日记，这是属于女儿自己的秘密！

妈妈先把日记本放回了原处，然后抱着换下来的床单走出了星星的房间。

妈妈洗完床单衣服，又打扫院子。孩子们游泳回来，林林和海鑫就各自忙自己的事情去了，星星朝妈妈奔跑过来。

"妈妈，我学会游泳啦！"脸上洋溢着幸福的笑容。

"星星真棒！"迎着女儿灿烂的笑容，想起刚才偷看女儿日记的事情，妈妈做了贼似的脸红心跳。

"妈妈，游泳好爽！你会游泳吗？"

"会游泳啊！读初中的时候，参加游泳比赛，得过全校第二名呢！"

"妈妈是游泳健将，好棒！"

"妈妈不棒！"妈妈搂紧了一下星星。"妈妈今天给星星换洗床单的时候，看到了一个蓝色本子，好奇翻开看了一下，原来是星星写的日记，妈妈好像一下子走进了星星的心灵世界里，没忍住就看了下去。星星，对不起！妈妈以后再也不偷看你的日记了……"妈妈一口气说了一长串话，否则，她害怕说不出一个字的。

星星看着妈妈盈满泪水的眼睛流露出歉意和真诚。妈妈的眼神里有愧疚，有心疼，有爱！

"妈妈，谢谢你！"星星温柔地说。

"谢妈妈什么呀？"

"谢谢妈妈告诉我！"星星笑着跑开了。

星星跑上楼，拿出日记本，她把日记本递给了妈妈。

"妈妈，我们现在是好朋友了！想看你就看！"

"谢谢我的星星！"妈妈一把搂住女儿。

十八　试飞

下午，天气格外晴朗。

星星怀抱斑鸠和妈妈来到功勋树下，听树上的鸟儿唱歌，抬头仰望着鸟儿从高高的树枝上飞向蔚蓝的天空。

"咕咕，咕咕，咕咕……"斑鸠也仰着头，望着天空的飞鸟，在星星的怀里叫着、扑腾着，它从星星的怀里一下飞了出去。"啊！妈妈，我的斑鸠飞啦……"星星的话还没落音，只听见"啪"的一声响，斑鸠从空中重重地摔落到地上。

星星赶紧奔过去，从地上抱起了斑鸠。

妈妈也赶紧跑了过来，关切地问道：

"伤到那里没有？"

"鸠咕，你受伤了吗？这里疼吗？这里疼吗？这里疼吗？"星星摸摸斑鸠的右腿，又摸摸斑鸠的左翅，再摸摸斑鸠的脖子，全身摸了一个遍。

"咕咕，咕咕……"斑鸠咕咕叫着，它仰着头望着蓝天。

斑鸠向往飞翔，向往天空。

"妈妈，等斑鸠左翅上的伤好了，我就把它放归森林。"

"那就要它能够飞才行啊！"

"我决定从现在开始，天天都来油茶林里，让斑鸠开始练习飞翔，就像刚才这样。"

"那好吧！妈妈陪你来。"

"妈妈，那就从今天开始帮鸠咕练习飞翔吧！"

"听你的。"

几只小鸟"叽叽叽"地叫着，正好从下浮堰堤岸的柳枝上起飞，飞过堰塘，飞向前途山的油茶林。

星星抱着斑鸠，和妈妈正走在堰塘边的柳树下，被星星抱在怀里的斑鸠忽然站了起来，"咕咕"叫了两声，张开了翅膀，星星还没反应过来，斑鸠就从她的怀里飞了出去。这一切发生得太快太突然。

"斑鸠飞了！斑鸠飞了……"星星欢呼雀跃，星星和妈妈仰着头，望着飞向高空的斑鸠。

可就在这时，斑鸠忽然从高空开始往下坠落，坠落……"咚"的一声，斑鸠掉进了堰塘里。幸好掉在堰塘岸边的水里，妈妈赶快下去，把它捞了起来，差一点就淹死了。

妈妈把湿漉漉的斑鸠递给了星星。星星一边用衣袖擦拭着斑鸠身上打湿的羽毛，一边和斑鸠说着话：

"也不看看方向，想飞是吧，我们带你去林子里飞好啦！"

"斑鸠在试飞呢！这样的试飞，斑鸠只怕会受到打击。"妈妈说。

"不会，它是一只坚强勇敢的斑鸠。"

"还是带它去树林里试飞，安全一些。"妈妈说。

星星微笑着，点了点头。

2

星星和妈妈爬上林伯渠小道，小道两旁生长着绿油油的油茶树。这个季节的油茶树林里微风轻抚，小草葱绿，油茶树上结满了小小的油亮亮的墨绿色的小茶果。星星时不时伸手摸摸茶树的叶子，摸摸油亮亮的小茶果。

以前，她和爷爷、林林、海鑫来这条小道上，经常读林伯渠爷爷的诗词，这些诗词早已倒背如流。但是，此刻，她和妈妈一起朗读，却是另一种感受。

星星和妈妈走过一段鹅卵石小路，在龙柏的簇拥下，踏着宽敞的石台阶，向着林伯渠广场攀登。爬到最上面的一步阶梯，放眼远眺，满目都是漫山遍野郁郁葱葱的油茶林。蔚蓝的天空下，呈现在眼前的是满眼的绿，是无限辽阔的青翠的绿。那波浪一样的绿像潮水一样，迅速消除了星星眼睛里的疲劳。

星星喜欢这样眺望远方的油茶林。

林伯渠广场，四周松柏环绕，气氛庄严肃穆。

妈妈拉着星星的手走到林伯渠铜像前，献上刚刚在茶树林里采摘的野花，给林老鞠躬，怀着无限敬仰的心情瞻仰林老。

"妈妈，红都瑞金、圣地延安的土壤和我们这里的土壤一样红吗？"星星仰起可爱的脸蛋问妈妈道。

"是一样的红。"

"你去过红都瑞金、圣地延安吗？"

"从来没有去过。"

"妈妈，你去过北京的天安门广场吗？"

"没有去过。"

"爸爸去过吗？"

"也没有。"

"妈妈，等我长大了，我带你们去红都瑞金、圣地延安，还带你们去北京天安门。"

"好啊！好啊！妈妈等着这一天哦！"

"我长大了，我也要'为人民服务，为世界工作'。"

"星星，'为人民服务，为世界工作'也可以从小就开始做的，凡事都可以从小事做起。比如说林林，一直坚持和爷爷一起扫地，保护林伯渠故居的环境卫生。比如说海鑫，他一有时间就和汪爷爷去守护山林，保护山林里的动物。星星也是好样的，你在爷爷的菜刀下，救下了这只斑鸠，爱护鸟类，这都是为人民服务、为世界工作啊！当然，你们长大了，有知识、懂科学、有能力，就可以做更多更大的事情，做一个对社会有用的人。"

"妈妈，我想去上学读书。"

"好的，下学期开学，星星去上学。不过，可要加强锻炼哦！只有健康的身体，将来才能走得更远，飞得更高。"

星星坚定地点了点头。她对红都瑞金、圣地延安、北京天安门充满了向往。

☆ ⋯ ③ ⋯ ☆

母女俩来到油茶林的山岗，妈妈带着星星在油茶林里奔跑，跑累了，就在油茶林里散步、捉迷藏、爬树，妈妈在树下仰着头看星星爬树，现在的星星爬起树来敏捷又灵活。

妈妈自从看到星星照顾斑鸠的照片，她辞掉工作从广东回家陪伴星星。妈妈回家后常带着星星在卧龙溪岸、九畹园散步。一开始的时候，星星还走不到一个来回就会气喘吁吁，可是，现在就是走上十个来回都不会累。

妈妈微笑着一边看着星星，一边想着自己的心事：她再也不想外出打工了，可是在家里总得找份事情做呀！要是星星的爸爸也能回来，一家人生活在一起，即可以照顾孩子，又可以陪伴老人，那就更好了。可是，做什么事情好呢？种田是不可能了，因为家里的农田都流转给了大户，再说就算自己把自己的那几亩农田要回来，自己种上也很难维持孩子们的学费和一个家庭的正常开销啊！星星去上学了，她总不能闲在家里啊！

近些年来，临澧县委县政扶贫攻坚，大力发展油茶开发已见成效。连绵起伏的万亩油茶林已是绿树成荫，郁郁葱葱，绿水青山，山山相连，岗岗相望。

妈妈每天要是不去油茶林里转悠，心里就觉得少了点什么。当她登上油茶山岗，看着漫山遍野的油茶树，就开始浮想联翩。而山下那一泻千里的卧龙溪两岸的田野，九畹园千亩稻穗翻浪，连着九畹园的稻田还有那千亩太空莲，莲荷飘香，让她对这片土地产生了深厚的感情。

她站在林伯渠故居前，眺望卧龙溪左岸，一座座绿色的山岗连绵起伏，而就在那连绵起伏的山岗脚下，上千户的村落像一幅铺开的美丽画卷，青瓦白房错落有致地镶嵌在青山绿水间。

妈妈发现自己越来越眷恋凉水井，越来越不想离开家乡去外面打拼。而在这之前，也就是她以前从来没有离开过家乡的时候，她好像没有这么深的情感依恋。从故乡到异乡，再从异乡回到故乡，她对家乡的情感更加浓了，再也舍不得离开了。

她翻山越岭，独步田园，每一片草色，每一声鸟语，每一束阳光，每一轮弯月，每一张笑脸，每一声问候，都牵动着她的心思和灵魂。

有一种思绪像潮水，连日来在她的血液里翻腾，心里隐隐约约有一种感觉，有一种意识，应该做点什么，能在家里做点什么事。

人们常说靠山吃山，靠水吃水。这里的祖祖辈辈种田种地，可是现在的新农村也正在日新月异地发生着变化，生活在这样的新时代，国富民强，百姓安居乐业，交通发达，信息便捷……

妈妈有的时候，会盯着一颗碧绿的茶果出神，有一种冲动和喜悦充盈着她的内心，她有些兴奋，相信在家也能做点什么。

忽然，她像发现了宝藏一样发现了商机。

她想：若是能在油茶上做文章，利用家乡的油茶资源做电商生意，还有家乡的土特产都是好东西啊，绿色健康。

可是，万事开头难，怎么开始做？她得好好想想，好好理清思路。妈妈相信只要肯奋斗，就一定会打拼出一片新天地。

☆　☆　☆

星星每天除了自己锻炼身体，她还要训练斑鸠的飞翔。也许是刚刚斑鸠掉进了堰塘受了惊吓，尽管树林里的各种鸟叫个不停，尽管偶尔也会传来远处的斑鸠的叫声，可是，星星的鸠咕就是不回应，尽管星星把它放在一棵油茶树上，它就是不飞。要是在平时，每次只要来到油茶林里，斑鸠都会兴奋不已，呼唤着自己的同类，而且还会努力飞行。虽然它飞得不是很高，也不是很远，但是，它可以从一根树枝飞到另一根树枝上，对着远山"咕咕，咕咕……"地叫着，那声音一天比一天响亮，有着非常强的穿透力，呼唤来了同伴，会和同伴玩上一会儿，相互问候和对话。

"鸠咕，飞呀，飞呀……"

"鸠咕，你喊呀！叫你的同伴呀！"

"鸠咕，你抬头看看天空，看看天空……"

斑鸠静静地站在茶树的一根树枝上，在枝丫间一动不动，也不吱声，像油茶树上结的一个沉默的果实。斑鸠哪怕是扑腾一下，也会在星星的情感深处掀起波澜的。

妈妈看了看星星和斑鸠，对星星说：

"星星，下次出来，你还是让它留在鸟屋子里，这样要安全一些。斑鸠可能是受了惊吓，或者是受伤的翅膀又受伤了。"

星星从油茶树的枝丫间抱起斑鸠，认真仔细地查看着斑鸠的伤势，她几乎是一根羽毛一根羽毛地扒开检查，没有看到有什么不对，用脸在斑鸠的头上轻轻地靠了靠，轻轻摩擦了几下，爱怜地抚摸着斑鸠。

星星抚慰了斑鸠一小会儿，又把斑鸠放在了茶树上。

"鸠咕，你再试试，飞呀，飞呀……"

无论星星怎样鼓励斑鸠，斑鸠都无动于衷。星星忽然想起自己听过的一首儿歌，轻轻朗诵给斑鸠：

再试一次
再试一次，
别灰心，
你会飞上天，
别灰心，
天空这样明媚，
天空这样蔚蓝，
你别苦着脸！
你再试一次，
你会的，
你会飞上天！

4

太阳落山的时候，油茶林里的景色美不胜收，红红的霞光照在碧绿的叶子上，照在茶果子上，很是好看。红霞的光透过树叶的缝隙，星星点点地散落到地上，草叶上，花朵上，像光的蝴蝶，像跳跃的星星。

可是，现在星星没有心情欣赏大自然的美，她检查了斑鸠的身体，没有发现有新的伤；妈妈也帮她仔细检查了斑鸠的身体，确实没有新伤。但是，她在心里还是暗暗地担心斑鸠，她不想斑鸠受伤，也不愿意相信斑鸠是受了惊吓就不敢起飞了。她相信她的斑鸠是一只勇敢的飞鸟，因为，在快要死的时候都活过来了，怎么会是因为掉进了堰塘就胆怯飞翔呢？

星星抱着斑鸠，和妈妈匆匆下了山岗。

她要去找汪爷爷。

星星回到家，她把斑鸠放进了鸟屋子里，还特意在鸟屋子里垫了一层软绵绵的布。之后，就抱着斑鸠去了汪爷爷家里，汪爷爷和海鑫都不在家，她就站在汪爷爷的家门口等啊等，等了快一个小时，汪爷爷和海鑫才回来。

"星星，你来了！"海鑫看见星星，开心地大叫起来。

"海鑫哥，汪爷爷。"

"快进来，快进来！在门外站了很久吧！什么时候来的？"汪爷爷一边说着，一边打开了家门。

汪爷爷把星星迎进家里，海鑫表现得格外热情，又是给星星搬椅子，又是拿零食，他比林林更是无条件地宠着星星。

汪爷爷坐下来，仔细地查看斑鸠的伤势。

"星星，你看，是左翅再次受伤了，原来的老伤还没有完全恢复，连续从空中掉下来两次，一次掉在地上，一次掉在水里，不受伤才怪呢！你看，这里是不是有点肿？"

"汪爷爷，都怪我！"星星心疼地说。

汪爷爷和星星正说着话，妈妈和林林来了，他们也很关心斑鸠的伤势。星星的妈妈给汪爷爷摘了一些辣椒、豆角之类的蔬菜，汪爷爷和海鑫一再挽留星星一家人在自己家里吃晚饭。

"汪叔，干脆一起去我们家吃晚饭。"

"对，汪爷爷，你和海鑫一起去我们家里吃晚饭吧！我们家人多，热闹。"林林真诚地邀请道。

"今天就不去了，海鑫都下米了，连星星的米都下了，还说留星星在我家吃饭呢！"汪爷爷说。

"煮饭了也没有关系，养的有鸡有狗，又浪费不了。走走走，一起去我们家。"

"好好好，那就去你家吃。"

汪爷爷笑着，拉上门。

5

这一段时间以来，星星觉得自己变了，确实力气大了些，胆子也大了！每天都很快乐，并且充满自信。

现在的星星已经是一个非常自信开朗的孩子了。她爱学习，也爱运动，而且也变得很有礼貌了。

一开始，星星和妈妈去油茶林，刚刚爬上林伯渠小道，两腿就发软了。有的时候还会眼前发黑，必须坐下来休息一会儿才能走，现在不仅可以轻松地爬上前途山的山头，还可以不费劲地在油茶林里奔来跑去。有的时候，星星双手吊在一根树枝上荡来荡去，说这样可以锻炼自己的臂力。

以前，天黑了，即使在月光明亮的夜晚，星星也不敢一个人出门，就算和林林和海鑫一起在林伯渠故居前的功勋树下听爷爷讲故事，她也要坐在他们中间。回家的时候，她要走在队伍的中间，若是晚上去卧龙溪走走，星星既不敢走在最前面，也不敢走在最后面，也是要在中间的。

妈妈告诉星星，无论你害怕什么，那都是因为爱得不够，不够喜欢，才会害怕。比如说，星星害怕黑夜，那是因为我们对黑夜不够喜欢，不够了解，不够爱。想一想，夜晚多么宁静啊！田野上的蛙声和虫鸣，那是多么优美的曲子，月光多么明亮，星空多么璀璨，仰望星空，又是一件多么浪漫和幸福的事情。

星星觉得妈妈说得对，她开始慢慢学会感受夜晚的星空和虫鸣，享受夜晚的月光和安宁。不知道是在什么时间发生的变化，也不知道是什么具体的事情改变了星星，星星又是在什么时候变得勇敢起来的，她现在不怕黑了，即使在伸手不见五指的黑夜，居然敢一个人打着手电筒去院子拿东西。

天气晴朗的清晨，星星就会带上一本书，爬上桂花树，并在树上迎着日出大声朗诵，她在树上读《林伯渠诗词》《唐诗三百首》，读语文课本。她有的时候很好笑，就是手上什么书也没有拿，对着一片树叶叽里呱啦地读一通，有时还故意拉长声调，像唱歌一样，除了她自己谁也听不懂，但树叶会为她鼓掌，树上的小鸟会歪着头听，也不飞走。

☆ ☆ ☆

奶奶和妈妈经常带着星星在九畹园、卧龙溪劳动，休息的时候，星星自己玩自己的。星星的斑鸠虽然要在鸟屋子里养些日子，但星星坚信斑鸠总有一天会飞起来的，会飞向森林和蓝天的。她觉得那首儿歌，就是写给她的斑鸠的，虽然，斑鸠现在受伤了，不能飞了，她还是要吟咏给斑鸠听：

再试一次

再试一次，

别灰心，

你会飞上天，

别灰心，

天空这样明媚，

天空这样蔚蓝，

你别苦着脸！

你再试一次，

你会的，

你会飞上天！

十九　挨打

今天，天气是个好天气。

可是，星星的心情沉重。

昨晚，星星是在无意间听到爸爸和妈妈打电话，爸爸说有一个非常好的工作机会，要妈妈在这个月底前去广州。

妈妈又要离开家了，又要离开星星了。

吃早饭的时候，太阳都晒到桂树上了，可是星星还躺在床上，她不想起床，心里很难过。林林上去叫了她，她装着没有听见，闭着眼睛睡觉。奶奶上去叫她，同样装着没有听见，闭着眼睛睡觉。直到妈妈上楼叫她起床，她哑着嗓子说自己身体不舒服，不想起床，也不想吃饭。妈妈伸手摸了摸星星的额头，不烫呀！妈妈弄不明白星星这是怎么了，昨天还好好的，怎么说病就病了呢！妈妈问道：

"星星，你哪里不舒服？"

星星不想说话。

"头痛吗？肚子痛吗？感冒了吗？"

妈妈问了一连串的问题，星星一句话也没有回答。

"那你多睡一会儿，什么时候饿了就起床，妈妈给你做好吃的。"妈妈说完，心事重重地走出了房间。

奶奶在厨房里忙前忙后，弄好一桌香喷喷的饭菜，就等着一家人都坐上饭桌了。

"星星今天是怎么了？我去看看，今天我专门炒了她最喜欢吃的酸辣土豆丝。"奶奶说。

奶奶说完就转身上楼。

"妈，不用管她。"

"不吃早饭怎么行？人是铁，饭是钢。"爷爷一边说，一边跟着奶奶上了楼。

"星星，你知道的，林林也很喜欢吃酸辣土豆丝的哦，哪里不舒服，你告诉奶奶，爷爷奶奶带你去医院。"奶奶一边说着话，一边伸手摸摸星星的额头。

星星一听说去医院，心里就老大不痛快，头往被子里缩，不过，奶奶的手掌还是摸着了她的额头。星星掀开被子，一骨碌从床上爬了起来，对着奶奶、爷爷大叫：

"你们出去！出去！我不想吃饭！不吃你炒的酸辣土豆丝！"星星一边喊，一边把奶奶、爷爷推出了房间。

"这孩子好好的，这是怎么啦？"奶奶坐回饭桌的时候自言自语道。

"先别管她，饿了，她自然就会起床的。"妈妈劝奶奶。

"是不是身体哪里不舒服？"奶奶担心地说。

"可是，她得说话呀！她得说出来呀！不然人家怎么知道。"妈妈气鼓鼓的。

"之前在家妹妹本来就是这个脾气，一不开心就不说话，你们就算磨破了嘴皮子她也不会回答你的，肯定是谁惹她生气了，等她心情好些再问问。"还是林林了解星星。

"也许是星星真的身体不舒服生病了，这孩子一生病就自己生自己的气，自己讨厌自己。燕子，你等下带她去医院看一下。"爷爷对星星的妈妈说。

"好的，我们吃饭吧。"妈妈说。

"等下我和你们一起去。"奶奶说。

"好的。"

2

吃完早饭，妈妈上楼叫星星起床，准备带她去县城医院看病。可是当妈妈推开星星的房门，却不见了人影，掀开的被子还是温热的。

"星星！星星！星星……"妈妈冲进厕所，厕所里没有人影，妈妈从窗户往外看，窗外也没有看见星星的身影。妈妈看了看窗台边的书桌，书桌上的鸟屋子和斑鸠都不见了。

妈妈下楼来，问林林看见星星出去没有，林林说没有。其实妈妈心里也知道问也是白问，心里急得有些恼火。

"这孩子，今天真的是太不像话了。"妈妈大声道。

"可能是去海鑫家里了，我去看看，你们在家里等着。"林林说完就撒开腿朝海鑫家跑去。

"平时可不是这样的燕子，是不是你说了她什么，这孩子心思重着呢！"爷爷说。

"我没有说她什么，叫她起床她哑着嗓子说不舒服，问她哪里不舒服，她又不说话。哎！现在这孩子怎么性格这么古怪。"

"我就说嘛，好好的怎么会这样子，她哑了嗓子，你怎么不早说呢！"爷爷责怪道。

"你说她的嗓子哑了？"奶奶心急起来，急得满脸通红。

林林很快就从海鑫家跑了回来，后面还跟着海鑫和汪爷爷。林林上气不接下气地说：

"星星……没有去……汪爷爷家。"

"还愣着干啥，分头去找啊！"爷爷也着急了，声音很大。

"小小年纪就学会离家出走，这还了得，长大了，不得飞上天了。"妈妈心里生起一窝莫名的火。

"了得了不得，先得见着了孩子！什么时候溜出去的？林林你和你妈走林伯渠小道去油茶林里找找，我和你奶奶沿着大公路找找看，海鑫你和爷爷有事就忙你们的去吧。"爷爷说道。

"没有什么事情比找孩子的事情更大呀！我和海鑫去九畹园和卧龙溪的

田间地头找找。"汪爷爷说。

"那好，走!"

于是，大家兵分几路去找星星，凉水井的上空回荡着大家呼唤星星的声音。

"星星! 星星! 星星……"

"星星! 星星! 星星……"

"星星! 星星! 星星……"

3

其实，星星没有离家出走。

星星也没有生病。

星星的哑嗓子是装出来的。

现在，星星正躲在自家三楼的阁楼上，谁也不知道。

爷爷和奶奶离开了她的房间，下楼吃饭的时候，星星轻轻地爬起床，穿着睡衣和拖鞋，下了楼。因为这个时间到了她给斑鸠喂食的时间了，即使她自己的肚子也有些饿，但是她必须先给斑鸠喂饱了，万万不能饿着她心爱的斑鸠。

星星下楼轻手轻脚，给斑鸠拿了些小米、绿豆之类的粮食，正准备上楼的时候，听见一家人说要带她去医院看病，这下可好，没有病看什么病呀，刚刚对妈妈哑着嗓子说话，那也是假装的。怎么办? 怎么办? 星星急急忙忙拿了粮食和水，衣服鞋子也来不及换，穿着睡衣和拖鞋悄悄上了三楼的阁楼躲了起来，心想，先躲过这一关再说。

妈妈和林林在林伯渠小道上呼唤她的声音越去越远，最后消失在了油茶林里。海鑫和汪爷爷呼唤她的声音在九畹园的上空飘荡，慢慢地沿着卧龙溪的下游随着水流的声音也越来越缥缈，最后也听不见了。

只有奶奶的声音像针扎一样，扎在了她的心尖似的疼。爷爷和奶奶一开始并没有走远，而是在房前屋后找她。

"星星，我的星星，你在哪里? 你快出来呀……你急死我了呀……"奶奶一声一声地喊着，奶奶的声音几乎都快碎了。

星星差一点就忍不住立马要答应奶奶了。但是，她还是憋住了。

当奶奶和爷爷从房前到屋后，不停地喊她，又从屋后绕到房前：

"星星，我的星星！你在哪里……"

星星再也忍不住了，站在阁楼的矮窗边答应道：

"奶奶！我在这里！"

可是，奶奶没有听见，爷爷也没有听见，因为他们已经上了大公路的拐角了。

此刻，星星的肚子饿得咕噜噜地叫，肠子和胃似乎在一直吵架，越吵越厉害，而且，停不下来。星星把斑鸠放在屋顶的阁楼上，自己从阁楼下来跑进厨房，没刷牙，没洗脸，先喝了一碗汤，好多了，肚子不闹腾了，又吃了两小碗米饭，奶奶炒的酸辣土豆丝真的很好吃，酸酸辣辣的，越吃越开胃。

吃了饭，星星也不知道自己怎样收场了，只得又爬上了屋顶的阁楼。太阳光从屋顶的小窗和瓦背的缝隙里照射下来，从小窗往外看，风景无限的辽阔。

阳光从瓦背的缝隙里溢下来，落在一些东西上面。屋顶上有风吹过瓦背的时候，被光照射到的一些灰尘在光束里飞舞，堆放在阁楼里的任何一样东西都是光的舞台，灰尘的舞台。星星看痴了，觉得很有趣，后悔自己今天才发现这么好玩的地方。

阁楼里堆满了平时很少用的东西，有一张犁头，还有一张耙，犁和耙几年都没有用过了，犁尖上和耙齿上早已锈迹斑斑。除了犁和耙，还有一些旧物件，大灶锅、旧桌子、旧木箱子等，旧木箱又大又沉重，木箱上面蒙了一层厚厚的灰尘，用力一吹，那些灰尘就在光里飞舞，原来，灰尘也这么好玩。

不过，到了中午就没有这么好玩了。屋顶就像有一团火在燃烧，热得难受，星星的衣服都湿透了，她不停地喝水，肚子里都有一片海洋了，还是很热。星星给斑鸠喂了很多次水，用水打湿了斑鸠的羽毛，尽管这样，斑鸠还是在鸟笼子里烦躁地扑腾着。

星星下了阁楼，回到了自己的房间，她开了空调。过了一会儿，整个房间都凉爽了起来，仿佛是从火焰山下来。她站在窗边，玻璃窗外骄阳似火，奶奶和爷爷还没有回来，妈妈和林林也没有回来，星星开始后悔起来，觉得自己是不是做得有些过分了。

星星站在窗边，眼睛直勾勾地望着窗外。

4

快下午一点多钟的时候，妈妈和林林回家了。

妈妈早上出去的时候，因为心急就忘了拿手机，她把手机落在星星的房间了。妈妈一回家，见爷爷、奶奶还没有回家，就直接去星星的房间拿手机，星星的房门虚掩着，林林也跟了上来。

妈妈推开门，看见星星就站在房间的窗边，火急火燎的一颗心算是瞬间落了地。刚要开口问星星去哪了，星星就抢着说：

"妈妈……"星星低着头轻轻地说。

"你去哪了？"妈妈又关心又生气，没等星星说完，妈妈朝着星星的屁股使劲拍了两巴掌。

"你小小年纪学会离家出走了？气死我了！走了还知道回来……"巴掌落在星星的身上，也落在了妈妈的心尖上。

"妈妈，你别打了，你别打了……"林林护着妹妹，妈妈把林林拉开，林林坚持护着妹妹：

"妈妈，妹妹一定有原因，先问问她……"

忽然，妈妈扬起的手掌定格在了空中，慢慢放下来后，眼泪却哗哗地流了下来。星星是一个倔强的孩子，刚才挨打的时候没哭，看到妈妈哭了，她也"哇"的一声大哭了起来，愧疚、委屈、不安的心情全涌上心头。

妈妈顾不上安慰星星，她想到其他人都还在烈日下寻找星星，得赶紧通知大家。于是立马走到书桌上拿起手机，拨打了爷爷的号码。

响了很久，没人接。妈妈又开始拨打奶奶的手机，奶奶的手机时常用一根红线穿着，挂在自己的脖子上，电话来了一定听得到。结果响了很久，也是没人接。妈妈不知道是怎么回事，心里有些慌乱。

在拨打第三次的时候，电话终于通了。

"妈……"

"是我，你妈躺着呢！"是爷爷接的电话。

"怎么回事？爸，您现在在哪里？"

"在医院。"

"啊！你说什么？在医院？"妈妈一听，急了。

"你妈找星星时，忽然头晕，倒下时又扭了腰，之前打你手机你没接，就只好找你汪叔。现在，我和你汪叔还有海鑫在医院，你妈在打吊针，星星找到了吗？"

"找到了，她在家里。"

"那就好！那就好！那我们就放心了！"

"妈还好吗？"

"不用担心，医生做了检查，就是中暑了，腰又扭了一下，休息几天就会好的。"

"爸，你们在哪家医院？"

"我们在县中医院。"

"我现在就过来。"

妈妈挂了手机，对着星星说："你在家好好待着！回来再找你算账！"又对林林说："林林，你看着妹妹，我先去医院了。"说完转头就跑了出去。

林林把妹妹从地上扶了起来。

"哥哥，我也要去看奶奶！"

"妈妈让你待在家里。"

"哥哥，求你带我去好不好？"

"可是，你生病了呀！"

"我……我没有生病，我是……装的。"

"啊？"

"我真的没有生病！"

"你装什么不好，要装生病！"林林没想到星星会装病。

"哥哥，我错了，求你带我去看奶奶好吗？我以后再也不装病了，我一定改正错误……"

二十　认错

1

　　病房里，爷爷，汪爷爷和海鑫围在奶奶的病床前说着话。下午的阳光从病房外射进来，格外灿烂。房间里开着冷气，这和窗外俨然是两个世界。

　　奶奶躺在病床上，还要吊两瓶水。平时一刻也闲不下来的奶奶，此刻只能安静地躺着了，一动也不能动，只要稍稍动一下，腰就痛得不得了。

　　妈妈冲进病房，看见奶奶躺在病床上，心疼不已。奶奶和大家没等妈妈说话，就迫不及待地询问星星的情况，妈妈说星星好着呢！不用担心她，先治好奶奶要紧。

　　奶奶知道星星在家里好好的，仿佛病一下子就好了一大半，大家悬在嗓子眼的心也放了下来。奶奶刚刚的心急火燎，立马平静了下来，躺在床上，头也不晕了，享受着这难得的被一家人围着照顾的感觉，甜蜜而美好。

　　妈妈给每人喊了一份盒饭，大家都饿了。妈妈一边帮奶奶把病床摇起来，一边对奶奶说：

　　"妈，饿了吧，我喂您吃饭。"

　　"燕子，你自己先吃吧，我来给你妈喂。"爷爷抢着给奶奶喂饭。

　　"我说你呀！和孩子们抢什么抢，你吃你的，让燕子给她妈喂饭，你就给个机会让孩子们孝顺孝顺。"汪爷爷说话的时候，口里含着一口饭，仿佛那声音和饭菜一起被他嚼碎了似的。

"你吃你的，就让燕子来喂。"奶奶说。

"好！好！好！那就燕子来，我去打瓶开水来。"爷爷走到海鑫身边，拍拍海鑫的肩膀："海鑫饿了吧，多吃点。"

海鑫的确饿坏了，端起饭盒一番狼吞虎咽，几下就扒光了一盒饭。

妈妈看了看海鑫，说：

"海鑫，把姨的这份也吃了。快吃吧，趁热！我再叫两份。"妈妈说完，接着打电话让老板还送两份盒饭来。

"我站起来能吃更多。"海鑫一边说，一边站了起来，还端着饭盒蹦了蹦，惹得大家哈哈大笑。

"快吃，尽出洋相。"汪爷爷笑着说。

爷爷打水进来，又给每人倒了一杯水，自己才拿起盒饭吃起来。大家一边吃饭，一边说着话。说盒饭的味道还不错，分量也还多。说做哪一行都不容易，竞争力都很大，味道不好没有回头客，分量太少也不行……

妈妈给奶奶喂了几口饭，端起一杯热水，轻轻吹了吹，给奶奶喂完水，用纸巾给奶奶擦了擦嘴角，接着给奶奶喂饭。

汪爷爷看妈妈给奶奶喂饭，忽然一下眼眶就湿了。爷爷看了一眼汪爷爷，说"吃饭，吃饭，这里还有，吃饱啊！"

"哦哦。"汪爷爷埋头吃饭。此刻，也勾起了他对儿女们的思念，儿子儿媳妇都在外面打工，一年就回家一次，还得等到春节，在家里还住不到海鑫开学就走了。汪爷爷恨不得自己也生一场病，一通电话就把他们打回家，让他们围着床头床尾地转……

"爸，汪叔，你们吃饱，刚才多喊了一份，你们把这一盒也吃了。"星星妈妈的话扰乱了汪爷爷的思绪，他连忙说：

"够了，够了，吃不完就浪费了。林哥，你真是好福气！儿媳妇孝顺，还脾气好，事事都为别人着想。"

"一样一样，你的儿子儿媳是在外面，回到家里对你也是好得没话说的。一样的好！一样的孝顺！"

"爷爷，我在家孝顺您！"海鑫一边吃饭一边笑着说。

"爷爷知道你孝顺！"汪爷爷望着可爱懂事的孙子，满眼欢喜。

2

门嘎吱一声响，病房的门被推开了，是星星和林林。林林带着星星乘车赶到医院来了，星星推开病房的门一看，刹那间眼泪就不争气地往外涌。

"奶奶！"星星喊了一声奶奶就扑到了奶奶的病床上，哭了起来。

"奶奶，您没事吧！"林林站在奶奶的身边。

"星星，林林，你们来啦！奶奶没事，只是头晕倒下时腰扭了一下，不碍事的，吊完这瓶水，我们就可以回家了。哦，对了，你们吃饭了没有？"

"我们在家里吃了点。"林林说。

星星扑在奶奶的病床上，抱着奶奶哭泣着，妈妈刚才的怒气还没消，正准备发火，被爷爷止住了。大家都安慰着星星，星星一边哭，一边跟奶奶说：

"奶奶，对不起！我错了！都是我害的你，害你生病。"

"傻孩子，不怪你，别哭了！来，奶奶问你，不许撒谎，早上你跑到哪里去了？"

"我躲在楼顶的阁楼里。"

"你不是生病了吗？为什么要躲起来？"

"奶奶，我没有生病，我听见你们说要带我来医院，我就躲在了楼顶。"

"你没有生病？你妈妈说你的声音哑了。"

"我假装生病，骗妈妈的。"

"为什么要这样做？"

"因为妈妈又要离开我们了，我不希望她走，我病了，妈妈就会留在家里。"

"啊？你妈妈不是说不走了吗？要留在家里陪伴我们的。"

"妈妈说谎，我昨天晚上偷偷听到了爸爸打给妈妈的电话，爸爸要妈妈这个月底就到广州去，说是有一个非常好的工作机会。"

奶奶看过来，朝妈妈瞪圆着眼睛：

"这么大的事情，一个人藏着掖着，为什么不告诉我们？"

妈妈瞪大了眼睛看着星星，这才明白，原来星星是为了这件事不起床，还发脾气、装病、玩失踪。她没有直接回答奶奶的问话，而是对着星星解释说：

　　"你爸爸是打电话来了，要我这个月底前去他那里，但是，我还在考虑去还是不去。还没有来得及和大家说，不过，现在我决定不去了，我要陪在星星身边，陪着星星长大……"妈妈搂着星星，看着星星的眼睛认真地对星星说。

　　"妈妈，对不起！我错了。"星星没等妈妈把话说完，真诚地向妈妈道歉，她真的知道错了。

　　妈妈蹲下来，一把把星星搂进怀里，紧紧地抱着。"因为这件事，你就装病，玩失踪，让一家人顶着太阳满山跑，满山找你，汪爷爷和海鑫也不得休息。以后你有委屈要和我们说，装病不能解决问题，玩失踪也不能解决问题，知道吗？"

　　星星没有直接回答妈妈，只是点了点头。

　　"下次不要再发生这样的事了，你答应妈妈。"妈妈说话的声音有几分威严。

　　"我再不也不这样了。"星星在妈妈的怀里哭了起来。

　　妈妈还对星星说，以后有什么心事一定要说出来，学会和大家一起交流沟通，找到解决问题的方法。

　　星星笑了，笑得好开心。

　　星星走到汪爷爷的面前，诚恳地对汪爷爷说：

　　"汪爷爷，对不起！"

　　星星依次给爷爷、奶奶、妈妈、哥哥、海鑫哥道歉，并向妈妈保证以后再也不会装病了。

3

　　星星陪在奶奶的身边，奶奶打完吊针，拿到 CT 检验单，找医生看了，医生说没有伤到骨头，可以回家静养。

　　幸好无大碍，不过奶奶也还是受了些苦。

　　妈妈叫来了一辆出租面包车，星星跟着大家一起走出病房。奶奶的腰动也动不得，爷爷把奶奶背上了车子，奶奶只能平躺在座位上。星星默默地坐在奶奶身边，内心深处第一次感到自责，想到因为自己而导致不好的后果，对奶奶的愧疚再次袭上心头。

天已经黑了。城市的夜晚和乡村不一样，车子来到大街上，街上已是华灯初上，灯火辉煌。星星趴在车窗口目不暇接，看不够城市夜晚的热闹和丰富多彩，看不够城市夜晚的繁华和灯火璀璨，看不够的新奇和美艳。

一路上，除了星星沉默不语，大家都是有说有笑的，特别是奶奶，虽然平躺在座位上，一动也不能动，但是她还是和大家一起轻松地说着话，只是有时一不小心，稍稍移动一下身体，就忍不住"哎哟"叫一声。

这时星星就会握着奶奶的手说：

"奶奶，您没事吧！"

奶奶的脸上立马露出慈祥的笑容，连忙说：

"没事的，只要你没事奶奶就没事。"

"奶奶动都不能动一下，还说没事。"星星伸手抱着奶奶的头说。

"奶奶休息几天就会好的，你也要坚持锻炼身体，身体长得棒棒的，把书念好，将来才会有出息。"奶奶笑着看着星星的眼睛说。

星星坚定地点点头，奶奶笑着说话的样子，似乎让星星觉得没有那么严重。

不一会儿，城市美丽的夜景就被他们甩在了车子后面。

车子在油茶林的山岗慢慢行驶，师傅将车子开得很平稳。从县城到凉水井的公路，路面平坦宽阔，道路两旁树木成荫。车子向前行驶，车窗外的风景却在柔和的月光里慢慢后退。林林和海鑫坐在最后排，谈论着属于他们少年的那些趣事和游戏。

大家忙碌了一天，此刻似乎都安静了下来，微微闭着眼睛，享受着车子轻微晃动的舒适，仿佛是睡在小时候的摇篮里，爷爷和汪爷爷开始打着轻微的呼噜声。

星星坐在奶奶的身旁，身体趴在奶奶的座位边沿，她的头挨着奶奶的头，迷迷糊糊地进入了梦乡，偶尔，嘴里嘟哝着些什么，是谁也听不清楚的呓语。

二十一　孝心

对于奶奶受伤的这件事情，星星感到非常愧疚。

无论什么时候，星星只要一想起自己上次装病的事情，心里就觉得自己真的是太不懂事了，很幼稚，很自私！

之前，星星从来都没有想过要对奶奶好，现在她每天想着怎么对奶奶好，爱奶奶，关心奶奶。

每天早上，爷爷起床后，星星就起床了。

星星早上起床第一件事就是轻轻地来到奶奶的床前，看奶奶醒了没有，虽然有些照顾奶奶的事情她不能代替爷爷和妈妈，比如奶奶需要上厕所这件事情，因为她的力气不够，实在是扶不起奶奶。但是还有很多照顾奶奶的琐碎的事，比如给奶奶喂药，喂饭，给奶奶洗脸等，她都是可以做好的。

林林也在照顾奶奶，待在奶奶的床边问长问短，转来转去。清早，星星给奶奶洗脸的时候，林林就帮着打水，递毛巾。

以前，星星是这个家庭里的"小公主"，一家人都照顾着她，呵护着她，惯着她，宠着她，以她为中心，围着她转。这段时间，星星开始学会了照顾人，照顾奶奶。

"奶奶，以前，我小的时候，我生病了都是您给我喂药，喂我吃饭，现在您生病了，我来给您喂药，喂您吃饭。"星星一手端着水杯，一手拿着药。

"好好好，我的乖孙女。有你这样照顾我，奶奶生病也开心。"奶奶笑着说。

奶奶是一个极其乐观的人，虽然躺在床上动不得，可是整日里都笑呵呵的，病情也一日比一日好起来。

奶奶在病床上躺了一个星期，就可以自己下床了，腰也不疼了。奶奶又开始里里外外地忙碌起来。

奶奶说生活不能少了情趣，晚饭后，奶奶忙完了家务活，就加入了跳广场舞的行列。而且，她把儿媳妇也拉了进去。

每当太阳快要落山的时候，红霞映染着田野和村庄，夕阳的片片光亮落在树叶上、瓦背上、篱笆上，夕阳照在篱笆边玩耍的小孩的脸蛋上，以及和小孩一起玩耍的那只黄狗的背上……那是太阳在落山前，给予大地万物最后的眷念和抚摸。在这样曼妙美幻的生活场景里，林修梅广场响起了欢乐的音乐，飘来了歌声。

清脆的音乐声冲破了村庄多年来的孤寂，冲破了留守在乡村的孩子和老人们心灵里的孤寂，冲破了乡村女人心灵和精神的孤寂……一支曲子接着一支曲子，夕阳里的田野和村庄，就在这清脆的歌声里丰富起来，飞扬起来。

忙碌了一天的奶奶、妈妈和她们的姐妹们，有的还带着孩子，她们伴着音乐的旋律，用脚尖敲打着大地的鼓点，跳起广场舞。

大姨大妈们用肢体语言表达着她们的喜悦和梦想，讲述着她们的故事和生活，大家跳得开心，唱得响亮，心随着音乐的旋律在田野的上空、在村庄的上空飞扬。

谁说胖子跳舞不好看呢？奶奶虽然个子不高有点胖，可是她的舞步轻盈，舞姿优美。奶奶的接受能力很快，对新鲜的事物永远充满好奇心。

星星觉得若能让奶奶开心，那应该是最大的孝敬吧！奶奶跳舞的时候，星星给奶奶拍照，给奶奶录像。最近，奶奶的视频放到网络上居然有几千粉丝呢！

怪不得奶奶整天笑呵呵的。

2

一家人的生活又恢复到了正常的秩序，各忙各的事情。

奶奶和妈妈收了山地里的黄豆、绿豆，又收芝麻；收了芝麻，又要收花生；收了花生，又要挖红薯了……哦！奶奶总有忙不完的事情。她们整日里忙里忙外，越忙越有劲。

妈妈对奶奶说：

"妈，林飞不在家，要你们少种点地、少种点地。你们倒好，自己家里的地种了，还把别人家里的地也捡来种上了。"

"现在，自己家里的农田包给了种田大户，田不用种了，牛不用养了。可我们身体还硬朗，自己还能劳动，自己家里的地还是要种的，不能荒废了啊！在地里多种些黄豆、花生和绿豆，这些都是好东西，人家上门来买呢！收成的一部分卖给人家，留下一部分供自己吃！"

"不是我说您啊，自己家里的地种上了就种上了，没必要把别人家的地也捡来种吧，您忙活得都忘了自己多大岁数了啊。"

"村子里的人外出的多，很多人家的山地、菜地都抛荒了，那是多么肥沃的地啊！看着那抛荒的菜地呀，我的心好像也被抛荒了一块。"奶奶说话的时候，眼睛里流露出对土地疼惜的神情。

"好在现在大力推广开发油茶种植，成片的山地都种上了油茶，要不然您的心全都要抛荒了。"妈妈是心疼奶奶，害怕奶奶累坏了身体。

"燕子，你说的对！我要是不干点活，不劳动，不种地，我的整个心那可就真的全抛荒了。"奶奶笑着说。

"妈，我们不在家的时候，家里多亏有您操持。"

"你还别说，以前家里穷，种点什么东西也难变成钱，要翻过前途山到外面去卖。现在可不一样了，泥土里长出来的都是好东西，都是绿色食品，都成稀罕物了。种了一块地的绿豆、花生，来买的人都踏破了门槛，也不够卖啊！自己吃的得留够了。打了花生油、芝麻油、菜籽油、茶子油，买油的人真多，堵在油作坊就求着你卖给他。特别是家乡的茶子油，年年都是供不应求，那万亩油茶山可是乡亲们的金山银山宝山呢！"

……

"那万亩油茶山可是乡亲们的金山银山宝山呢！"奶奶也许就是这样随口一说。

可是，妈妈却听到心里去了。

3

妈妈一有空闲时间，就带着星星往油茶林里钻，往油茶林的山岗上跑。

这个月的月底，妈妈没有去广东爸爸那里，而且，再也不提去广东打工的事情了。每次爸爸打电话回家，也不再说要妈妈去广东。

星星和妈妈在油茶林山岗奔跑或者漫步的时候，星星会看见妈妈突然停下脚步，眺望着漫山遍野的油茶林若有所思的样子，有时也会瞪着一颗绿中带红的茶果出神。

"咕咕，咕咕，咕咕……"斑鸠一会儿抬头看着天空的飞鸟，一会儿又低头看着堰塘里的飞鸟，不停地叫着，一声比一声响亮，仿佛是和同类打招呼似的。

星星打开鸟屋子，斑鸠从鸟屋子里走了出来。

每到这个时候，星星就会伸出手来，对着远山的夕阳双手比画一个框，把夕阳给框进来，框在自己用指尖构成的图案里，她最喜欢玩这个！

"妈妈，快来给我照相。"

"好呢，来了。"

星星的叫声，打断了妈妈的神思，妈妈跑了过来，举起了手中的手机。

"妈妈，您就照我的手。"

"好的。"

妈妈从不同的角度，连拍了很多张，笑着说：

"总有一张不错的。"

星星变换着用指尖构成的图案，时而夕阳框在指尖的图案里，时而让夕阳落在她的手指尖上，时而夕阳又被她捏在手心……

"妈妈，让我看看你拍的照片。"

妈妈和星星翻看着照片。哦！真的是太美了，也不知道妈妈当时是怎样选择的角度，拍下这么美的照片。看这张，夕阳框在星星指尖构成的图案里，可是那图案里还有着一枚碧绿的茶果，茶果被红色的光圈裹着。

"我喜欢这张！"

看这张，夕阳像一枝茶树上结的果子，星星的指尖触碰到了夕阳。

“妈妈，这张我也喜欢！”

再看这一张，星星笑着，一只手把斑鸠抱在胸前，正好有风吹过来，把星星散落的发丝吹得飞扬了起来；另一只手伸向天空，夕阳落在掌心，光芒四射。高处，一枝碧绿的茶树上结着一串茶果，非常奇妙的是画面里出现了一大一小两只白色的蝴蝶，蝴蝶从夕阳的光里飞了进来。

“妈妈，我好喜欢，我好好好喜欢！”

星星翻看着这组照片，开心得在妈妈身边蹦跳起来。

这时，爸爸打电话过来。

“自己去玩吧，妈妈接个电话。”

每当这个时候，星星就在油茶林里瞎转悠，有时也会爬上一棵茶树，想些自己的心事。特别是近些日子，她会常常反思自己的行为，她也会常常想念爸爸，觉得自己对不起爸爸。她想：爸爸一个人在外面会不会很孤单？会不会很辛苦？累了或者是不小心感冒了，是不是也得自己照顾自己？爸爸之前在家里的时候，自己从来都不会洗衣服，也不会做饭，他换下来的脏衣服不是妈妈给他洗，就是奶奶给他洗，可是，现在谁给爸爸洗衣服呀……爸爸肯定会非常非常想妈妈！

☆　☆　☆

一次，妈妈坐在院子里洗衣服，星星抱着斑鸠走到妈妈的身边，坐在她旁边的小凳子上。星星经过这些天的深思熟虑，认真地对妈妈说：

“妈妈，您还是去爸爸那里吧！”

“去爸爸那里？”

“对！你去爸爸那里。我想好了，我长大了，现在身体好了，自己加强锻炼，下个学期就可以去上学了，我会好好读书。家里有奶奶、爷爷照顾我们就好了，你去爸爸那里，陪爸爸吧。”

“你生病了呢？”

星星摇了摇头，坚定地说：

“不会！我以后再也不允许自己生病！妈妈，爸爸一个人在外面他会孤单的，他也不会洗衣服呀。”

“要是你爸爸听见这些话，他会很开心的。妈妈跟你说，你爸爸现在会洗衣服，也会做饭了，而且，他做的饭菜很香很好吃呢！”妈妈的眼睛泛着泪光。

"真的吗？"

"真的！妈妈和爸爸在外面打工的时候，工厂放假，我们就自己买菜做饭，你爸爸炒菜很有天分，他炒的菜可好吃了。"

"妈妈，你还去爸爸那里吗？"

"妈妈不去爸爸那里，说不定爸爸也可以回家来的。"

"真的吗？"星星看着妈妈的眼睛，希望妈妈说的都是真的，能变成现实。

"不过，不是马上回来。"妈妈对星星笑了笑。

☆ ☆ ☆

回家的路上，星星还是抑制不住内心的欢喜，对妈妈说：

"妈妈，以前我一点也不喜欢照相，可是，奶奶喜欢给我拍照片，当时她就是求着我帮我拍照，我也不给她机会，她就偷偷地拍我和斑鸠。你不知道，以前，为了给我照相，可没少受我的气，我对她发脾气，我不理她，我把她偷偷拍我的照片全部删除了。"

"不过，人总是会改变的呀！"妈妈笑着对星星说。

星星以为妈妈会批评她，想不到妈妈一点责怪的意思都没有，只是后来又补充了一句：

"以后，我们要加倍地对奶奶好，好好孝敬奶奶和爷爷。"

"我以后再也不惹奶奶生气了，还要孝敬爷爷奶奶，孝敬爸爸和妈妈。"

"星星真乖！谢谢星星！奶奶拍照也很厉害哦，她发给我的照片，拍得很有水准呢！"

"奶奶要是看到妈妈今天拍的这组照片，她也会夸您的。"

……

星星和妈妈总是有说不完的话。

二十二　梦想的花蒂

1

天空下着小雨。

这样的天气，奶奶早早地就把晚饭做好了。一家人吃完晚饭的时候，大家还都围在餐桌边，妈妈说她有一个想法，想和爷爷奶奶说说，帮她拿拿主意。

"爸，妈，我有一个想法，想在家创业，开一家网店，就是做电商。"

"做电商？"奶奶睁大了眼睛。

"就是在网上开一家店。"林林看着爷爷、奶奶夸张的表情解释道。

"不会是开在空中吧！噢，不对，不对，我说错了，应该说……说什么来着……其实，我是知道的，就不知道怎样和你们说……"爷爷不好意思地呵呵笑着。

"爷爷，不是把店开在空中，您知道互联网吧？"林林笑着说道。

"搞不懂。"爷爷如是说。

"您知道淘宝吧？"林林继续问道。

"淘宝？"爷爷摇了摇头。

"淘宝，我知道，就是卖东西的。淘宝什么都有，你想买什么都可以，集市上买不到的，在那里都可以买到。年轻人都在那上面买衣服什么的。你爷爷老古董，你看他用的手机都是不能上网的老人机。"奶奶笑着说。

"奶奶说的对,爷爷,您总知道快递吧?"

"这个我知道,有的时候,我去修梅镇街上,人家就会托我把他们的快递带回来。"

"爸、妈,电商就是电子商务,是指通过网络做生意,没有时间和空间的限制。相对于传统的开店做生意,电商有着巨大而明显的优势:它消费的群体广,成本低,效率更高……现在的年轻人买东西有很多都是从网店买的,买东西不出门,坐在家里,打开手机动动手指,想买什么都可以。我也想在网上开一家咱们自己的店,让别人来我们家的店里买东西。现在做生意,还可以结合手机微商的营销模式……"

"现在的世道真的是太新鲜了!你说得太多我们也搞不太懂,你想做什么就大胆地去做。"爷爷打断了妈妈的话。

"网上开店成本多不多?那要花多少钱?要不你和林飞商量一下。"奶奶说。

"我和他商量过,他很支持,成本投入可大可小,一开始可以慢慢来,有些东西可以借鸡生蛋。爸,妈,你们看卧龙溪左岸住的人家,凉水井村、新坪村、顺水村、白堰村几个村子连成一片,上千户人家,三千多口人呢!我们可以收购他们的土特产,比如茶油、莲子、花生、黄豆、绿豆、柚子、橘子等,放到我的店铺上去卖,乡里乡亲的,可以先付给他们一些钱,东西卖完了,再全部付给他们也是可以的……"

"我们老了,你们想做什么,就放开手脚去做。"爷爷再次插话进来,并鼓励儿媳妇大胆去干。

爷爷虽然不太懂,但是爷爷绝对是一个开明的人。奶奶比爷爷懂一点点,但是,也从来没有在网上买过东西,不过,她从来都不会拒绝新鲜的事物。

"你爸说得对,钱不够,我和你爸也可以帮你出点。年轻人就要敢闯,要有想法,要是连想法都没有,那还是年轻人吗?"奶奶支持妈妈的想法。

"爸,妈,谢谢你们支持我!你们的钱你们自己用,我和林飞在外面打工攒下一点钱,原来是打算给星星去大医院看病用的,现在,星星的身体一天比一天健康,不用去大医院花销这笔钱,就用来创业最好了!"妈妈说。

……

这个夜晚,大家都很兴奋,特别是妈妈,她的想法得到了大家的支持。

妈妈说她要把家乡的茶油、菜油、芝麻、莲子、花生、土鸡蛋、橘子、黄豆、绿豆等土特产上架到网店里，还有奶奶的霉豆腐也可以搬上网店。

林林和星星别提有多高兴了，林林向妈妈表示只要用得着他的地方尽管吩咐。星星抱着斑鸠，发现他们的妈妈最美丽，最了不起。接下来的日子，她要让斑鸠多多练习飞翔，等斑鸠能飞得更高更远了，她就把斑鸠放回山林。

2

妈妈是那种想干就敢干的女人，妈妈也是那种敢干又能干的女人。

第二天，妈妈到县城买回来一台新电脑。

第三天，妈妈找来了移动公司的人，在自己家里拉了宽带网。

现在，家里有了宽带网，向世界打开了一个窗口。奶奶一个下午都在向妈妈学习网络知识。后来，她跑到田野上拍照片、录视频：那千亩稻田翻浪、莲池飘香，那千户村落仿佛从天上飘落人间；青山绿水，蓝天白云，飞鸟，花朵，果实……奶奶学习怎么把这些照片放进电脑里保存起来。

奶奶喜欢学习新知识。一天，奶奶因为沉醉在学习中，居然忘记了做晚饭。星星的妈妈去了县城，林林和海鑫还有星星几个孩子也去了野外，直到黄昏，爷爷扫地回来，奶奶才连忙跑进厨房，开始做晚饭。此刻，林修梅广场上的音乐飘荡在凉水井的上空。

这是星星一家吃得最晚的一顿晚饭。不过，妈妈回来很晚，天黑了一会儿才到家，正好赶上一起吃晚饭。奶奶笑着说：

"晚饭是晚了一点，不过，正好等燕子回家一起吃饭呢！"

大家都笑着，没有谁怪奶奶把晚饭做得太晚了。即使爷爷和林林的肚子里有了咕噜咕噜的唱歌声，他们也没有说奶奶什么。

一家人一人搭一把手，很快就弄好了一桌香喷喷的饭菜。

"妈，您是为了等我回家一起吃晚饭啊！谢谢妈！"妈妈甜甜地对奶奶说。

"当然的，当然的。"

奶奶的月牙眉笑得更弯了。

☆ ☆ ☆

无巧不成书。

这一天清晨，天空还在下着小雨，窗外一片雾蒙蒙的。奶奶在厨房里忙着，妈妈早早起床就打开了电脑，在电脑上学习一些和电商相关的知识。

"豆花姨，豆花姨……在家吗？"

"哎，是谁呀？"听见有人叫，奶奶赶忙从厨房里跑了出来，一看，是村里的妇女主任林主任来了，奶奶满脸笑容，把林主任迎进家门：

"是小林啊！快进来！快进来！"

"豆花姨，你家燕子在家吗？我来找燕子的。"

"在家，在家，你先坐。"奶奶接着对着楼上大声地喊着："燕子！燕子！有人找你！"

星星的妈妈听见奶奶喊她，关了电脑，从楼上下来了。

"林主任，有什么事吗？"

"怎么？没事就不能来啊？"林主任打趣道。

"能来能来！欢迎欢迎！林主任，来，喝茶，你们聊，就在我们家吃早饭，我去忙了。"奶奶说完就闪进厨房里了。

"豆花姨，我吃过了，碗一放就来的。"

"林主任，来，吃点水果。"星星的妈妈给林主任削了一个苹果。

"燕子，都是自家人，别客气。我今天来就是想问一下你，有一个面向农村的电子商务培训，去临澧县党校学习，来去差旅费、学费、生活费全免，每个村里可以报送三个名额，你去不去？"

"林主任，有这等好事？"

"有啊，还有误工补贴，一天一百元。"

"我去！我去！真的是太好了！这次回来我就不出去打工了，想在家里创业。昨天，家里拉了宽带，刚刚我还在电脑上了解一些电子商务的知识呢！林主任，您真是及时雨啊！怪不得这两天一直下雨呢！"

"燕子，你要是想在家创业做电商，国家有政策扶持，政府鼓励返乡农民工自主创业。这次学习对你来说真的是雪中送炭，决定去学习，那我就定下来了。"

"这天上掉馅饼的事，不去傻呀！您说什么时候去？"

"这个月 9 号报到，到时再通知你。"

"那真的是太好了！"

"有什么困难找我。"

"好啊！好啊！"

奶奶执意要留林主任一起吃饭，林主任说吃过了，还要去下一户人家，就匆匆告辞了。妈妈下意识弯弯指头，算算日子，还有六天，就要去县城党校培训学习了，一种创业的冲动让妈妈满怀希望，觉得浑身都充满力量。

☆ ☆ ☆

即使天气再不好，爷爷也是不能睡懒觉的。

爷爷去林伯渠故居打扫卫生，这是他神圣的工作。林伯渠爷爷的座右铭是"为人民服务，为世界工作"，这种信念和精神已经深入爷爷的血液和骨髓，爷爷说无论什么时候，无论什么职业，只要努力把它做好，做到最好，就是在为人民服务，为世界工作。

爷爷的一言一行，对林林和星星的影响很大。林林每天早上和爷爷一同起床，一起去扫地。他不仅喜欢上了打扫卫生这件事情，还学会了垃圾分类处理；而且，他也像爷爷一样，更是深深地爱着这片土地，每当他手中的扫帚轻轻扫过路面的时候，心中都会涌动着一种情感，一种喜欢，一种热爱。

天刚蒙蒙亮，爷爷起床的时候，林林也起床了。暑假的每一个早晨，林林都会去和爷爷一起扫地。奶奶看着外面下着小雨，就要林林别去了。林林穿上雨衣，坚持要和爷爷一起去。

"就让林林去，孩子们是要吹吹冷风，淋淋生雨，在风雨中历练历练。"爷爷对奶奶说。

奶奶不说话，就表明默许了。

林林和爷爷先是来到了林伯渠故居前，爷爷从储藏间推出了推垃圾的小推车，昨晚吹了一夜风，湿淋淋的落叶洒满一地。

林林和爷爷开始扫地，林伯渠故居前的屋檐下、功勋树下、下浮堰边的柳树下……每一个角落，每一片树叶都要打扫得干干净净。他们将落叶聚拢成一小堆一小堆的，然后，林林推着推车，爷爷将一堆堆落叶铲进推车里。

林林和爷爷打扫完林伯渠故居前坪，又和爷爷提着垃圾袋上了林伯渠小道，看看小道上有没有垃圾。有的时候，风也会从别的地方带来纸片或者别

163

的什么东西。爷孙俩再从前途山的大公路返回，并将公路宽阔的路面打扫干净。

在爷爷的心中，凉水井每一寸红色的土地都是圣洁而美好的，每一寸土壤都让他心生敬畏、不容玷污。

3

凡是有月亮的夜晚，凉水井的景色就格外迷人。

今晚的月亮好圆。圆圆的月亮从前途山的树林里浮上来，然后渐渐升高，平静而优雅地一步一步向着九畹园的上空移来，宛如一个轻摇莲步的仙女，洒下盈盈的月光。每一棵树，每一朵花，每一处景致亦真亦幻，朦胧中美幻而神秘。

星星一家人坐在铺满月光的院子里，爷爷半躺在睡椅上，手里拿着一把蒲扇。奶奶在院子里燃起一堆艾叶，然后在火堆上面又盖了一把打湿了的艾叶，一盖上立刻就冒出一股浓浓的白色烟雾，晚风将白色的烟雾吹散，艾叶的清香四处漂浮，能驱赶蚊虫。

星星的妈妈，这次去临澧县参加电商培训，她的收获很大，满载而归。回到家，她向家人介绍学习情况，说想不到人到中年还有这样的学习机会，说自己离开学校好多年了，走进教室的那一瞬间，仿佛又回到了学生时代。

在这次培训学习中，学习了国家对农村青年电商培育工程方面的政策，这让她信心十足。政策主要包括以下内容。一是技能培训。依托促进农村青年创业就业培训项目，围绕电子商务实操、网络市场营销、物流配送等内容，为农村青年提供电子商务技能培训。二是金融支持。协调金融机构，联合设计开发"青"字号电商创业金融服务项目，在授信额度、利率优惠等方面重点向电子商务创业青年倾斜。三是领创建站点。择优选择依托电子商务发展的涉农创业青年领创建县级区域电商服务中心；鼓励农村创业青年加盟或投资建立乡镇服务站和村级服务点。四是跟踪服务。开展网店货源对接；打造农村青年电商网络展销平台或网络集市，拓宽农产品销售渠道。

政策要求积极培育农村电子商务市场主体，充分发挥现有市场资源和第三方平台作用，培育多元化农村电子商务市场主体，鼓励电商、物流、商贸、金融、供销、邮政、快递等各类社会资源加强合作。

这次电商培训学习，给了星星妈妈创业的极大信心和动力。在专家老师的指导下，妈妈借助成功人士的电商平台，注册了一个"飞燕土特产"的商标。用她自己的话说，她是带着一家店面回家的。

"飞燕土特产，这个名字好。"爷爷喜形于色。

不用解释，星星和林林都知道这个名字的含义。他们的爸爸叫林飞，妈妈叫李燕，各取后面的一个字，那就是"飞燕"。

"燕子，妈希望你的创业梦想就像一只飞燕，越飞越高，生意越做越红火，妈支持你！"奶奶说话时手舞足蹈，很多的时候奶奶比年轻人还活跃。

孩子最喜欢听大人们谈论事情，林林和星星也是这样，或许是他们觉得大人的世界有着某些神秘，永远都充满好奇，每次家里大人们说话的时候，星星和林林都会竖起耳朵听。

"妈妈，您以后坐在家里也能赚钱了吗？"星星问道。

"希望是这样的！"妈妈笑着说。

"什么事情都得从头来，黄瓜还没有起花蒂呢！"爷爷说。

"谁说黄瓜还没有起花蒂？梦想就是花蒂！"奶奶愉快地说。

对！梦想就是花蒂！

星星和林林觉得奶奶说得太好了！

☆ **4** ☆

万事都是开头难。

妈妈每天骑着一辆红色的电动摩托车，开始走家串户收购花生、莲子、黄豆、绿豆、土鸡蛋等土特产。奶奶浸泡了一批黄豆子，去修梅镇街上打豆腐的小作坊打了几十斤豆腐回来，也开始忙碌起来。

妈妈和奶奶忙前忙后，林林和星星，就连爷爷打扫卫生回家，有一点空闲的时间都会来帮忙。有的时候，海鑫和汪爷爷来串门，也会加入选豆子（就是把收购回来的豆子里面的烂豆子、泥土、小石头都选出来，弄得干干净净）的行列。选完豆子还要在太阳很好的日子里把豆子晒干。此外是花生，除了把一些小小的瘪果选出来，还要把花生壳上的泥土洗干净，再晒干。还有茶油买回来后，要重新装瓶，莲子做好包装……奶奶的兴趣爱好可派上用场了，她兴致勃勃地用手机拍摄各种货物的图片，妈妈再把图片配上文字，开始陆陆续续在"飞燕土特产"的网店上架了。

"所有上架的货，都要给它们取一个好名字，一要好记，二要好听，三要有文化，四要有乡愁，五要有故事。现在大家都帮忙想想，到你们贡献智慧的时候了。"妈妈笑着对大家说。

林林和星星头都想歪了，好不容易想出一个名字，还要经过大家举手表决，一致通过。一家人给所有上架的土特产商品都取了一个好名字，比如说"一窝土鸡蛋""山野绿豆""双胞胎花生""前途山茶油""云梦金橘""九畹园土豆"等。有的名字是星星取的，有的是林林取的，也有爷爷、奶奶、妈妈取的；有的根据地名取名，有的根据特征取名，有的根据民间传说取名。当大家给奶奶的霉豆腐取名的时候，取了好几个，比如"豆花姨霉豆腐""香香臭臭豆乳""张婆婆豆乳""花婆豆乳"，大家讨论来讨论去，最后，爷爷一锤定音，就叫"花姨美豆乳"。

"你奶奶名叫张豆花，这个名字就占了两个字，说明这是你奶奶创立的品牌的豆乳。'美'和'霉'同音，取'美食'之意，吃起来香软滑爽，入口即化，回味无穷，让人依恋怀想，有乡愁的味道。生活在异乡的人吃了，就会想起妈妈的味道，姨姨的味道，奶奶的味道，姥姥的味道，家乡的味道。"爷爷说到这里，停顿了一下，接着说道："每当吃豆腐乳的时候，都会想起一个民间流传的有趣的故事。"

一家人都知道爷爷是讲故事的高手，经常给他们讲林伯渠爷爷的故事，但是从来没有听说过"豆腐乳"的故事呢！林林和星星很是期待那豆腐乳的故事。

爷爷清了清嗓子。

"很久以前，在大山里住着一家老实憨厚的农民，农夫除了种田地，还做些豆腐，挑到集市上去卖，再从集市上买些生活用品回家。一天，又逢赶集，农夫挑起豆腐早早出了家门，下了一个山坳，又爬了一个山坡，离集市还有几里路，天气炎热，农夫放下担子休息。忽然，农夫听见有下棋的声音，他挑起豆腐循着声音走去，见路旁有一个山洞，洞中有两位鹤发童颜的白胡子老人正在下棋，走马飞相，炮打隔山，厮杀得难分难解。卖豆腐的老人见洞中凉爽，便放下担子凑上前去看热闹，看来看去，忘了时间。见两人剩下的棋子不多，但仍然杀得难分胜负，猛然想起，自己还是赶快去集市上卖豆腐要紧。但他哪里知道"洞中方七日，世上已千年"。转过身来，看见豆腐已全部发霉，这可关系一家人的生计，于是放声大哭起来。两位下棋的老人见此情景，劝慰农夫，回去加些盐、酒、香料即可。农夫挑着豆腐回家，加些盐、酒、香料，果然满屋香气扑鼻，令人垂涎。他将豆腐挑到集市上，人们争相购买。时至今日，仙人点腐成肉（乳）的故事传为佳话。"

奶奶等不及爷爷说完，接下说道：

"你们现在知道了，打回来的新鲜豆腐为什么要放上一个星期后，长出绿色的霉菌才能腌制吗？就是这个由来。"

爷爷还说了几个民间流传的豆腐乳的故事，关于豆腐乳的故事有很多个版本，不过，无论爷爷说的哪个版本的故事，都是传达真善美的。星星说以后吃豆腐乳，想想爷爷说的故事，就觉得很美好。

5

妈妈虽然借助临澧商家的电商推广平台做了几单买卖，但是因为"飞燕土特产"第一次进入消费者的视野，所以一时难以取得消费群体的认可。"飞燕土特产"的商品上架之后，半个月却无人问津。后来，好不容易卖了几十斤土鸡蛋出去，有的给了妈妈很差劲的评论，说一盒鸡蛋里有很多坏鸡蛋，还有的给退了回来。妈妈把储藏室收购的鸡蛋拿出来，打破十几个，发现坏掉的鸡蛋不少，有的鸡蛋清都变成黑色了。

因为天气炎热，妈妈根本不会识别土鸡蛋的好坏，从外观看不出来，加上收购回来的鸡蛋在储藏室搁置的时间很长，所以，大部分都坏掉了。妈妈只能用一个老土的识别鸡蛋的办法，那就是拿起鸡蛋，举在耳边摇啊摇，能摇响，有水荡动的声音，百分之百这个鸡蛋就是坏鸡蛋了。除此之外，一家人从鸡蛋的外观颜色都无法识别一个土鸡蛋的好坏。

妈妈在网上停止了销售土鸡蛋。

一整天，妈妈都待在储藏室里，面对前些日子她收购的几百斤土鸡蛋，妈妈拿起鸡蛋在耳边摇啊摇，除了吃饭的时间，中午也没有休息。星星和林林在储藏室里也帮了一会儿忙。第二天，妈妈的手臂都摇得抬不起来了，可是，还有几千个鸡蛋没有检查。况且选出来的也不见得都是好的，奶奶打破了一些土鸡蛋看了一下，挑选出来的也有坏掉的。

"别摇了，燕子，摇出来的鸡蛋也不能保证百分之百是好的。"奶奶看见妈妈吃过午饭又走进了储藏室，对妈妈说。

"妈，这批鸡蛋，那就全赔了。"

"赔了就赔了。"

"那可是八千多元钱呢！"妈妈说这话的时候，已经控制不住自己了，眼泪倏地滚落下来。

"燕子，别哭，有赔就有赚。"奶奶说。

妈妈抹了抹眼泪，点了点头。

☆　☆　☆

下午，妈妈没有再走进储藏室，她有些心烦意乱。

星星不想给妈妈添乱，她就和斑鸠在桂花树下玩耍。看见妈妈一个人爬上了林伯渠小道，星星提着鸟屋子跟在妈妈的身后。她们沿着林伯渠小道爬上了前途山，满山遍野的油茶林挂满了沉甸甸的果实。

妈妈和星星来到林伯渠广场，她们站在林伯渠爷爷的铜像前，深深鞠躬，之后，妈妈默默坐在广场的阶梯上，星星懂事地陪在妈妈的身边。

星星知道妈妈做生意赔了钱，心情不好。她不知道应该怎样安慰妈妈，她只有默默地陪伴在妈妈身边。

妈妈在松柏掩映的台阶上坐了很长时间，才默默地站起来，放眼眺望。她的目光向着远山放飞，那种由大地上生长起来的连绵的绿与天边云朵的白相接，而这绿树、蓝天、白云又倒映在清澈的堰塘里，堰塘里波光粼粼，景象万千。

星星坐在妈妈身边，有些昏昏欲睡，于是站起身，做了一个深呼吸。清风拂面，忽然间精神抖擞，倦意顿消。

星星悄悄看了一下妈妈，正好，妈妈扭过头来，轻松地笑着，看着星星，似乎连日来的烦恼已经被前途山的风吹散了。

星星看见妈妈笑了，她也笑了。

"谢谢你！星星！"妈妈说道。

"妈妈，您看一眼舒目塘，您看蓝天、白云、绿树、花草都映在水塘里呢!"星星用手指着舒目塘。

"真好看!"

"妈妈,知道这口堰塘的故事吗?"

"堰塘的故事?你说给妈妈听。"妈妈笑着对星星说。

"爷爷说,过去,山那边的人去县城,翻过这座山头的时候,就已经累得双腿迈不开脚步了。就像刚才我们刚刚爬上来一样,我的小脚肚子都发软了。不过,没有关系!爷爷说他们来到这个小堰塘边的时候,只要弯下腰捧一把水,洗一把脸,马上就会全身清爽,又浑身是劲。最有趣的是后来有一个人他翻过了这座山头,同样累得筋疲力尽,可他又急着赶路,没有时间捧水洗把脸,他就朝堰塘望了一眼,仅仅望了一眼,居然全身都充满了力量,健步如飞呢!到后来,大家都学他,爬上山头就望一眼舒目塘,下山的时候,也要望一眼,就会神清气爽。"星星说完,满脸都是笑容。

"哦!眼前这口看似平凡的堰塘,可真的不平凡呢!"

"妈妈,你看了一眼舒目塘,是不是很舒服呀?"

"很舒服!"

"妈妈是不会被臭鸡蛋打败的,对不对?"

"对!"妈妈握起两个拳头,在胸前举了举。她真的要感谢女儿,连日来的烦恼、压抑一扫而空。

"妈妈,你看,我看见有一只鸟从舒目塘里飞走了。哦,有一只鸟又飞进来了,那些鸟儿肯定是飞累了,疲倦了,来舒目塘洗一洗疲倦,就精神振奋了。"

"星星说得对,舒目塘不仅能让疲劳的人看它一眼就能消除疲劳、神清气爽,而且,飞累的鸟儿只要飞来舒目塘上空也能浑身是劲,充满力量。"

"妈妈,倒映在舒目塘里的树木和花草也一样会消除疲劳、焕发生机的。"

······

星星抬起头望着天空,几只鸟儿又从山林里飞来,经过舒目塘的上空,从她们的头顶飞过,飞向前途山的山岗。

6

妈妈开始调整思路，她停止了盲目收购鸡蛋。另外，在收购大豆、绿豆等其他货源时，特别把好质量这一关。

店面无人问津，说明宣传的力度不够。人们常说好事不出名，坏事传千里，最近这段时间臭鸡蛋的事情闹得一波未平，一波又起。尽管妈妈给人家赔礼又赔钱，但是还是背了不少的骂名，传言妈妈赚黑心钱。现在可好，有很多人都知道妈妈卖臭鸡蛋的事情，后来，关于网上的那些评论，妈妈只好保持沉默，毕竟是自己的商品出了问题，怪不得人家。有些事情只好交给时间来解决，奶奶说做生意不要急，慢慢来。

"从现在开始，只要我们保证质量，一粒米，一颗豆，都要货真价实，我就不相信打不破这个局面，关键是要让更多的人知道我们有很多好东西。"妈妈说。

"我们身边有很多人喜欢吃我做的霉豆腐，我有他们的联系电话，都加上微信，消息发朋友圈，生意可以从身边做起。"奶奶说。

妈妈也觉得这是个好主意，凡是有联系方式的都加上了微信好友，她们把各种土特产的图片、价格、联系方式等信息都发到朋友圈里，想不到，妈妈在朋友、同学、熟人堆里做了好几单花生、绿豆的生意，而且买家非常满意。

特别是奶奶的霉豆腐上架后，好评如潮，销售得非常好！妈妈用手机录下奶奶制作霉豆腐的全过程，奶奶把妈妈拍的录像做成了小视频，用抖音APP 发了出去。最近，奶奶还玩起了抖音小视频，想不到奶奶的粉丝蹭蹭上涨，从几百人涨到好几千人了。奶奶说也许是妈妈给她的霉豆腐取了一个好听的名字"花姨美豆乳"。想不到这"花姨美豆乳"居然成了"飞燕土特产"的特色产品。

有了自己的特色产品支撑门面，妈妈的信心又回来了。

好品质是产品的根本。妈妈自从上次失利后，特别注意货源的质量，为了能够识别新鲜的土鸡蛋，她专程跑到离家 30 公里外的表姑爷家，向表姑爷请教。多年前，表姑爷就是靠着一条扁担，一担箩筐，专门挨家挨户收土鸡蛋，供出了两个大学生。听说，表姑爷是识别鸡蛋的高手，只要一看鸡蛋，就知道那鸡蛋是今天下的，还是昨天下的，或者是五天前下的蛋，别说是臭鸡蛋了。表姑爷识别鸡蛋的好坏，那就是"十拿十稳"的事情，真的是太厉害了！

其实，识别土鸡蛋，那方法说简单也不简单，说难也不难，关键是用心和用眼。除了一摇二晃，主要是心里要有鸡蛋。新鲜的鸡蛋，表面光洁如新，即使鸡蛋表面沾着血迹和鸡屎的污点、印痕也是新鲜的；时间放久的鸡蛋，表面暗淡无光；而坏了的鸡蛋，鸡蛋表面甚至会长出黑点和霉点。做到细心观察，培养好眼力，有一双识别好鸡蛋和坏鸡蛋的眼睛就好了。

妈妈回家后，拿出自家鸡窝里的新鲜鸡蛋，和放久放坏了的鸡蛋认真对比，反复识别。妈妈发现真是这样，表姑爷说的一点没错！识别土鸡蛋的好和坏，不用摇，也不用晃，有好眼力就十拿九稳了。

二十三 再试一次

爷爷不会上网，微信和微博都不会玩，所以，奶奶有时会叫爷爷老古董。

爷爷空闲的时候，就会打开一个老式的木制书柜，拿出一本书。天晴的时候，一个人坐在院子里的桂花树下读书；下雨的时候，他就坐在窗下看书。爷爷还有一个古老的眼镜，也不知道是哪一辈爷爷传下来的，眼镜的架子是纯铜的，爷爷视若珍宝。星星很小很小的时候，就对爷爷的这副眼镜充满好奇和喜欢，只要看见爷爷戴着眼镜看书，就会往爷爷身上扑，抓爷爷的眼镜玩，和爷爷一起看书。

特别是小时候的星星哭闹的时候，脾气特别大，没有谁能哄好她，妈妈给她喂奶都不喝，但是，只要看见爷爷戴上眼镜抱着书，她就不哭了。爷爷把她抱在怀里，星星玩一会儿眼镜，就会自己给爷爷戴上，听爷爷给她读书，读《林伯渠的青少年时代》，读《林伯渠颂》等。

一次，星星还是摔坏了爷爷的眼镜，打破了眼镜右边的镜片，爷爷虽然心疼，但是却没有打骂星星。后来，爷爷到县城的眼镜店，重新配了右边的镜片。这让后来上学读书的星星和林林对爷爷的眼镜产生无数的联想，左眼的镜片是古代的，右眼的镜片是现代的。

"哥哥，闭上右眼，睁开左眼，哦……我们可以穿越到古代了，到清朝啦！到明朝啦！到元朝啦！到宋朝啦！到唐朝了……哥哥，睁开右眼，闭上左眼，哦！我回家了……"就为这个穿越，星星嚷着要爸爸、妈妈到新华书店买了十几本课外的历史书籍。

　　林林也觉得和妹妹玩这个很有趣，为了不输给妹妹，他同样看了很多历史书籍，有历史故事，历史小说等。每次考试，他的历史都能考出优异的成绩。

　　这个书柜是爷爷最珍视的宝物，里面珍藏着爷爷最爱惜的书籍，有精装本的《林氏族谱》，一共五卷，有《林伯渠影音像纪念册》，有平装本的《林伯渠传》《林伯渠的青少年时代》《风云林伯渠》《生态文明建设十讲》《农业环境保护》等，还有一些关于环境卫生保护的资料。这些书籍是爷爷一直反反复复看过的。

　　爷爷走进房间，从古老的木制书柜里拿出一本书，戴上左右不同时代镜片的眼镜，坐在窗边，沉浸在不同的时光和故事里。

2

　　凉水井的秋色是会让人着迷的。

　　有风吹来，凉水井像一幅流动的油画。

　　金色的稻田，红色的柿子，墨绿的荷塘，红枫和楠树让湘北山岗层林尽染，田野上的空气也充满了桂花的芳香，蝴蝶、蜜蜂，还有那些不知名的小飞虫也闻香而来。在这样的秋色里，孩子们在田野上奔跑着，一阵风吹来，那让人着迷的秋色就会舞动起来，追赶起来，飘起来，飞起来……

　　"鸠咕！飞呀！飞呀！飞呀……"星星伸展双臂在田野上飞。

　　"鸠咕！飞呀！飞呀！飞呀……"林林伸展双臂在田野上飞。

　　"鸠咕！飞呀！飞呀！飞呀……"海鑫伸展双臂在田野上飞。

　　孩子们在田野上飞，可是，斑鸠就是不飞，它在田埂上慢慢地走着，很悠闲的样子。几个飞远的孩子又飞了回来，再次从斑鸠的面前起飞，斑鸠只是抬起头看他们几秒钟，之后，依然自己散步。有时也会东张张，西望望，"咕咕咕"地叫两声。几个孩子来回地飞来飞去，飞累了，一屁股坐在田埂上，说着话。

　　"你们说，鸠咕是不是忘记了自己是一只鸟，忘记了飞翔。"星星说话的声音很轻。

　　"也许是它翅膀上的伤还没有彻底好。"林林说。

"它一定会飞起来的!"海鑫永远都是一个充满信心的孩子。

"我们要是爬到山岗上,说不定就会飞起来呢!"星星说完就抱着斑鸠朝山岗爬去。

"星星,慢点走!"

"星星,慢点!"

林林和海鑫跟在星星身后。

让人高兴的是星星现在爬山坡不喘气了,再也不要林林和海鑫轮换着背她了。

斑鸠自从上次从空中摔落堰塘,就再也没有起飞过,星星担心斑鸠是不是伤得太重,是不是断了翅膀,是不是再也飞不起来了。星星抱着斑鸠含着眼泪去问汪爷爷,汪爷爷接过斑鸠,摸了摸斑鸠受伤的翅膀,说:

"动物和人一样,伤筋动骨一百天,它会飞起来的。"

"汪爷爷,在新学期开学前,它会飞起来吗?"

"说不定会飞起来,你对它要有信心哦!"

星星在家休学一年多了,她是多么渴望重新回到学校,回到课堂,回到老师和同学们的中间。虽然,她最喜欢的班主任老师调到县城去了,但是她还会喜欢上新的班主任老师,而且,她也很想念班上的同学们。虽然哥哥帮助她补了不少的课,学习了很多新知识,但是,妈妈还是担心她跟不上班,鼓励林林给星星多些辅导。

离新学期开学的日子还有半个多月,星星每天都会扳着指头数日子:"8月12日,8月13日,8月14日,8月15日……离9月1日开学还有19天呢!"星星觉得日子跑得很慢,很慢,很慢,不过,她的心里充满喜悦和希望!

就像奶奶说的,梦想就是花蒂。

星星小小的梦想,在她的心里已经结出小小的花蒂啦!

3

其实,有很多事情只要再试一次,就成功了。可是,对于斑鸠来说,为什么就这么难呢?

星星在功勋树下,一次一次地展开双臂,从斑鸠的面前起飞,陪着斑鸠练习飞翔的还有林林和海鑫。

"鸠咕！飞呀！飞呀！飞呀……"星星伸展双臂在功勋树下飞。

"鸠咕！飞呀！飞呀！飞呀……"林林伸展双臂在功勋树下飞。

"鸠咕！飞呀！飞呀！飞呀……"海鑫伸展双臂在功勋树下飞。

星星飞累了，斑鸠无动于衷。

林林飞累了，斑鸠无动于衷。

海鑫飞累了，斑鸠还是无动于衷。

"星星，不给斑鸠喂水喝，也不给它喂食，饿上一天两天，然后我们把它带到田野上，渴了，让它自己去找水喝，饿了，让它自己找食吃。"海鑫对星星说。

"海鑫说得对！星星，你不可能养它一辈子，它终究要自食其力，独立生存！"林林支持海鑫的说法。

"或许，斑鸠的伤势早就好了，只是它已经习惯了被你养着，被你宠着……"

"对，海鑫说得有道理，斑鸠不愁吃也不愁喝的，所以，它变得懒惰了，不想回到原来的森林里了，不想飞翔了……"

"要不就是上次摔了跟头，变得懦弱和胆小了。"

"不对！不对！你们说的都不对！它是一只多么勇敢的斑鸠，它能战胜死亡，就能战胜一切，怎么会变得懒惰呢！它该不会是不舍得离开我吧?"星星反驳海鑫和林林对斑鸠的猜测。

无论海鑫和林林说什么，就算他们说的也有些道理，星星还是不愿意饿着斑鸠，渴着斑鸠，照样给它喂食、喂水，像妈妈照顾孩子一样照顾着斑鸠。白天，星星仍然会把斑鸠带到九畹园的田野上或者屋后的树林子里，打开鸟屋子。斑鸠出了鸟屋，跟在星星的屁股后面，偶尔也会在草丛里啄食。星星走到哪儿，它就跟到哪儿，星星小跑起来的时候，它也会跟在后面小跑起来，星星伸开双臂在前面飞跑起来，尽管星星一遍又一遍地大声喊着：

"鸠咕！飞呀！飞呀！飞呀……我们一起飞呀……快来飞呀！你落后啦！飞起来追我呀……"

可是让星星生气地是，她跑远了，斑鸠竟然走回去，待在鸟屋子里不出来了。

到了夜晚，星星复习完功课，再阅读一会儿。

每当夜深人静，她放下正在读的《爱的教育》，要和斑鸠道晚安的时候，会和斑鸠说几句心窝窝里的话：

"鸠咕，你是一只鸟，一只飞翔的鸟。鸠咕，你一定没有忘记飞翔吧！"星星轻轻地摸着斑鸠的翅膀，接着说道："鸠咕，加油，你一定会飞向天空的！晚安！我的星星！"

斑鸠偏着头看着星星，很乖很听话，又若有所思的样子。

4

一天午后，海鑫和林林在卧龙溪里收渔网套。

这些日子以来，星星都没有生病，脸色一天比一天红润起来，性格也越来越开朗活泼。但是，林林和海鑫给星星捞鱼虾、翻螃蟹的这项工作，一直没有停止过，只要天气晴好，他们就会来卧龙溪的小河捞鱼虾。星星最喜欢吃卧龙溪的小鱼、小虾，奶奶做的香辣小鱼鲜香可口，越吃越想吃。

星星把鸟屋子挂在卧龙溪岸边的小柳树枝上，打开了鸟屋，她想让斑鸠从鸟屋子里飞出来。可气又可笑的是斑鸠倒是从鸟屋子里优雅地走了出来，但它只在柳树的枝丫间悠闲地走来走去，看样子，丁点儿也没有想要起飞的意思。

"鸠咕！飞呀！飞呀！飞呀……"星星在柳树下扇动着自己的双臂。

无论星星怎样诱惑斑鸠，斑鸠就是不飞，它的翅膀都没有张开过一次，只是在柳树的枝丫间来来回回走动了一小会儿，自己就钻进了鸟屋子不出来啦。星星很生气，爬到树上，用一枝柳条赶它，它也不出来，它歪着头，看着星星，像一个不听话的孩子，仿佛在说：

"不出来，就是不出来。"

星星的努力完全是徒劳，最终也没有把斑鸠赶出鸟屋子。星星的身体挂在树上，倒是把自己累坏了，她从树上滑了下来，一屁股跌坐在柳树蔸下，爬起来就走到古高桥上看着流水生闷气。

星星看着卧龙溪的缓缓流水，时间长了，那样子仿佛是走神了。她又在想些什么事情呢？

海鑫从河水里捞起一个网套，网套里有小鱼，也有小虾。林林提着一个蓝色的塑料小桶，把网套里的鱼虾放入小桶里。这是他们上午就放在卧龙溪里的渔网套，在小河里一共放了23个。网套里放着他们在田野上抓来的蚂蚱和小虫做成的鱼饵，小鱼小虾经不住鱼饵的诱惑，钻进网套里就出不来了。

海鑫一边收网套，一边抬起头来看看星星和柳树上的斑鸠，他摇了摇头又笑了笑说："一只懒鸟！"

"海鑫哥，不许你这样子说它，你应该鼓励它才对！就像你鼓励我一样，要去鼓励它。"星星回过身来，冲着海鑫说。

"好好好，我说它是一只勇敢鸟，一只勇敢鸟，这样行吧！"海鑫满脸都在笑，那种笑容有一种说不出来的怪怪的味道。

"不许你嘲笑它！马上收起来！"星星读懂了海鑫的笑。

海鑫怎么也收不住自己的笑容，不过，脸上的表情很滑稽。

"海鑫哥，不许你这样笑！听见没有！"星星发火了，声音很大！

"好好好，又不是收衣服，我得慢慢收，慢慢收。"海鑫低下头，转过身去。其实，也没有什么好笑的，只是星星要他马上收住笑，他倒是收不住了，就更加想笑。

林林看着他们两个，也觉得莫名其妙地好笑。特别是看着海鑫低着头，背对着星星，肩膀一耸一耸，眼睛看着河水还在笑，就更加莫名其妙地觉得有趣，觉得好笑。

星星看看海鑫，又看看林林。林林忍着笑，把蓝色的小桶往上举了举，让星星看水桶里的鱼虾，而又正好挡住了他忍不住笑的脸蛋。

"哼！你们两个都是坏哥哥！我不和你们玩了！"

星星站起来，从古高桥上跑开了。她爬上柳树，斑鸠还在鸟屋子里，仿佛只有鸟屋子才是它舒适又安全的世界。

"鸠咕，你的世界不应该只有这么大的。"

"咕咕，咕咕。"斑鸠回应了两声，声音很轻，似乎没有一丝力气。

"鸠咕，你应该大声唱你的歌，咕咕！咕咕……像我这样大声唱起你的歌，你的力气呢？要用力量来唱啊！"

"咕咕，咕咕。"斑鸠又回应了两声，声音还是那样很轻，还是那样没有一丝力气。

"哎……"星星长长地叹了一口气。

星星和斑鸠的目光对视了一会儿，便抬起头来看了看天空，坐在柳树上，眺望着那天际与山林相接的远方。

5

　　星星是一个爱幻想的孩子。

　　她和一只鸟待在一棵柳树上，下午的时光就这样静悄悄地从他们的身边溜走。海鑫收完最后一只渔网套，把网套抛上了河岸。瞄了一眼林林手里的小水桶，笑着说：

　　"今天的收获还不少。"

　　"那可以多放生一些呢。"

　　林林说完弯下腰，用双手从水桶里捧起一捧鱼，放入了河水里。海鑫也捧起了一捧鱼虾，放入河水里。他们两个看着那些被打捞起来又放生的鱼虾，快乐地在他们脚边游来游去，游进小河的波浪里去了。

　　林林和海鑫快乐地笑着！

　　林林提着水桶跟在海鑫的身后，他们从古高桥的下游爬上了岸。海鑫沿着河岸捡起一只只网套，把网套装进一个大蛇皮袋子里。

　　此刻，太阳已经偏西。

　　星星早已提着鸟屋滑下树来，自个儿来到九畹园的田野上挖蚯蚓，捉小虫子。她想给斑鸠喂些小虫，长些力气，这样有助于它早日飞向森林，飞向天空。

　　回家的路上，星星一边走，一边给斑鸠朗诵着儿歌：

再试一次

再试一次，

别灰心，

你会飞上天，

别灰心，

天空这样明媚，

天空这样蔚蓝，

你别苦着脸！

你再试一次，

你会的，

你会飞上天！

二十四 爸爸回家

没有什么事情比爸爸回家更加开心的!

"回家好! 回家好啊! 在家里好好干! 干出点名堂来!"爷爷笑着对爸爸说。

下午的时光, 院子里桂花树上的每一片叶子明亮地泛着绿光, 爷爷坐在桂花树下扎竹扫帚。爷爷说自己扎的竹扫帚比买的好用, 地扫得更加干净。他到山上砍些细竹子回来, 破些篾条, 就可以自己动手扎了。

爷爷一边和儿子说话, 一边拉伸着手中的篾条, 仿佛每说的一句话都带着劲似的。

"这是一个好时代, 政策又好! 我们会干出一点名堂的, 一家人的生活会越来越好的。"爸爸答应着爷爷。

"做生意要讲究诚信, 做买卖也讲究个公平合理! 可不要利欲熏心, 时刻要记住林老的这句座右铭: '为人民服务, 为世界工作。'"

"您放心! 无论什么时候, 做什么事情, 都会记住做到服务至上, 勤奋工作。"爸爸用对爷爷下保证似的口气说话。

"我相信你和燕子会干出点名堂的。"爷爷鼓励道。

☆ ☆ ☆

爸爸回家, 爷爷整天都笑得合不拢嘴。他的那种爽朗的笑声会带动五

官，嘴巴、鼻子、眼睛、耳朵都在笑，连眉毛、额头也在笑。

　　奶奶在家里忙前忙后，快乐的笑声就像长了翅膀一样，从她跑步的姿态里飞出去很远，卧龙溪对岸的人家都能听见呢！

　　妈妈李燕的欢喜一直都是藏在心里的，不过从她脸上的表情里还是可以看出端倪，心里乐着呢！她向爸爸一遍又一遍地描绘着她的梦想，描绘"飞燕土特产"的蓝图，脸上笑开花的时候，像一朵盛开的红牡丹花。

　　"林飞，真希望有一辆新车，四轮的小货车，双排座的。"妈妈说话的时候，眼睛里闪烁着光芒。

　　爸爸回来之前，妈妈就去过了县城车行，在大大小小的车辆之间来来回回转悠，车子的厂家、型号、价格、性能、颜色等都做过详细的了解。

　　"你去车行看过了？"爸爸笑着明知故问。

　　"看过了，有一款车特别喜欢，银白色，我喜欢银白色，颜色明亮。"

　　……

　　爸爸回家对林林来说就更加意义非凡。爸爸外出打工这一年多的时间，他觉得自己就是家里的顶梁柱，好像心中有个奇妙的魔法一样，就在爸爸离开家的那一天，忽然一下，他的心里就好像有了一个"金刚无敌"小勇士。可就在爸爸回到家，他和爸爸见面的那一刻，林林心中的"金刚无敌"不知道躲到哪里去了，他觉得自己还是那个没有长大的爸爸的儿子，爸爸是他坚强的后盾和靠山。

　　星星像一个快乐的小天使，有事没事都会唱几句"我是一只小小小小鸟，想要飞呀飞，却飞也飞不高，我寻寻觅觅，寻寻觅觅一个温暖的怀抱，这样的要求算不算太高……"每当爸爸闲下来坐在椅子上的时候，就会向星星伸出双手，展开胸怀，星星就会扑进爸爸的怀里。

　　"星星，你羞不羞，多大了，还真以为自己是只小小鸟？"林林取笑妹妹。

　　"我才不羞！你难道不是爸爸抱大的？你小时候，爸爸还把你顶在肩头呢！"任何时候，林林和星星打嘴巴仗，林林从来都没有赢过。

　　林林比星星大两岁，小的时候一家人走亲戚，多数都是妈妈背着星星，爸爸把林林顶在肩头，这样的画面在星星的记忆力，时间越长仿佛越清晰。

　　"可那是小时候，我们现在都长大了呀！"林林说。

　　"你爱长大你长大，我现在不长大！"星星俏皮地说。

　　爸爸哈哈大笑起来，和星星击了一个巴掌，说道：

"好了，你现在可以长大了!"

☆ ☆ ☆

爸爸从椅子上站了起来，忙事情去了。

林林在一旁偷笑，星星懒得理他。她的脑子里有一团云雾似的，她不懂一直宠着她的哥哥怎么会一下子像变了个人似的，好像一下子比自己小了好几岁。

星星觉得爸爸是一个特别随和的人，而且他的胸膛特别温暖，喜欢抱孩子。他回家的当天下午，一家人都在院子里，爷爷正好扛起竹扫帚要去打扫卫生，奶奶和妈妈在挑选栗子。林林、星星和海鑫在做爬树比赛，看谁在最短的时间内以最快的速度爬上桂花树的第六根枝条，他们在第六根枝条上还系了一条红绸带。

他们经常做这样的比赛，认为这是一种锻炼身体的好方法。这一轮正好是星星爬上了树，看到爸爸回家了，她很快从桂花树上滑了下来。

"林飞，怎么不事先告诉一声，好去车站接你呀!"妈妈丢下手中的栗子，扑向爸爸。

"爸，妈，我回来了!"爸爸搂着妈妈朝屋里喊。

"回来好! 回来好……"爷爷和奶奶异口同声地说着，各自丢下手中的东西，眼睛里含着泪水，奔向他们的儿子。

爷爷和奶奶接过儿子手里的大包小包，放进屋里，爷爷从屋里搬出凳子，奶奶赶忙给儿子递上茶水。妈妈看着爷爷、奶奶笑着说:

"爸，妈，我回家的时候，你们可没有这样子激动哦!"

"还吃醋?"爸爸笑着对妈妈说。

爸爸边说边朝孩子们跑来，看到星星在树上，急得大叫:"星星。小心!"

星星滑到树干离地面还有一米多高的地方，就被爸爸接住了，紧紧地抱在了怀里，星星紧紧搂着爸爸的脖子。

"长高了，重了，长结实了!"爸爸反复地说着这样一句话，眼泪在眼眶里打着转转。

爸爸放下星星，一把抱起了林林。

"长高了，重了，长结实了!"爸爸把林林抱在怀里，还向上举了举。

爸爸放下林林，向着海鑫伸开了双手。海鑫不好意思地说;"叔叔，我沉，跟石头一样沉。"

爸爸像搂林林一样一把搂住海鑫，把海鑫抱了起来，海鑫搂着爸爸的脖子，勾起了他对自己爸爸妈妈的思念，居然"哇"的一声哭了，哭着说"叔，我沉，你放我下来。"

"长高了，长结实了，还真跟石头一样沉，还哭了呵！谢谢你海鑫！你对星星的好，叔都记在心里呢！"爸爸放下海鑫，接着说："以后，你就把这儿当成家，遇上什么难事跟叔说，饿了，就来叔这儿吃饭。"

"嗯，谢谢叔！"海鑫连哭带笑的。

以前，星星觉得爸爸和妈妈还不如书本里的"圣甲虫"。她觉得圣甲虫妈妈和圣甲虫爸爸的身上凝聚着深厚的母爱和父爱。甲虫妈妈不会丢下自己的孩子不管，不会抛下孩子去很远的地方打工。甲虫爸爸也会为他们的孩子建设温馨的家园，辛苦地喂养那些还没有长大的小甲虫。此时此刻，星星还是觉得自己的爸爸最好，妈妈最好！甲虫的爸爸、妈妈再好，那也只是对它们的甲虫孩子好呢！

星星还是会经常做梦。

星星还是会做这样的梦，梦见自己变成了一只飞鸟，一只美丽的飞鸟！有着好看的红色羽毛的飞鸟，鸟儿的翅膀上闪烁着金色的光亮，健康而美丽，自信又快乐。她唱着清脆的歌儿，飞翔在九畹园的上空，自由自在地在梦境里飞呀飞，那该死的"咳嗽"再也不会来打扰她了，讨厌的"咳嗽怪"也消失得无影无踪了。

因为她把"咳嗽怪"打败了！

2

没过几天，爸爸就买回了一辆新车。

新车跟妈妈向他描述的一模一样。"福田时代"银白色的四轮小货车，双排座的。一家人围着小货车转来转去，爷爷用手抚摸着车身，从车头摸到车尾，又从车尾摸到车头，来来回回围着车子转了好些圈。

"林飞，花了多少钱？"爷爷问道。

"五万八。"

"车子好是好，就是花了大价钱了。"

"现在，政府鼓励农民做电商，助力振兴乡村，国家还有政策扶持呢！这个成本是要花的，等以后挣了钱，我们再买一辆小车。"

爷爷站在阳光里呵呵笑。

爸爸买了新车，就开始忙碌了起来，除了"飞燕土特产"收货和发货，村子里还有人找他拉谷子，拉莲子等，业务越来越多。爸爸每次去修梅镇街上寄快递的时候，每次都要给村子里的人带回很多快递邮件，挨家挨户地给人家送过去。

一天清晨，爸爸和妈妈站在二楼的阳台上，眺望着卧龙溪对岸的景色，连绵的山体下上千户的村落，青瓦白墙漂亮的民居沐浴在晨曦的光中，爸爸若有所思。

"燕子，我们在村口建一个村级服务点，专门为大家服务，收购、运输，还可以建一个"快递小屋"，你觉得怎么样？"

"好啊！我也曾经有过这样的想法，只是后来忙活起来就忘了这件事情。"

"我连快递小屋的名字都想好了呢！就叫'飞燕快递'！"

"飞燕快递，我喜欢这个名字！"

"我也喜欢。"

……

爸爸和妈妈说着话，脸上始终洋溢着愉快的神情。

☆　☆　☆

爸爸和妈妈依托国家的电商扶贫政策，在村口很快就建起了一个村级服务站点，在小屋内还挂有几块牌子，"金融扶贫服务站职责""临澧县电子商务公共服务中心"等。小屋有两间，一间储藏室，做仓库用的，一间是店面。妈妈从网上买回来放快递包裹的货架子，自己每天到村级服务站上班。

爸爸加盟了很多家快递，有申通、中通、圆通、百世汇通、顺丰、如风达、天天快捷等。在快递小屋，政府扶持了一台电脑，爸爸买回了一台打印机。

一个绿色的"飞燕快递"小屋就正式挂牌营业了。

爸爸说："现在好了，有了电脑，就有了一扇通向大世界的窗口，什么事情都好办了。除了做好自己的业务，还可以让村民上上网，查查资料，帮助大家搞个打印复印的，也不用跑到修梅镇的街上去了。"

爸爸还说无论我们做什么工作，不管是种田还是做生意，总之，各行各业都要有"为人民服务，为世界工作"的这种精神和热情，要兢兢业业，要有爱心和耐心，脚踏实地去干，就会克服一切困难，把事情做好！无论是"飞燕土特产"，还是"飞燕快递"，优质的服务是放在第一位的。全家人都赞同爸爸说的，为爸爸点赞。

"爸爸，以后节假日，我就可以帮助您和妈妈送快递啦。"林林说。

"爸爸，我也可以和哥哥一起送快递，我在学骑自行车呢！不过，家里只有一辆旧自行车，而且，那自行车也太大了，我只有站在自行车上才能踩着脚踏板。这辆自行车还是爷爷的，爷爷的自行车又老又旧，还老喜欢掉链子。而且爷爷那么高，我那么小，要站着才能踩着自行车跑，站着踩自行车实在是太费力气了……"以前不爱说话的星星，现在一说话就没完没了。

"拿重点说！"林林打断星星的话。

"每一句都是重点啊！哼！"哥哥打断了星星的话，她一脸的不高兴，头偏向一边，噘起了小嘴巴。

"你要是嫌弃这辆车子高大，那就归我一个人啦！"林林笑着说。

"你休想！"星星把头昂过来，朝林林做了一个鬼脸。

"你站着骑自行车要是学会了，爸爸就给你们一人买一辆新自行车。林林你可要好好教妹妹，只有教会了妹妹骑自行车，你也才能有一辆新自行车哦！"爸爸说话的时候，总是给人希望。

"爸爸说得对！哥哥只有教会了我骑车，才会有一辆新车哦！"星星得意地笑着。

"你虽然有点笨笨的，但是我肯定能教会你的。"林林虽然一直很宠自己的妹妹，有的时候还是会逗她玩。

"你！你！你也聪明不到哪儿去，要不你怎么会是我的哥哥呢？"

林林站起身，从堂屋推出了爷爷那辆又老又旧还喜欢掉链子的自行车，星星站了起来，来到院子里，斑鸠的鸟屋子挂在桂花树上，她朝树上的斑鸠眨了眨眼睛，跟在林林身后去林伯渠故居前的坪场学骑自行车去了。

水泥路通到了各家各户，林林和星星以后可以骑着自行车就可以把快递送到各家各户，前提是星星得学会骑自行车。

☆　☆　☆

奶奶走到石磨旁，石磨上放着一板豆腐，那是奶奶昨天打的新鲜豆腐，用一块干净的白纱布盖着，上面还压着一块豆腐板，板子上又压着一块大石头。奶奶说是要把豆腐里的水分压干一些，这样才会做出好吃的霉豆腐。

"燕子，你跟着我一起学做霉豆腐。"奶奶指着刚刚打回来的白嫩嫩的豆腐对星星的妈妈说。

"妈，我还真的是要跟您好好学学。"

"这个简单，最简单不过了。"奶奶笑着说："林飞，你也一块儿跟着我学。"

"好。"

首先，奶奶让爸爸到屋后的草垛上取来了一些干稻草。

奶奶褪去干稻草的一层外衣，露出金黄金黄的草茎，再用刀砍掉稻草的两端，一堆稻草就这样被打理得干净又鲜亮了。

爸爸和妈妈站在奶奶的身边，奶奶开始手把手地教爸爸、妈妈做霉豆腐。

爸爸搬开压在豆腐板子上的石头，拿开板子。奶奶用巴掌在白纱布上压了压，豆腐比原来紧实多了。奶奶让爸爸、妈妈用巴掌在上面压了压，感受一下豆腐的含水量。

奶奶把稻草均匀地铺在一个筛子里。揭开白纱布，把板子上的豆腐划成四方的豆腐块，然后拿起一块，在手心划成一小块一小块的，放在筛子里的干稻草上，放满了，就在筛子上盖上一块干净的白纱布，放在一个暖和干净的房间里，关上门窗，霉豆腐的第一道工序就算完成了。

"等白嫩嫩的豆腐自己开始长出一种细绒绒的绿色霉，再用适量食盐、辣椒粉、花椒粉、胡椒粉腌制，放入坛子里，等到食盐完全被霉豆腐吸收，霉豆腐散发出诱人的香味，就可以端上餐桌，成为一道美味的佳肴啦！"奶奶笑着说。

"什么事情都是说起来容易做起来难，看起来容易做好难，凡事都要自己经历过，从中摸索经验才是。"爸爸说。

"那就等豆腐自己长出绿色霉，我们再跟着您学。"妈妈对奶奶说。

"好好好！你们不学都不行。虽说腌制霉豆腐简单，但是，有的人腌制的就是不好吃，要把它做成美味，还得认真学。"

3

黄昏的时候，夕阳的霞光把凉水井渡亮得更加美丽而梦幻。

林林、星星和海鑫很多的时候都在一块玩耍，几乎每天黄昏的时候都要碰碰头。

星星一开始学自行车，是为了更好地锻炼身体。现在，学好了自行车，就可以帮助爸爸妈妈送快递了，这也是为人民服务呢！

"星星，我教你去学车。"林林说。

"好耶！"

林林从堂屋推出那辆老式的凤凰牌自行车，星星跟在林林后面，林林一飞身就骑上了车。

"哥哥，等等我！等等我！"星星在后面高声喊道。

林林和星星来到了林伯渠故居前的坪场上，这里是学习练车的好场所，坪场宽阔，而且一早一晚人也不多。

林林扶着车子，星星只能站在自行车上，可是双脚还没有站上去，就倒了下来。爬起来，还没站稳又倒了下来……林林心想也许海鑫可以教星星。可不，林林刚刚生出这样的想法，海鑫就从九畹园飞跑而来。

"林林，星星，你们这是做什么呀？"海鑫跑到他们的身边，从地上扶起星星。

"海鑫，你来得正好，你来教星星骑车吧！"林林从地上爬起来，拍了拍身上的灰尘，对海鑫说。

"林林，车子这么高，她也骑不上去啊，还是等星星长高了一些再学吧！"海鑫说。

"那可不行！海鑫，爸爸说我要是教会了星星骑自行车，就给我们一人买一辆新车。"林林说话的时候充满期待。

"海鑫哥，你教我，我坐不上去，我可以站着骑车啊！我看见过人家小孩子站着也能骑自行车的。"

"一定要学会骑自行车吗？"海鑫问道。

"对呀！学会了骑车，我就可以和哥哥一起帮爸爸妈妈送快递了。爷爷说这也是为人民服务呢!"

"你不怕摔跤?那可是要摔几个大跟头才学得会的。不过海鑫哥向你保证,不让你摔跤也要让你学会骑自行车。"海鑫说。

"海鑫哥教我,摔跤我不怕!"

"好吧!先上来,我带着你骑上两圈,让你感受一下。"

海鑫让星星坐在自己的前面,他骑着车子带着星星骑了几圈,林林可忍不住了,大声喊道:

"海鑫,这样是不行的,你必须得让她自己骑!"

"你急什么,学车得慢慢学!"

海鑫带着星星骑了几圈,才开始教星星骑车。星星骑着自行车不停地左右摇摆,海鑫个子高大,他用双手牢牢稳稳地扶着自行车,几圈下来,他虽然力气大,但还是累得满头大汗,衣背都湿透了。

林林站在旁边看着,一直给海鑫递眼色,示意海鑫松开手。

☆ ☆ ☆

第二天的黄昏,海鑫提前就来了。

"手轻轻地握着龙头就行,不要死死地捏着,胆子放大,不要害怕,全身放松,不要紧张,眼睛看着前方……"海鑫开始教星星一些要领和技巧,他当初教林林骑自行车的时候,也是这样教的。

星星觉得自己比昨天要骑得好很多了。不过,因为是站着骑车,踩着车的时候还是要上下用力,要不是因为海鑫在后面的推着,早就累得不行了。

海鑫把车子扶得稳稳地,星星没有摔一次跤。尽管林林在一旁使劲递眼色,示意海鑫松开手,那也是白白费了功夫。

"海鑫,你明天就不用来了,像你这样教法,星星永远也学不会。"回家的时候,林林偷偷对海鑫说。

"必须等星星熟练了才能松手的。"

"那你之前教我学自行车,还没有两圈你就松开了手的呀!"

"你不一样!"

"不都是学骑自行车吗,有什么不一样?"

"我告诉你啊!明天还得我来教星星!"

海鑫给林林扔下一句话,迈开大步回家去了。林林知道,海鑫是说一不二的。

☆ ☆ ☆

海鑫已经教了两个下午了，海鑫可是个好老师，骑自行车又酷又帅，他比林林骑车更有范儿。在学校，海鑫还参加了骑自行车比赛呢！得了第一名的好成绩。

第二天清晨，林林起了早床，他没有帮爷爷去扫地，而是叫上星星，从堂屋里推出爷爷的自行车，来到了林伯渠故居前的坪场上。

林林要亲自教星星学会骑自行车，他决定花上一个早晨的时间教会星星。等海鑫再见到他们，必然刮目相看。关键是自己教会了星星骑车，而不是海鑫！想到这些，林林在心里暗自窃喜。

林伯渠故居前的坪场上，林林把当初海鑫教他骑自行车的要领和技巧一一传授给星星。

"你的眼睛不要看自己的脚！看前方！"林林说。

海鑫教了星星两个下午，星星对自行车有了一些感觉，她抬起头看着前方。

"手握好龙头，不要抖动！"林林像一个教官。

"手轻轻握着龙头就行，不要死死地捏着，灵活一些，胆子放大，不要害怕，全身放松……不要紧张……眼睛看着前方……"

林林在后面悄悄松开了手。

星星骑着车子，骑出去好远，她以为林林一直在后面扶着车子呢。

"好……"忽然间，林林大叫一声好！并鼓起掌来。

星星听见叫好声，一回头发现林林不在车子后面扶着，心里一紧张，车子忽然摇晃起来，撞向了一棵大树。

4

人和车子倒下来的时候，星星的右脚崴了一下，脚背立刻肿得像一个肉包子，暂时是不能骑自行车了。

林林急忙跑过去把星星扶起来，星星的右脚不能落地，踩到地面就疼。林林真的是被吓坏了，背着星星一边哭，一边往家里跑。

爸爸和妈妈带着星星去医院做了检查，医生说骨头是没有受伤，没有什么大问题，但是脚也崴得不轻，必须在家静养，休息一段时间就会好的。爸爸妈妈从医院回来带着星星径直就直接去了汪爷爷家。

汪爷爷是有一名有名望的专治跌打损伤的中草药医生，祖传的秘方治好了不少的病人呢！汪爷爷认真地看了医院扫描的片子，轻松地笑着说："没事，我给你敷上草药，每天坚持吃中药丸子，很快就会好的。"

"嗯。"星星点了点头。

家里的人也都没有对林林说些什么责备的话，不过，林林的心里非常自责，他忙前忙后地照顾星星。

星星的右脚缠着纱布，一个人仰面躺在桂花树下的睡椅上，高远的蓝天飘着几朵白云，蓝天白云下的桂花树显得精神抖擞，每一片叶子都发射着光芒。

鸟屋子挂在这棵神采奕奕的桂花树上，这几个月来，斑鸠似乎比原来长大长胖了一些，羽毛柔顺而有光泽。斑鸠昂着好看的脑袋，目光透过树叶的缝隙向上望着。

远远地，远山的森林，似有似无地传来几声斑鸠的叫声。斑鸠走出了鸟屋子，在树冠里穿来穿去，穿过树冠，跳上了树颠。

繁茂的枝叶遮挡了星星的目光，星星想站起来，"哎哟！"一声又躺回到睡椅上。她真的希望斑鸠能飞向天空，飞向远山的树林，向着那远远地似有似无的同类的声音飞去。

斑鸠从树颠又回到了树冠里的鸟屋子里，桂花树的叶子在晃动，金黄色的桂花像桂花雨一样纷纷落下……

星星刚刚从心底升起来的希望，像桂树上金色的花朵一样，纷纷落了下来。她仰望着树上的斑鸠，心中又生起一些飞翔的联想。因为，每次只要传来远山森林的斑鸠的叫声，她的鸠咕就会兴奋和激动，虽然那种激动和兴奋是短暂的，星星还是会感到很快乐。

"鸠咕呀鸠咕，你难道真的忘记了飞翔？鸠咕，你是一只鸟，一只飞翔的鸟。鸠咕，你一定没有忘记飞翔吧！鸠咕，你是一只勇敢的鸟，你是一只飞翔的鸟……"

"星星，脚好些了吗？"汪爷爷是专程来给星星换药的。

"汪爷爷，没有昨天那么痛了。"

"那是当然，爷爷的草药可厉害了。"

"谢谢汪爷爷给我换药！"星星微笑着懂事地说。

"哎哟，还跟爷爷这么客气！"

汪爷爷给星星换了药，抬头看了看树上的斑鸠。

"汪爷爷，林林哥和海鑫哥说斑鸠的伤势早就好了，只是它已经习惯了被我养着，说斑鸠不愁吃也不愁喝的，所以，它变得懒惰了，不想回到原来的森林里去，忘记飞翔了。要不就是上次摔了跟头，变得懦弱和胆小了。可我不相信它是一只懦弱胆小的鸟。"星星说话的时候，一直睁大眼睛看着汪爷爷的眼睛，她想从汪爷爷的眼睛里读到她想要的信息。

"飞行，是鸟儿的天性，它不会忘记飞翔的，应该是它的伤还没有完全好呢！斑鸠可是特别聪明的鸟，上次跌落池塘的事情，它应该还记着呢！"汪爷爷耐心地说。

"汪爷爷您说得对，鸠咕要是听见远远地斑鸠的叫声，它都会很兴奋。"

"它比你还要急着起飞。"

"真的吗？"

"当然是真的啦！它的心早已起飞了。"

"真的？"

"爷爷怎么会骗你。"

5

海鑫写完作业，陪着星星在桂花树下说了一小会儿话，是关于新学期开学的话题，林林也开始收拾开学要带到学校里去的作业和书。

下午，太阳还没有落山，妈妈就从"飞燕快递"小屋回来了，比往日提早回来。妈妈一到家就忙着帮林林整理开学要带到学校去的东西，从衣柜里拿出林林的衣服和床上用品，还有洗脸毛巾、牙刷牙膏、鞋子之类的。

晚饭后，奶奶一遍又一遍地检查林林行李，生怕漏掉了什么。黄昏的时候，林修梅的广场飘扬起欢乐的音乐，奶奶没有去跳舞，妈妈也没有去。一家人坐在灯下讨论着开学的事情，爸爸决定去学校给星星报名，先把名报上，然后再向老师请假。大家一致通过，觉得爸爸的方法可行。

星星不说话，她看着自己的脚，早不崴脚，晚不崴脚，偏偏这个时候崴脚。她要去上学，她不想待在家里。

"星星，你的脚一好，我们就去上学，爸爸妈妈都去送你，明天去给你报名，再读一年三年级好吗？"爸爸问星星道。

"爸爸，我要读四年级。哥哥把三年级落下的课都给我补习过了，我通过哥哥的考试了。哥哥还把四年级的课给我预习二分之一了呢！"星星不想读三年级，她坚持要读四年级。

"那好吧！我明天就给你报四年级，不过你都休学一年多了，不知道老师那里能不能同意。"

"爸爸，要不这样，您先给星星报名，若是成绩优秀，能通过学校测试，老师说可以跟班就读。让他们出题，给星星考一次。"林林说。

"我和你明天都送孩子去上学，星星也去，我背着她。如果真的要考试，当场就能考。"妈妈说。

"这样好！"

"只要让我们家星星考试，星星就一定能考上。"奶奶笑着说。

"这对星星来说，还不是坛子里抓乌龟的事情，稳当当的。"爷爷给星星竖起大拇指。

大家一致赞同，星星也很乐意参加考试。她明天又可以走进校园了，心里充满喜悦。

☆ ☆ ☆

新学期开学了。

一家人带着海鑫一起坐上新车来到学校。

星星没有想到原来教她的班主任林老师，她又回到现在的学校了，觉得自己和林老师特别有师生缘分！而且，新学期仍然当四年级的班主任。师生相见，分外惊喜。星星向林老师提出申请，希望能参加考试，若成绩合格，她可以跟班就读。

林老师很高兴，特意为星星安排了一场考试。林林和海鑫报完名，妈妈扶着星星进了学校的考场，并且顺利地通过了考试，一家人都为星星感到骄傲，休学整整一年了，居然通过了三年级的考试，星星很开心！多亏林林一直给星星补课呢！

爸爸是一个信守承诺的人，买回了三辆新自行车，想不到吧！爸爸给海鑫也买了一辆新自行车。林林和海鑫的自行车是天蓝色的，星星的自行车是玫瑰红，都是永久牌的老牌子自行车。兄妹俩可开心了，就是海鑫总觉得不好意思，汪爷爷硬要给爸爸钱。爸爸说："海鑫，你对星星那么好！我要是拿钱那就见外了！"

"海鑫哥，你就收下吧！你可以骑着新车载着我兜风玩啊！"星星说。

"你就知道玩。海鑫，收下吧！以后，我们可以一起送快递啊！"林林看了星星一眼，对海鑫说道。

"那好！谢谢叔叔！我以后可以和林林、星星一起送快递。"海鑫笑着说。

"哈哈！那还是叔叔赚了。"

之后的周末，黄昏时分，凉水井的村子里，九畹园的田野上，卧龙溪畔……海鑫和林林骑着自行车飞驰。

星星看着属于自己的玫红色自行车，心里喜欢，希望自己的脚快点好起来，早点学会骑自行车。不过，林林和海鑫会载着星星，他们从妈妈的"飞燕快递小屋"领了快递包裹，送到各家各户。

二十五　摘茶子

1

凉水井的深秋，天高气爽，和风吹拂。

开学快一个月了，星星崴伤的右脚好得差不多了。但是，妈妈还是不让她去学校，必须完全康复了才能去上学。星星每天只好待在家里，因为，走起路来脚还是有点跛，还得依靠那根茶木拐杖。

漫山遍野的油茶果成熟了，又到了一年一度摘收茶果的季节。

学校也放了国庆长假。星星一家人吃过早饭，林林和爷爷从三楼阁楼的墙壁上拿下来一直闲置在那里的茶籽篓，木钩子。茶籽篓一人一个，木钩子一人一个，爸爸拿出箩筐，妈妈拿出十几个蛇皮袋子，采摘茶果的工具都准备齐了，放进了爸爸的四轮车厢里。奶奶拿了几个凉薯放进了茶籽篓，说凉薯既能当午饭吃，又能解渴。

"奶奶，我也要跟着你们一起到山上去。"星星提着鸟屋子，站在桂花树下，看着忙碌的一家人。

"你别去，一个人和一只鸟就在家里待着。"林林等不及奶奶答应，抢先笑着说。

星星懒得搭理哥哥，跑到爸爸身边，拉着爸爸的袖口，摇着爸爸的手臂说：

"爸爸，爸爸，我也要跟着你们一起到山上去摘茶果，你看，我的脚好了，都可以跑了。"星星说着，就在院子里小跑了几步。

"好了！好了！不跑了，来，你先到车厢里等着。"爸爸一边说，一边把星星举到头顶，放进了四轮货车的车厢。

林林、爷爷和妈妈都爬进了车厢，奶奶坐在爸爸的副驾驶上，爸爸发动了车子，向着前途山油茶林的山岗开去。车子开到村口，便遇上了汪爷爷和海鑫，还有村子里的阿姨叔叔，但大多数都是爷爷、奶奶们，爸爸停下货车，把这些人都带上，装了一车的人。

"哎哟！这孩子长得可漂亮了！"张阿姨说。

"林林，长得比你爸帅多了。"大林爷爷说。

"星星，你可真有本事，听说你把这只死鸟都救活了。"李奶奶说。

"海鑫，你每天吃几碗饭啊，长得真壮实！"张大伯说。

……

这些大伯大妈、爷爷奶奶们的话连珠炮似的，星星、林林和海鑫根本说不上话。他们平日里各做各的事，这一扎成堆和孩子们打起招呼来，可真是来劲，后来就开始家长里短的，人人都恨不得把闷在肚子里的话倒豆子似的全倒出来，满满一车子的欢声笑语。

2

很快，爸爸的车子就开到了油茶林山岗，爸爸把货车靠边停在大路旁，大人们从货车车厢里跳下来：

"林飞，回家的时候记得叫唤我们一声，把人和茶果一起运回家啊！"

"好嘞！我到时按三声喇叭，你们听见车喇叭响三声，就出茶树林子，我在公路上等你们。"

于是大家全钻进了各自的茶树林里。

茶树林里干净敞亮，茶树底下的杂草和荆棘早已砍得干干净净了，只等着茶果成熟来摘茶果。

海鑫和汪爷爷也钻进了他们自家的油茶林里。

爷爷把星星抱下了车子。说：

"星星，你就和你的斑鸠一起玩，我们摘茶果去了啊！"

"星星，别乱跑啊！小心你的脚。"妈妈对星星说。

"妈妈,我也可以爬树摘茶果啊!"

"别上树,你的脚还不能使力! 要不然,你就准备这个学期接着休学。"妈妈一边警告星星,一边爬上了公路下坎的一棵茶树。

"星星,听妈妈的话。"奶奶说。

☆　☆　☆

万亩油茶林山岗,岗岗相连,连绵起伏。满山岗都是人,一下子打破了往日的寂静,开始热闹起来,惊得茶树林里的鸟儿一群群起飞。

星星抱着斑鸠,抬头仰望着树上的油茶果。在那绿得发亮的树叶里,红红的茶果,像喝足了油一样,圆溜溜油亮亮的,压满了枝头。看着它们,内心的那种愉悦自然全都写在脸上了。

"我不上树,我在下面摘茶果总可以了吧!"星星抬头对树上的妈妈大声喊道。

"自己小心!"妈妈嘱咐星星。

星星把鸟屋子挂在公路下坎的一棵茶树的矮树枝上,打开鸟屋子的门,对斑鸠说:

"鸠咕,你就自己玩吧,记得试着飞起来啊!"星星看着斑鸠,朗诵了一遍这首童诗:

> 再试一次,
>
> 再试一次,
>
> 别灰心,
>
> 你会飞上天,
>
> 别灰心,
>
> 天空这样明媚,
>
> 天空这样蔚蓝,
>
> 你别苦着脸!
>
> 你再试一次,
>
> 你会的,
>
> 你会飞上天!

斑鸠从鸟屋子里走了出来,在油茶树的矮枝上跳来蹦去。

星星走到一棵矮小的茶树前，把茶树上的油茶果子一个一个摘下来，放在茶篓子里。她把茶篓子挎在胸前，在离地面很低的茶树枝上采摘茶果。

林林站在茶树的枝丫间，看着这被茶果压得弯下来的枝条，心里一激动，情不自禁一边摘茶果，一边哼起了歌谣。树枝上近处的茶果林林伸手就可以摘，远处的茶果，他就用木钩把茶树枝勾到胸前，然后一只手拉着树枝，一只手摘着树枝上的茶果。

不一会儿，林林从一根茶树枝上就摘了多半篓茶果。他从树上滑了下来，把茶篓里的茶果倒进蛇皮袋子里，用刀砍了一根长长的竹篙，爬上树颠，稳稳地站在茶树的枝丫间，用竹篙抽向茶树枝，只听见"唰啦唰啦"的响声，树枝高处的茶果应声落地，吧嗒吧嗒落了满满一地的茶果，在地上滚来滚去。

"星星，掉下来的茶果你来捡吧！"林林在树上大声喊道。

"好，我来了！"

"林林，快下来，不能这样抽打茶树！"爷爷滑下树来，来到林林的那棵树下大声喊道。

林林听见爷爷的叫喊声，停止了抽打茶树，把长长的竹篙从树上抛了下来，自己也从高高的树枝上滑了下来。

"爷爷，要是不用长竹篙抽打树枝，那高处的茶果也摘不到啊！"

"那也不能抽打茶树枝，这样损坏了茶树枝，明年的枝条少了，哪里还有树枝结果子呢？这样就会减产的。再说，你看你这样抽打茶树，树枝都断了，茶树也会疼，会伤心，会生气，还会生病呢！生了病的茶树，明年还会结出更多更大的茶果吗？"

"爷爷，听您这样一说，很有道理啊！我再也不抽打茶树了，可是，爷爷，越是高枝上的茶果又大又圆呢！"

"没有关系的，晒几个日头，茶果笑开了嘴，茶籽就落下来了，到时再来捡茶籽就好了。"

林林听完爷爷的话，把长长的竹篙砍成了几节。

"每一棵茶树都是宝贝。茶籽可榨茶油，茶油透亮喷香，像液态黄金似的漂亮，油色清亮透明，营养丰富，养肝养眼，耐储藏。茶饼又是最好的肥料。我们要好好爱护这些茶树，而且，还要把有几亩荒地也要开垦出来，种上茶树苗。"

爷爷在茶树下和林林、星星说了一会儿话，爬上一棵茶树摘茶果，同时收获着劳动的喜悦。

3

油茶树的枝条柔软而坚韧，哪怕是一根比孩子的手腕还小的树枝，也能承载人们站在枝丫上的重量。林林和爷爷、爸爸、妈妈、奶奶都穿梭在树枝间采摘果实。

星星在树下捡着林林刚刚打下来的茶果，看着那些紫红色的茶果，圆圆的，光溜溜的，不论拽在手上还是滚动在地上，都让星星爱不释手，喜欢得不得了。

星星捡完林林刚才打下来的茶果，来到爸爸的一棵树下。爸爸攀爬在一棵高大的油茶树上，这棵油茶树枝叶茂盛，枝条错综盘结。星星站在树下抬头仰望，树枝遮天蔽日，看不见天空，只是从绿油油的枝叶间漏下斑驳的光亮，很是好看。

"爸爸，这棵树好高好大啊！"星星在树下仰着头喊道。

"因为，它是茶树之王！"爸爸在树上回答星星，接着喊道：

"星星，站远一点，别在树下抬头看，免得树皮渣浮掉到眼睛里去。"

星星退到离树蔸远一点的一个土堆上，仔细观察这棵茶树之王。其实，它不是一棵树，而是在一株茶树根上长出来的两棵树，两棵树干的低矮处各分出八九根枝条，像一片树丛，树上结满了沉甸甸的茶果。

"爸爸，它就是茶树之王？"星星觉得它像一个古老的童话。

爸爸摘了满满一篓茶果，从树上往下滑，茶篓子偏了一下，里面的茶果吧嗒吧嗒地散落下来。爸爸赶快扶正了篓子，从矮枝上一纵身，双脚稳稳地踩到了地上，一边将茶篓里的茶籽倒进箩筐里，一边笑着对星星说：

"对，它就是茶树之王，那年开挖油茶林山地的时候，我在家，这片茶树林是爸爸妈妈和爷爷奶奶亲手栽种的，我们保护了这片茶树林，这棵上百年的油茶树就保留了下来。你看，像那些高大的油茶树都是老油茶树，油茶树的寿命可长了。"

"所以，吃茶油也会健康长寿。"

"吃了茶油，眼睛特别亮。"

爸爸和星星正说着话，妈妈和爷爷奶奶还有林林，一家人都聚到一起来了，他们都来到了茶树之王的树下。

奶奶拿出凉薯，这深秋的凉薯最好吃，又脆又甜，水津津的。林林从油茶林里摘了十几条成熟的八月瓜。林林对这片山岗太熟悉了，哪里长蘑菇，哪里长野果子，他一清二楚。

一家人有的吃着凉薯，有的吃着八月瓜，一边吃一边快乐地说着话，说得最多的就是这片油茶树和茶树之王。爷爷说这棵茶树之王，每年都可以摘十担以上的茶果，为爸爸小时候读书交过学费，也为星星治病交过医药费呢！现在，这满山遍野的油茶树，可成了农民发家致富的摇钱树呢！

油茶树的生命力特别顽强，生长过程不需要特别的照料，以前常是自生自灭，顺其自然。而且油茶树的寿命很长，哪怕是遭受山火焚烧的灭顶之灾，也能在砍去树身的树蔸上长出新芽，三五年后还能结果。茶树的生长从不挑三拣四，不论是肥沃的黑土地，还是贫瘠的黄土地，都能尽情地生长。

茶油，被人称为纯天然绿色食用油，不仅营养丰富，还饱含植物的多种氨基酸。人们长期食用，可以延年益寿，耳聪目明，身体健康。如今，临澧县大力开发油茶种植，创建中国油茶之乡，成为农民朋友脱贫致富创业的好路子。去年，一斤茶籽买到十多元一斤，一斤茶油可以卖到五十元到六十元呢！今年油茶价格会更加好！有了"飞燕土特产"，凉水井的茶油就要从这山岗飞出去啦！

爸爸说茶树有一种精神，它不求回报，用自己顽强的生命力创造有用的价值，造福人类！

"我现在更加喜欢油茶树了。"星星听了爷爷和爸爸一席话，由衷地说。

"爷爷，我以后再也不用竹篙抽打油茶树了，摘不到的茶果就让它在高高的枝上自己爆裂，再来树下捡拾茶籽。"林林为刚才用棍子抽打茶树而感到愧疚。

4

星星一家人在茶树之王的树下吃了一顿简单的午饭，稍稍休息了一下，又开始爬上茶树摘茶果。

他们从树上摘下一篓一篓的茶果，倒进树下的蛇皮袋子和箩筐里。慢慢地，蛇皮袋子就鼓了起来，箩筐也装满了，爸爸把茶果挑到公路旁货车的车厢里。

爸爸运送完摘下来的茶果，又爬上了茶树之王，林林这时也从一棵小茶树上滑了下来，爬上了茶树之王。星星在树下抬头望着树上的爸爸和林林，很是羡慕。林林身手灵活，他攀着一根枝条一荡，就荡到了另一根枝条上，像荡秋千一样。星星要不是腿脚不方便的话，她也可以爬到树上摘茶果，荡秋千了。

"咕咕……咕咕……"

忽然传来了斑鸠的叫声，星星循着声音的方向望去。看见斑鸠飞上了一棵茶树的树巅上，对着远山叫着，声音洪亮而悠远。

"奶奶，斑鸠起飞了！妈妈，斑鸠起飞了！哥哥，斑鸠起飞了……"星星一阵惊喜，大声告知每一个人。

斑鸠扑棱棱一声，从高枝上飞了起来，飞上了茶树之王，斑鸠落在高高的树颠上，对着远山"咕咕"地呼唤。

"咕咕……咕咕……"远山传来了斑鸠的回应。

"咕咕……咕咕……"斑鸠彼此回应着。

"斑鸠真的可以飞起来了呢！"星星拍着巴掌在树下欢呼，可是，她拍着拍着，就默默地流着眼泪。

"星星，你不是天天都盼着鸠咕能飞起来吗，怎么鸠咕飞起来了，你不开心吗？"

"妈妈，我舍不得鸠咕飞走。"

"可是，鸠咕飞上天是你的心愿啊！"

"妈妈，我是开心才流眼泪的。"

"对！不要难过，你对鸠咕那么好，它会记得你的。"

斑鸠从茶树之王的树巅上又飞了起来，飞向了远处的一棵茶树。

星星在茶树林里，追着跑着，不停地喊着：

"鸠咕……鸠咕……鸠咕……"

☆　☆　☆

斑鸠飞过了一座山岗，一直向着远山飞去。

星星在茶树林里，六神无主地来回走着。此刻，她的心里空落落的，她的鸠咕居然不和她告别就飞走了，星星有些伤感。

收工的时候，爷爷和妈妈帮着把摘下来的茶果运送到公路上，林林还在茶树之王的树上不舍得下来，不愧是茶树之王，每根枝条都结满了茶果，茶果又大又圆，爸爸在这棵树上摘了大半天，还没有摘下一半的茶果来，树上的茶果还多着呢！看来，明天还得来采摘。

"林林，下来！"奶奶在树下喊。

林林从茶树之王的一根枝条上滑了下来。

"奶奶，树上还有好多茶果。"

"明天再来摘，这棵茶树一个人摘两天都摘不完的。树枝高处的就让它留在树上，风吹日晒的，等到茶果晒裂，爆出里面黑硬的茶籽，茶籽掉落下来，再来茶树底下捡茶籽。"

爸爸在公路上按响了车子的喇叭，长按了三声，这是爸爸和村子里的摘茶果的爷爷、奶奶、伯伯、阿姨们说好的收工暗号，他们听到三声喇叭，就是收工了。

"星星，回家啰。"林林招呼道。

星星的心情复杂，她为鸠咕能飞上蓝天而开心，又因为鸠咕的不告而别无精打采，她坐在茶树之王的树蔸旁，听到哥哥叫她，才默默地站起来。

"奶奶，鸠咕飞走了。"星星的眼睛里含着一窝亮闪闪的泪珠子。

"飞走了好啊！你不是经常给它读诗歌，你会的，你会飞上天！怎么，鸠咕真的飞上天，你舍不得？"这一回奶奶说话不紧不慢。

"我就是心里难过。"

奶奶拉着星星的手，向着公路走去。摘茶果的人扛着大袋大袋的茶果，陆陆续续都从茶树林里钻出来了。

星星和奶奶走到公路的下坎，星星一眼望去，忽然看见挂在茶树上的鸟屋子，她的眼睛一亮，心里一阵惊喜，跑向鸟屋。

"奶奶，您看鸠咕！"

不知什么时候，斑鸠又回到了鸟屋子里。星星取下鸟屋子，心情一下子晴朗起来，有一种失而复得的幸福感。大人们把摘的茶果都搬进了货车的车厢，爸爸发动了车子。

大家在回家的路上七言八舌地谈论着今年的油茶，奶奶说今年的油茶丰收啦，大家的收成都不错，打了茶油需要卖的，可别忘了有"飞燕土特产"。奶奶真是什么时候都不会忘记宣传妈妈的电商生意。

"要说丰收啊！你们山地的那棵茶树之王可要抵上人家的一个山头，那可是你们家的摇钱树啊！"李奶奶笑着说。

"你们看这满山岗的油茶树，棵棵都是摇钱树呢！"奶奶哈哈大笑着说。

二十六　传承

人事有代谢，

往事成古今。

江山留胜迹，

我辈复登临。

一个风和日丽的日子，爸爸妈妈和孩子们一起走进林伯渠生平陈列馆。林伯渠生平陈列馆是青少年接受爱国主义教育、革命传统教育的重要场地。在这里，父母和孩子们怀着无比敬仰的心情，深入地了解和学习林伯渠爷爷不平凡的人生历程，瞻仰林伯渠爷爷的丰功伟绩。

林伯渠生平陈列馆致力于传承红色革命文化与发扬革命精神，讲解员用生动的语言、真挚的感情为孩子们介绍了林伯渠同志的革命奋斗历程与革命事迹，以丰富的讲解内容来传播红色文化精神，将红色文化精神的种子播进了孩子们的心田。

林林、星星和海鑫在林伯渠生平陈列馆里，追寻红色记忆，传承革命精神。他们深受鼓舞，立志发扬红色传统，传承红色基因，林伯渠生平陈列馆是孩子们思想的高地、文化的殿堂、精神的家园、文明的窗口。

星星心潮澎湃，她暗下决心，要做一个身体健康、品学兼优的好孩子，为自己的梦想扬起风帆。

林林和海鑫纷纷表示，一定要向林伯渠爷爷学习，发奋图强，将来做一个为人民服务、为世界工作的人。

爸爸妈妈和孩子们走出林伯渠生平陈列馆，耳边久久回荡林伯渠洪亮的声音："中华人民共和国中央人民政府成立典礼开始!"回荡着毛主席向全世界庄严宣告的声音："中华人民共和国中央人民政府今天成立了!"他们走在林伯渠小道上，轻轻唱响了《马灯赞》：

"林伯渠，你是长征路上飘扬的红旗。林伯渠，你是追梦路上不灭的马灯。走进宁静的凉水井，凝视这锈迹斑斑的马灯，黑夜里热融岷山千堆雪，风雨中光照草地万里泞……"

马灯，指引光明。
算盘，积累财富。
拐杖，跨越千山。

2

夜晚，星空璀璨。

月亮又大又圆，像一张煎饼贴在凉水井青灰色的天幕上，月亮的光辉洒在院子里。

平时宽敞干净的院子，如今铺满了丰收的茶果，中间只留出一条一尺来宽的小路。那些酒红色圆溜溜的茶果一直铺到了桂花树下和篱笆边，整个院子都弥漫着山野和茶果的清香。

星星一家人坐在院子里有说有笑，享受着一天下来难得的清闲。说清闲只是相对的，其实也不清闲呢! 铺在院子里的茶果，最早采摘的那些茶果晒了几个大太阳，就都爆裂了，露出了黑油油的茶籽。

大家怎么能错过这么好的月光呢! 他们坐在院子里，在月光下选茶籽，将选出来的茶籽放进身边的筐篓里，茶籽壳堆在一边，到冬天的时候，茶籽壳可以用来熏腊肉和腊豆腐。

林林进屋给爷爷、奶奶、爸爸、妈妈每人倒了一杯茶，坐在爷爷身边。

星星喜欢选茶籽，特别是在夜晚明亮的月光下选茶籽，有一种说不出的神秘的感觉，像童话里的那种味道。

爸爸说今天和孩子们一起参观了林伯渠生平陈列馆，看着林老用过的马灯、拐杖、算盘，很受启发，鼓舞了自己。

"我相信幸福是奋斗出来的，要撸起袖子加油干！"爸爸说这话的时候，对着大家举了举他握紧的拳头。

"我们回家创业，就得撸起袖子加油干！"妈妈信心满满地说。

爷爷站起身走进屋，不一会儿，爷爷从屋里出来，手里拿着一把老算盘，他走到爸爸身边，说：

"林飞，你们回家创业不容易！现在，我把这把算盘交给你来保管。你们知道林伯渠生平陈列馆有三宝，林老用过的算盘是一宝，我们家也有一宝。虽然，现在用不上算盘，只要打开手机里的计算器，计算起来简单、方便还精准无误。但是，我希望你们不忘初心，善于理财，懂得勤俭节约，精打细算，细水长流。"

"谢谢爸爸！我会记住您的教诲，好好保管这把算盘，这就是我们家的传家宝，我们要一代一代传承下去！"爸爸从爷爷手里接过算盘。

"林飞，你跟我进来，我还有东西要交给你。"爷爷笑着对爸爸说。

爸爸抱着算盘，跟着爷爷走进里屋。

林林和星星，还有奶奶和妈妈，大家都跟着爷爷走进了里屋。

爷爷走进他的房间，打开一个老式的书柜，抱出一抱他最爱惜的书籍，有精装本的《林氏族谱》五卷，有《林伯渠影像纪念册》，还有平装本的《林伯渠传》《林伯渠的青少年时代》《风云林伯渠》《生态文明建设十讲》《农业环境保护》等。

爷爷把书交给爸爸，说：

"这些书籍都是我们家的传家宝，我反反复复读过很多遍了，那些字句都落在心窝里了。现在把这些书籍交给你，你要用心来读，将来一代一代传承下去。"

爷爷从那堆书籍里拿出一本《生态文明建设十讲》接着说：

"这本书你要认真读一读，'环境就是民生，青山就是美丽，蓝天也是幸福。要像保护眼睛一样保护生态环境，像对待生命一样对待生态环境，把不损害生态环境作为发展的底线。在生态环境保护问题上，就是要不能越雷池一步，否则就应该受到惩罚。'我做了一辈子的环境卫生工作了，深有体会啊!"

爸爸抱着算盘和书籍,沉甸甸的。他感觉到从爷爷手里接过来的是一种责任,一种担当,一种传承,他决定将这种精神发扬光大,一代一代传承下去。他的内心被一种精神鼓舞,他的灵魂被一种阳光照亮!

二十七 飞翔的星星

梦是可以飞翔的!

星星梦见自己变成了一只飞鸟,一只美丽的飞鸟!有着好看红色羽毛的飞鸟!鸟儿的翅膀上闪烁着金色的光亮,她健康而美丽,自信又快乐。在梦里,她像鸟儿一样唱着清脆的歌儿,飞翔在九畹园的上空,飞翔在蓝天上,仿佛她的翅膀有无穷的力量,穿过白色的云朵,飞向云霞漫天的天际……

星星推开小窗,放眼望去,漫山遍野的油茶花铺天盖地地盛开了。真有"忽如一夜春风来,千树万树梨花开"的气象。

油茶树是一种神奇的树,它的根须和枝条仿佛永远流淌着清亮的茶油似的,一年四季油茶树的叶子都是绿油油的,即使人们摘走了满树圆溜溜的茶果,它的每一片叶子照样光鲜得翠绿欲滴。

凉水井的人们将山岗上的茶果摘收之后,等不到几日,树上的油茶花就盛开了。一开始,一朵两朵三朵五朵地开放,碧绿的枝叶上如琼葩点缀,可是,这还不到几日,就像絮雪铺满了山岗,将天边也浸染得洁白如雪了。

这段时间,星星最快乐的时光莫过于油茶花盛开的日子,无论天气怎样,这和心情无关。阴雨天有阴雨朦胧雾里看花的韵味,晴天有光芒耀眼花团锦簇的灿烂。星星吃过早饭,就抱着斑鸠往茶树林子里钻,往洁白的花丛里钻。她时而在茶树林里奔跑,时而在花丛中陶醉,油茶林自然成了她和斑鸠的乐园。斑鸠时而在茶树的枝梢上跳跃，时而又从花影里起飞。

油茶花开的周末，油茶林里更加热闹和欢乐起来。

吸吮花蜜，星星觉得那才是最惬意的事情，也是最浪漫的享受。星星、林林和海鑫从山坡上折断些蕨草的茎秆。蕨秆中空，可以做成吸管，插入花蕊深深一吸，香涩清甜的花蜜便被吸入口中，流入生命里，别提有多快活！就连斑鸠也会把它那尖尖的小嘴伸进一朵花蕊里，享受着大山恩赐的甜蜜和芬芳。

孩子天生不知道劳累和疲倦，有的时候，他们在花蜜的滋润和甜香中忘记了时间，直到山神收走了夕阳的余晖，绵延的山岗下村庄的屋顶开始升腾起袅袅炊烟，收工的奶奶站在九畹园的田野上喊破了嗓子，星星、林林和海鑫才一步三回头，恋恋不舍地钻出了油茶林。

下山的时候，星星总是要摘下几朵茶花，戴在小辫子上。

2

"孩子身上的每一个细胞，每一块骨头都藏着生命的生机。"这是汪爷爷说的。

星星右脚的伤势恢复得很快，在这些日子里，星星觉得自己的身体越来越身轻如燕了。她的胆量也大了起来，不再害怕走夜路，不再害怕一个人去山岗上的油茶林。她不仅可以自由地在九畹园的田野上奔跑；还可以健步如飞地爬上前途山，在茶树林里啜饮花蜜；又可以敏捷灵活地攀爬窗外的桂花树，迎着日出背诵课文。

星星最兴奋的是斑鸠的伤势也完全恢复了，可以自由地飞翔了！

星星心想，斑鸠只是不舍得离开自己而已，就像她舍不得和斑鸠分开一样，心有灵犀呢！

现在，无论什么时间，斑鸠的鸟屋都是敞开着的。斑鸠从鸟屋飞了出去，星星喜欢看着它飞向天空的样子，身形矫健，自信而快乐。不过，很多的时候，斑鸠在天空飞旋几圈又飞回来了。当然，有的时候也有例外，飞出去好半天不回来，但是，每当夕阳西下，斑鸠就像一个在外面玩够了的孩子，天黑前都会从外面飞回来，飞回家来。

无论什么时间，要是星星想斑鸠了，只要星星放开喉咙呼唤：

"鸠咕……鸠咕……鸠咕……"

无论斑鸠在哪儿，它好像都能听得见。有的时候，星星看着它从九畹园的田野上空飞回来；有的时候，星星看着它从前途山油茶林的上空飞回来。斑鸠最喜欢去的地方，就是林伯渠爷爷故居前的那颗功勋树。它飞落在功勋树那高耸入云的树梢上，喜欢在树梢上跳跃，喜欢在云端里唱歌，喜欢从那高高的树梢上起飞，一次一次地起飞。

斑鸠飞上功勋树，有时对着山林"咕咕……咕咕……"地叫着，它好像永远只会发出重复着的这两个字的声音，有时也会听见山林那边有同类的回应声，还会引来三两只斑鸠在树枝上飞来飞去，"咕咕……咕咕……"地说着话，跟老朋友见面叙旧一样。

无论斑鸠玩得有多开心，只要听见星星呼唤"鸠咕……鸠咕……"它就会从功勋树上飞回来。但无论如何，斑鸠是不会一去不回的。

鸟屋是斑鸠的家。

星星是斑鸠的亲人。

星星爬上桂花树，从树上取下鸟屋，给斑鸠喂水、喂食。然后，提着鸟屋上楼，把鸟屋搁在窗台边的书桌上……

睡觉的时候，星星看着斑鸠的眼睛，微笑着说：

"晚安，我的星星。"

3

天底下没有不散的宴席。

星星要回到学校去上学了。

斑鸠应该回到属于它的森林。

这是一个闪耀着光芒的下午。

凉水井绵延的油茶山岗繁花似锦，花团锦簇。

星星穿上了红白相间的漂亮校服，戴上了久违的红领巾。她是那样青春活泼，那样精神焕发！爷爷和奶奶，爸爸和妈妈，林林和海鑫，还有汪爷爷，大家都聚集在星星家的院子里，他们要给斑鸠的重生一种仪式，给斑鸠的飞翔一种仪式。从某种意义上来说，是真正放飞斑鸠回归山林。

星星朝桂花树上的鸟屋望去，鸟屋的门敞开着，斑鸠不知道飞到哪儿去了。

星星面向功勋树的方向，右手举过头顶，呼喊起来：

"鸠咕……鸠咕……我的鸠咕……"那悠扬的声音就像长了翅膀一样，飞去很远很远。

"鸠咕……鸠咕……我的鸠咕……"山谷那边传来一声一声的回应。

远远的，大家看见功勋树的上空，从白云里出现了一个飞翔的点，向着他们飞来，越来越近，越来越近。

斑鸠飞落在星星的跟前，星星弯下腰，双手抱起了斑鸠。

星星给斑鸠喂了水。

星星走进屋里，端出一个碟子，那是她给斑鸠喂食的碟子。碟子里有绿豆、大米和粟米，还有妈妈从网上买回来的黑米和红豆等多种粮食混合在一起。

"鸠咕，你要多吃一点，吃饱了，我们就要放你回归山林里，你可要记得我哦……"星星的眼睛里泛起泪光。

星星的泪水一滴一滴落在碟子里的食物上，斑鸠在碟子上啄着粮食，啄着泪珠，不时地抬头看看周围，看看星星。

之前，斑鸠受伤的时候，星星是多么希望斑鸠快快好起来，希望斑鸠早日回归山林，可是，当她要放飞斑鸠的时候，心里真的不舍啊！

"星星，不要难过，来，擦擦眼泪。"妈妈走过来，给星星擦泪水，伸手抚摸着斑鸠身上华丽的羽毛。

"星星，谢谢你！谢谢你在爷爷的刀下救了斑鸠。"爷爷走过来，搂着星星。爷爷的目光里是满满的爱，善良又温暖。

"我也有错！"汪爷爷泪光闪闪。

"不，汪爷爷，我要谢谢您！要是没有您扯的草药，也许救不活斑鸠。"星星真诚地对汪爷爷说。

"你那是好心！我们一家人都要谢谢你和海鑫，是这只斑鸠拯救了我们的星星，给了她斗志和力量，斑鸠都能死而复生，所以，星星战胜了病痛，战胜了自己！"奶奶感激地说。

林林和海鑫，还有爷爷奶奶，他们都为当初差一点杀死斑鸠的行为而自责后悔，感谢星星救了斑鸠。

看！这是一只多么美丽的斑鸠，多么鲜活的生命！

"我和你妈妈要特别感谢斑鸠，是这个小小的顽强的精灵让了星星看到了生机，也给了星星生活的勇气和希望，林林，你说是这样的吗？"

"爸爸说得对！是奄奄一息的斑鸠点燃了星星生活的希望！让她重新有了对生命的向往。斑鸠都能从死亡线上活过来，星星相信自己也一定能战胜病魔。"林林说。

"星星，妈妈要谢谢你！你照顾斑鸠的图片唤醒了妈妈的责任和母爱。"妈妈说话的时候，总觉得她亏欠孩子们很多。

星星一边流泪一边说：

"对！你们说的都对，斑鸠顽强的生命激励了我，我要坚强起来，让我更加懂得珍爱生命，学会了爱自己，爱更多的人。感谢大家对我的包容和照顾，感谢林伯渠爷爷！林伯渠爷爷攀树健身，刻苦学习的童年故事给了我生活的勇气；林伯渠爷爷'为人民服务，为世界工作'的精神点燃了我梦想的灯，我也要成长为'为人民服务，为世界工作'的人。"

大家齐齐为星星鼓起了掌！

"星星，你抱着斑鸠上前走，我们一起登上前途山，放飞斑鸠。"爸爸说着，让几个孩子前面走。

"好的！爸爸！"星星笑着说。

4

星星抱着斑鸠，心怀感恩，虽有不舍，但是应该这样做，心灵才会获得真正的轻松快乐，获得幸福感！

星星走在队伍的最前面，她和爷爷、奶奶、爸爸、妈妈、林林、汪爷爷、海鑫一行人朝右拐，再经过几户人家，就到了林伯渠的故居前，来到了功勋树下。

星星抱着斑鸠和大家一起，在功勋树下停留了一会儿，心中敬慕这颗高耸云天的古树，抬头仰望，行注目礼。

然后，一行人经过下浮堰，登上了林伯渠小道，向前途山的山岗攀登。

那绵延的油茶山岗，山山相连，岗岗相望。山岗上随风飘来的是醉人的油茶花香，山岗上花团锦簇，这是油茶花盛开得最热烈、最灿烂、最浪漫的季节。每一缕山风都甜蜜醉人，阳光醉了，山林醉了，小鸟醉了，山花醉了……连蜜蜂也嗡嗡地落在花蕊上，沉醉在清新甜蜜的芳菲里。

蔚蓝的天空下，随处都散发着蜜的甜香。那种甜香从油茶林里散发出来，飞翔在凉水井的上空，每一缕空气都沁人心脾。

星星喜欢这些洁白的油茶花朵。洁白的花瓣，金黄色的花蕊，美丽至极，成群结队的蜜蜂在油茶林里嗡嗡嘤嘤地低吟浅唱。它们飞着，忙碌着，传授花粉，将花粉打包带回蜂巢，将一个个日子都酿成蜜糖。

在阳光的照耀下，每一朵油茶花都显得更加亮洁、耀眼。星星伸手摘了一朵油茶花，戴在头上。其他的人每人摘了一朵油茶花，一朵茶花就足够代表他们的心意和心境，因为，这是红土地上盛开的鲜花呀！这是前途山盛开的鲜花呀！大家手捧洁白的茶花，沿着林伯渠小道，经过小道上一方方立起的诗词碑刻、治世亭和修身亭，就爬上前途山的山岗，来到了林伯渠广场。林伯渠广场松柏环绕，林伯渠爷爷的铜像阔步向前。

星星怀抱斑鸠，取下戴在头上的洁白的油茶花，敬献在林伯渠爷爷的铜像前。爷爷、奶奶、汪爷爷、爸爸、妈妈、林林和海鑫，分别向林伯渠爷爷敬献了洁白的茶花。他们在林伯渠爷爷铜像前一字型排开，面向林伯渠爷爷的铜像，三鞠躬，星星抱着斑鸠和大家绕林伯渠爷爷的铜像一圈。

然后，星星和大家走上前，站在林伯渠爷爷的铜像广场，面向林伯渠故居纪念馆、舒目塘、林伯渠生平陈列馆、功勋树……星星用双手高高托举着斑鸠，放飞了斑鸠。

星星的眼前，忽然浮现出梦中的幻景：一只美丽的飞鸟！有着好看的红色羽毛的飞鸟，鸟儿的翅膀上闪烁着金色的光亮。健康而美丽，自信又快乐。它的翅膀有无穷的力量，穿过白色的云朵，飞向云霞漫天的天际……

☆　☆　☆

"飞吧，鸠咕，你就是我梦中那只美丽的飞鸟！你会飞上蓝天的！"

葡萄红的斑鸠展翅飞翔。

斑鸠飞过端庄大气的林伯渠生平陈列馆，飞过舒目塘，飞向林伯渠故居纪念馆，飞向功勋树，斑鸠在功勋树的上空盘旋了几圈，飞向了蓝天……星星遥望着在蓝天飞翔的斑鸠，欢笑着说：

"妈妈，斑鸠像一颗飞翔的星星。"

妈妈笑着说：

"你们和斑鸠都是这片红土地上生长的星星，飞翔的星星……"

林伯渠同志故居采风图片

摄影 / 蒋峰 侯令军

林伯渠故居凉水井村

林伯渠同志故居

林伯渠铜像广场(1)

林伯渠铜像广场（2）

林伯渠生平陈列馆

林伯渠同志故居前功勋树(将军树)高耸云霄

修身亭

治世亭

卧龙溪上的古高桥（高架桥）

林伯渠小道

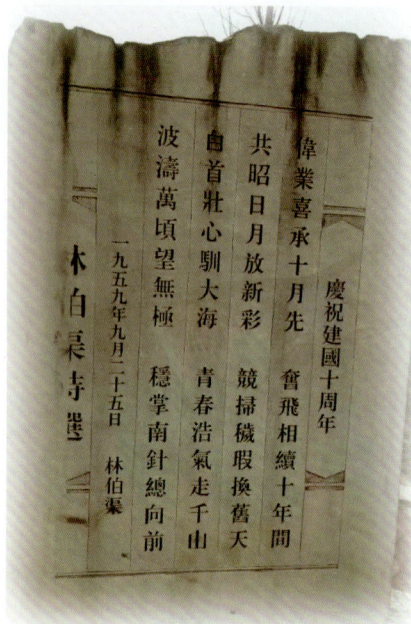

慶祝建國十周年

偉業喜承十月先　奮飛相續十年間
共昭日月放新彩　競掃穢瑕換舊天
自首壯心馴大海　青春浩氣走千山
波濤萬頃望無極　穩掌南針總向前

一九五九年九月二十五日　林伯渠

林伯渠寺題

林伯渠同志的诗词碑刻

林伯渠同志故居前的下浮堰

林伯渠同志少年时的耕读之地——九畹园

卧龙溪岸春柳依依

林修梅广场外景

谷穗之上放飞想象